徳間文庫

長野電鉄殺人事件

西村京太郎

徳間書店

目次

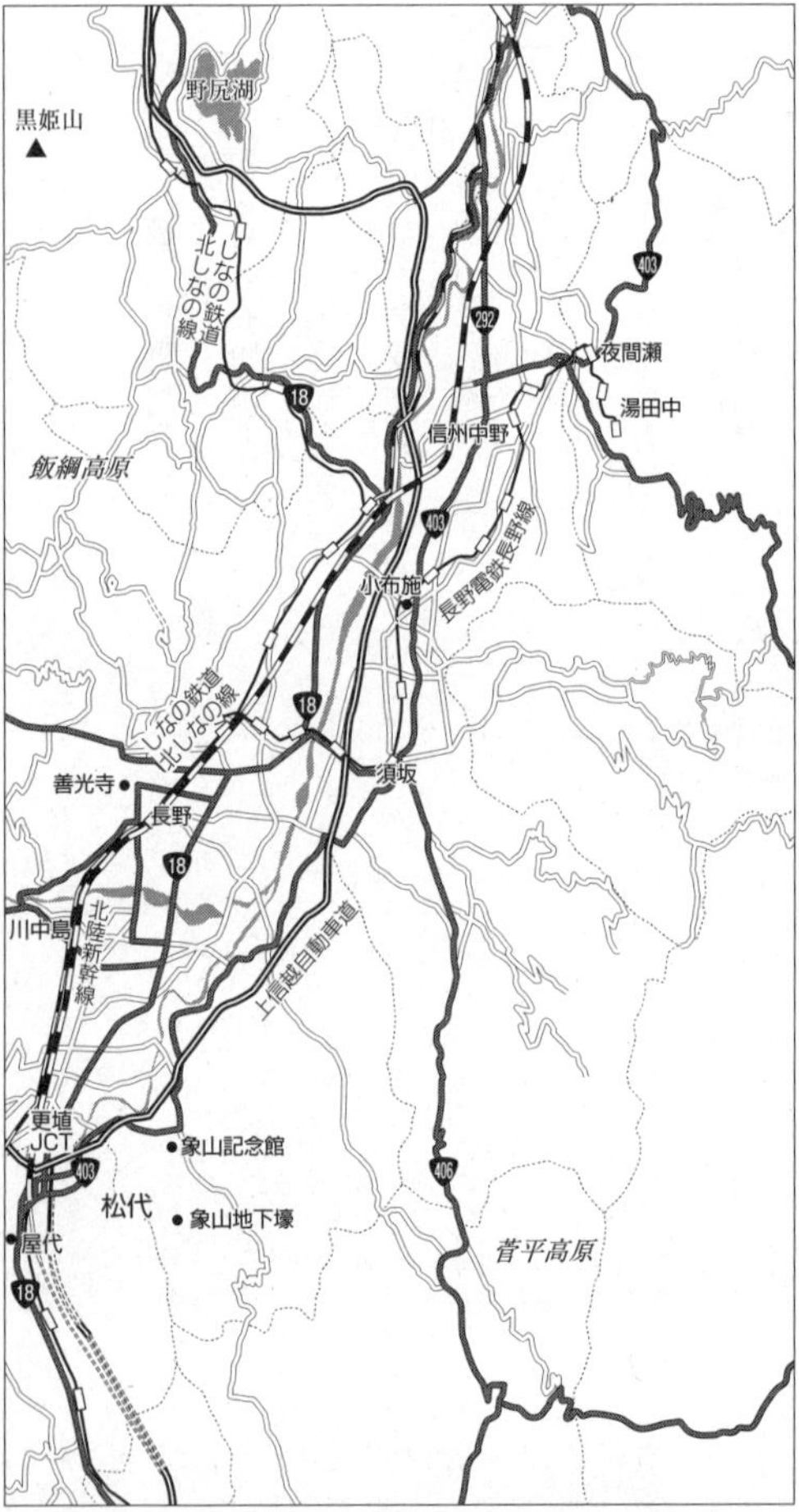

野尻湖
黒姫山
しなの鉄道
北しなの線
403
292
夜間瀬
湯田中
18
信州中野
飯綱高原
403
長野電鉄長野線
小布施
しなの鉄道
北しなの線
18
須坂
善光寺
長野
18
川中島
北陸新幹線
上信越自動車道
更埴JCT
象山記念館
403
406
松代
象山地下壕
屋代
18
菅平高原

第一章　長野再訪

1

二十年ぶりの長野である。

当然、その時より二十歳年齢《とし》を取って、現在木本《きもと》は、七十歳になる。

年齢を取ると、自然に生きるのが難しくなってくる。身体《からだ》は弱ってくるし親しい友人知人が少なくなる。女にも縁遠くなるからだ。

今年はなおさらだった。

コロナのせいである。

歴史家の木本啓一郎《けいいちろう》は、全く医学知識がないから、今にいたるも、コロナがどんなものか、わからないのである。

コロナが中国を占拠したとか、中国が発見したと新聞にのった時は、てっきり、細菌兵器を、何処《どこ》かの国が作ったのだと思ったくらいである。

今も、細菌とウイルスの区別がつかずにいる。

コロナで困ったのは、旅行制限だった。政府のＧｏＴｏトラベルキャンペーンから東京が外されてしまい、足で歩く歴史家の木本にしてみれば仕事を取り上げられたようなものだった。

その除外から、東京が外されたので、自由旅行が出来ることになったのだ。

それを、待っていたように、長野の友人から二十年ぶりに、連絡があった。

それも、スマホを使っての連絡ではなく、手紙が届いたのである。

万年筆で、書かれていた。ボールペンやサインペンが嫌いで、二十年前も、少し太字のＭ万年筆を使い、インクは、ブルーブラックのパーカーを使っていた。が、手紙のインクの色を見ると昔のままらしい。

「木本先生。いかがお暮らしですか。

二十年前のお礼もせぬまま、また、大きな問題にぶつかってしまいました。人命に関わることなのに、どう処置していいか、わからないのです。

木本先生。もう一度、お智慧《ちえ》をお貸し下さい。

来《きた》る九月七日、八日の両日、先生もよく利用された渋《しぶ》温泉の朝風館《ちょうふうかん》にて、お待ちしております。

よろしくお願い致します。

長野住人　佐藤《さとう》　誠《まこと》」

佐藤は、木本の弟子を自任している、郷土史家である。

それで今日、九月七日の月曜日、木本は、北陸新幹線に乗ったのである。

2

コロナが四月、五月と感染力の強さで、旅行自粛が要請され、政府が緊急事態宣言を発表したのだが、それが、感染の波がゆるやかになってＧｏＴｏキャンペーンが始まり、おかげで、木本は、旅行に行けることになった。

しかし、前と違って、マスクをしなければならない。

それに、密集・密接・密閉の「三密」を避けるよう求められ、駅にも、車内にも、消毒液が置かれ、列車の運転手も車掌も、駅員も、マスクをしている。

政府が、ＧｏＴｏキャンペーンを口にしても、旅行客はあまり増えないだろうと思っていたが、この日が月曜日だったせいもあり、北陸新幹線の車内は、ガラ空《あ》きだった。

それでも、列車は、時刻表どおり正確に走っていた。

見事である。

木本の乗った北陸新幹線「かがやき５０７号」は時刻表通り、一〇時四六分に、長野駅に着いた。

二十年ぶりの長野である。

長野の町は、さほど変わっているように見えなかった。

ところが、湯田中《ゆだなか》行の長野電鉄に乗ろうとすると駅が見つからないのだ。

渋温泉の入口が長野電鉄の湯田中駅である。

二十年前、一ヶ月近く長野の歴史を調べたことがあって、その時には渋温泉に泊まり、毎日、湯田中と長野の間を、長野電鉄で通《かよ》ったのである。

その長野電鉄の長野駅が地上から消えてしまったのだ。

あわてて、新幹線の案内所できく。まるで、田舎者である。

案内所の事務員は、笑いながら、

「長野駅は、地下に入りました」

「地下鉄になったんですか？」

「いいえ。市が計画した長野駅周辺の区画整理で、長野電鉄の長野駅が問題になりましてね。立体化して、高架にするか、地下にするか、もめたそうです。市長が、高架にしたのでは、目ざわりだと思ったのですかね。長野電鉄の長野駅から善光寺下《ぜんこうじした》まで、地下にしてしまったんです」

と、教えてくれた。

パンフレットを貰《もら》って、木本はそこまで歩いていった。

間違いなく、東京の地下鉄入口に似た駅が見つかった。小さな入口が、地面から、顔をのぞかせている。

階段を下りて行くと、中は意外に広かった。堂々とした地下鉄の駅である。ホームは大きく、太い柱が何本も立っていた。

終点の湯田中まで切符を買った。が、この時、長野電鉄のもう一本の線が、廃線になったことを知った。

二十年前に、利用していた長野―湯田中の長野線は、健在だった。

それでも、長野市の市役所前、権堂《ごんどう》、善光寺下の、一・六キロが、地下鉄になっていた。

そのあとは、以前と同じ魅力的な名前の小布施《おぶせ》とか信州中野《しんしゅうなかの》とか、夜間瀬《よませ》といった駅に停車して、終点の湯田中駅に着いた。

渋温泉の入口の湯田中駅は、二十年前と変わらず木造りモダニズムの大きな駅で、木本をほっとさせた。

湯田中駅から、歩いてもいいのだが、佐藤が待っているかも知れないと思い、木本はタクシーを拾った。

川沿いに走って渋温泉街に入る。地方の温泉には、ホテルみたいな大きな温泉旅館があるが、この渋温泉は、昔からの小さな旅館が集まっているところは、変わっていなかった。

朝風館も、二十年前と同じだった。

女将《おかみ》さんも、年齢を取っていて、マスクをしていたが、雰囲気は昔のままである。

佐藤はまだ着いていなかった。

「お話は、伺《うかが》っていますよ」

と、女将は、笑顔でいった。

「お部屋も用意しております。昔、先生に、お使い頂いた部屋です。佐藤さんが、着きましたら、すぐお知らせします」

木本は、久しぶりに渋温泉の温泉につかり、部屋で、地ビールを楽しみながら、佐藤を待った。

だが、日が暮れても、佐藤は、現われない。

お酒と話の相手をしてくれながら、女将が首をかしげた。

「約束を守る方なのに、おかしいですわねえ」

木本は、スマホで、連絡を取ってみることにした。

手帳で、相手のナンバーを確かめながら、かけてみた。

鳴っているのだが、出ない。

少し、不安になってきたが、夕食を食べながら、待つことにした。

夕食をすませても、佐藤は、やって来ない。

それでも、さほど、深刻にならなかったのは、手紙の中で、九月七日、八日の両日、この渋温泉の朝風館で、お待ちするとあったからである。

電話に出ないのは、気になったが、今日、七日は、急用でも出来て、明日にしたのかも知れないと思ったのだ。

木本が、持って来た佐藤の手紙にあった住所を見せると、

「そうそう松代《まつしろ》にお住まいでした」

と、女将が教えてくれた。

夜の十時を過ぎても、連絡がない。久しぶりに旅行に出た疲れが出て、木本は眠ってしまった。


翌、八日。

朝風呂に入っていると、女将が青い顔で、

「大変です」

と、いう。

「何なの？」

と、きくと、

「すぐ、出て下さい」

と、いう。

異常な空気に、木本も、あわてて風呂から上がった。

女将が、前よりも、青ざめた顔で、

「さっき、テレビのニュースで、佐藤さんが、死んだといったんですよ」

と、いう。

「え？」

と、いったが、半信半疑である。

旅館の主人が、

「七時のニュースで、またやるよ」

と、怒ったように、いう。

木本は、その声で、広間から動けなくなった。

女将が、テレビの音を、大きくする。

ニュースになった。

画面に、見覚えのある湯田中駅が出た。

アナウンサーが、いう。

「昨夜、十時頃、湯田中の駅員が、閉ったままの男子トイレの個室を開けると、中で男性が、背中を刺されているのを発見、すぐ近くの病院に運びましたが、すでに死亡していました。亡くなったのは、長野市の松代《まつしろ》に住む佐藤誠さん五十八歳とわかりました。佐藤さんは――」

木本が、「うッ」と、声を出した。

多分、彼が、佐藤に電話したとき、彼のスマホが鳴ったが、トイレで刺されて倒れていたに違いないと思ったからだ。

「すぐ、車を呼んで下さい」

と、木本は、頼んだ。

タクシーで、湯田中駅に走った。

駅の前には、長野県警のパトカーと、鑑識の車が、止まっていた。

駅の中の男性トイレの前には、ロープが張られ、奥でライトが、光っているから、鑑識が写真を撮っているのだろう。

「誰か、責任者の方いませんか」

と、声をかけた。

トイレから、背の高い男が、出て来て、うるさそうに、

「何ですか？」

と、きく。

木本が、名刺を示した。

「実は、被害者と、昨日会うことになっていたんですよ」

と、告げると、とたんに態度が変わってパトカーに乗せると、

「とにかく、話を、聞かせて下さい」

と、いった。

木本は、佐藤の手紙を見せて、

「二十年ぶりに、そんな手紙を貰ったので、昨日、渋温泉の旅館で待っていたんです。それが一日待っても現われないので、心配していたんです」

と、いった。

「この手紙の中の、あなたに相談したいというのは、どんなことですか？」

「わかりません」

「しかし、人命にかかわるようなことと、書いていますよ」

「何しろ、二十年ぶりの手紙ですからね。全くわからないのです。だから、とにかく聞こうと思って二十年ぶりに会いに来たんですよ」

「ええと。あなたは、歴史家と名刺にありますね」

相手は刑事の眼になってじろりと木本を見た。

「足で歴史を考えるのをモットーにしています」

と、木本は、いった。

「二十年前に、長野に来ているんですね」

「そうです。その時、一ヶ月ほど、長野で仕事をしています」

「それは、どんな仕事ですか？」

「今もいったように、私は歴史家ですから、長野の歴史についての仕事です。しかし、二十年も前の仕事ですから、今日の悲しい事件とは、関係ないと思いますよ」

「二十年前の時も、亡くなった佐藤誠さんと一緒の仕事だったんですか？」

「ちょっと待って下さい」

と、木本は、相手の質問を遮《さえぎ》って、

「私は、名前をいっている。あなたの名前を聞かせて貰えませんか」

と、いうと、相手は黙って、警察手帳を見せた。

「緒方《おがた》」という名前があった。

長野県警捜査一課の緒方警部である。

「これでいいでしょう。二十年前にも、一ヶ月間、佐藤誠さんと一緒に仕事をされたんですね？」

「そうです」

「どんな仕事ですか？」

「それは、二十年前に完結していて、今、問題が再び起きたとは考えられません。

佐藤さんも、そんなことは、手紙に書いていませんから」

「それでは、どんな仕事をあなたに頼もうとしていたのかいって下さい」

「それは、わかりませんよ」

木本が、繰り返すと、緒方は、むッとした表情で、

「警察に協力してくれないと、困りますねえ。これは、殺人事件なんだから」

「協力していますよ。しかし、何故、佐藤さんが殺されたのか、全くわからないのです。それなのに、私が勝手なことをいったら、かえって、捜査を混乱させるだけでしょう」

「それは、私が判断します。とにかく、二十年前、佐藤誠さんと長野でどんな仕事をしていたのか、話して下さい。協力して頂けないとなると、署に来て頂かなければならなくなります」

「私を引っ張っていっても、わからないことは、わからないという以外ありませんよ」

と、木本も、負けずに、いい返した。

「とにかく、もう少し話を聞きたいので、署へ来て下さい」

と、緒方は、半ば強引に、長野警察署へ、木本を連れて行った。

多分、ここが捜査本部になるのだろう。

ここで、改めて、二十年前のことを聞かれたが、木本は、それは終わったことで、今日のこととは関係ないということで押し通した。

逆に、木本は、佐藤誠の死亡の状況を教えてくれと、要求した。

その説明をしてくれたのは、若い細江《ほそえ》という刑事である。二十五、六歳くらいだろう。

「湯田中駅の男子トイレの一つが、鍵《かぎ》がかかったままになっているので、おかしいと思い、駅員が鍵をこわして強引に開けたのが午後十時頃です。駅員の話では、三、四十分、開かなかったそうです。ドアを開けると、中の便器を抱くような恰《かっ》好《こう》で中年の男が倒れていて、背中にナイフが突き刺さっていた。ナイフは刃渡り十七、八センチの市販のもので、根本《ねもと》まで、突き刺さっていた。他には二ヶ所の傷があったので、犯人は、三回刺して、三回目が、深々と刺さったということです。駅では、すぐ一一九番して近くの病院に運んだが、間に合いませんでした。失血死です」

「湯田中駅で、殺されたんですね」

「多分、佐藤さんは、長野電鉄で、湯田中に着き、木本さんが泊まったという渋温泉に行こうとして襲われたんだと思います」

「佐藤さんの所持品は、今、何処にあるんですか？」

「それなんですが、ほとんど見つかっていないのです。湯田中の駅員の一人が、佐藤さんが黒いビジネスケースを持っているのを見たといっているんですが、そのケースが見つからないのです。多分犯人が、持ち去ったと思うのですが。そのため、うちの警部は、犯人の殺害目的がわからず、いらいらしているのです」

といって、小さく笑った。

多分、そのケースの中に、佐藤が木本に、相談したいといっていた仕事の内容を示すものが、入っていたに違いない。

細江刑事は、そのあと、木本に、コーヒーを入れてくれながら、

「先生は、二十年前、西条地区に来られたんじゃありませんか」

と、いった。

木本の顔が、一瞬小さく歪《ゆが》んだように見えた。

「君は、西条地区の人か」

「生まれも育ちも、あそこの人間です」

「そうか。君は、西条地区の人か」

と、いったが、木本は、それだけで、黙ってしまった。

警察署に長い時間留め置かれて、木本は、渋温泉の朝風館に戻った。女将が、

「大丈夫でしたか？」

と、心配してくれる。

乱暴な訊問《じんもん》もなかったというと、

「先ほど、緒方警部がやって来て、先生のバッグを調べて行きましたよ」

と、女将が、いう。

（成程《なるほど》）

と、木本は、苦笑した。彼を警察署に留め置いて、その間に、木本の所持品を調べたのだ。

「先生が承知しているのかと、何度も念を押したんですけど、本人も承知しているの一点張りで、勝手に調べていきましたよ」

「私が、その様子を、いちから撮っておきましたから、何かあったら、そのビデオを提供しますよ」

と、旅館の主人がいってくれた。

「大丈夫ですよ。調べられて困るものは、ありませんから」

と、木本は笑った。

これは、本当だった。

殺された佐藤は、何を相談したかったのか。見当がつかない。

「佐藤さんの家に行ってみたいんですが、明日案内して貰えませんか」

と、木本が頼んだ。

「私がご案内しますよ」

と、女将が、いった。

3

翌日、木本は、女将と、長野電鉄長野行に乗った。

昔の長野線である。

以前は、他に屋代《やしろ》線があったのだが、二十年の間に廃線になってしまっていた。

その屋代線への乗りかえ駅だった須坂《すざか》で降りた。

ここから、終点の屋代まで、「松代」「象山口《ぞうざんぐち》」といったあの松代大本営《だいほんえい》で有名な駅があったのだが、今はバスになってしまっていた。

二十年前、木本と佐藤は、長野電鉄の屋代線を使っていたのだが、今日は、バスである。

松代の近くで、バスを降りる。

バス停から、千曲川《ちくまがわ》に向かって歩く。

長野電鉄そのものが、千曲川に沿って走っていたのだ。

二十年前のこの辺りは林や、田畠だったのだが、今は、点々と家が建ち、マンションも見える。

そのマンションの一つを見て、

「ここの三階に住んでらしたんですよ」

と、女将が、いった。

東京のような高いマンションではなく、このマンションも、五階建である。エレベーターもあるが、歩いて三階まであがっていった。

女将の顔で、管理人に頼んで、鍵をあけて貰う。

2DKの普通の造りである。

すでに警察が捜索しただろうが、その部屋は、本や資料であふれていた。

「彼は、ひとりだったんですか？」

木本は、女将にきいた。

二十年前には、小柄な奥さんがいたのである。

女将は、肩をすくめて、

「佐藤さんが、変な運動にばかり熱中してるんで、奥さんは、呆《あき》れて逃げてしまったんですよ」

二十年前、「松代に歴史を学ぶ」という運動があった。

それに、佐藤は熱中していて、木本は、東京から助けに来ていたのだが、あの運動は、二十年前に終息した筈《はず》である。

（それでも、佐藤は、続けていたのであろうか？）

「どうします？」

と、女将が、木本を見た。

「この、わけのわからない本と資料の山を整理するなら、うちの旦那に手伝わせますけど」

「いや、ひとりでゆっくり調べたい。ただ、食事をどうしたらいいか、わからない。近くに、食べ物の店はないようだし」

と、木本はいった。

老人になると、まず困るのは、食事である。

東京では、一軒の食堂に決めて通っていたのだが、コロナで、店を閉めてしまった。仕方がないので、近くのコンビニで材料を買ってきて、七十の手習いで、食事を作っていたのだが、この佐藤の部屋には、調理道具が見つからないし、冷蔵庫には、缶ビールしか入っていなかった。

「私が、食事、運んで来てあげますよ」

と、女将がいう。

「それは、駄目だよ。そっちには、旅館の仕事がある」

「それじゃあ、電子レンジを買って来てあげます。あとは、温めるだけで、食べられる食品がありますから」

「それで、十分だ。飲み物は、缶ビールがあるから、これで十分だ」

と、木本は、いった。

翌日、女将は、さっそく、電子レンジと、温めるだけの食品を、山のように、運んできた。

「これで十分だよ。とにかく、ここに閉じこもって、佐藤さんが殺された理由を見つけるから」

と、木本は、いった。

もともと、閉じこもって、活字と格闘することには慣れていたから、こういった作業は、苦にならない。

この日から、木本の戦いが始まった。

本と資料は、二十年前に買い集めたものが多かった。

その大部分は、その時、木本も、眼を通している。

木本が、知らないのは、そのあと、佐藤が集めた資料である。

スマホが鳴っても、木本は、出なかった。

二十年前、戦時中に造られた松代大本営が歴史上の問題になった。

象山の地下に、本土決戦に備えて、大本営を移そうとする大作業が、始まった。

それについて、さまざまな意見が生まれ、論争が起きた。

陸軍参謀本部は、何のために、松代に地下大本営を造ったのか。

何のために、皇居まで、松代に移そうとしたのか。天皇は、何故、松代に移るつもりはないと、いったのか。

その地下大本営の問題が、労働者の強制労働問題になり、朝鮮人労働者の強制労働問題に移っていった。

日本と、韓国の国際問題になっていった。それは果たして、正しい問題提起だったのか。

二十年前、そうしたさまざまな議論が生まれ、佐藤誠も、木本も、巻き込まれた。

右からも左からも、問題が提起された。

しかし、あいまいのまま終わってしまった。

松代大本営は、今や、観光施設になり、地下大本営の労働に使われた日本人も、朝鮮人も、名前すらはっきりしないケースは、そのままになってしまっている。

（佐藤は、何か新しい発見をしたのではないか？　それを、どう扱っていいかわからずに、私の判断を仰ごうとしたのではないか）

木本は、だんだん、そんな風に考えるようになっていった。

だが、その証拠が、なかなか、見つからないのだ。

膨大な資料、文書、写真、インタビューの録音と格闘する。時間だけが過ぎていくが、新しいものが見つからない。

調べても調べても、二十年前の木本が知っていたことなのだ。

活字に疲れてくると、何十本というビデオテープを、テレビ画面に映して見ていく。

腹がへると、旅館の女将が持って来てくれた電子レンジで、これも女将の運んでくれた肉丼やカレーを温めて食べ、缶ビールを飲んだ。

そして、バターンと眠ってしまう。

三日たった。

一枚の写真が、木本を捉えた。

4

それまでに写っていない場所の写真だった。
何処かの雑木林である。
その林の中に、スコップを持って、佐藤がひとりで写っている。多分、自撮りだろう。
木本は、虫眼鏡を取り出して、佐藤の顔を拡大して見た。
二十年前の若い顔ではなく、五十代の顔である。最近の写真なのだ。
だが、場所がわからない。
木本は、二十年前の長野しか知らないからだ。
木本は、タクシーを呼んで、渋温泉の朝風館に行き、女将たちに、その写真を見せた。
「ここが、何処か知りたいんだ」

と、いったが、女将も、主人も、すぐには、答えが出なかった。市役所の窓口でもわからなかった。

木本は、二十年前、佐藤と一緒に仕事をした、当時の仲間に当たってみることにした。その中の誰かに、佐藤が話しているかも知れないと思ったからであった。

その一人一人を探すことにした。名前や、当時の住所を知っていても、何しろ二十年前である。

その間に、住所を移したケースが多かった。それでも、根気よく追いかけていって、やっと、一人をつかまえた。

名前は、藤本昌治《ふじもとしょうじ》。二十年前の仲間の一人で、六十一歳になっていた。現在、長野から松本《まつもと》に引っ越しているのを、長野に来て貰って、駅前のホテルのロビーで会った。

二十年ぶりである。会えば、やはり懐かしさが先に立った。

最初は、二十年間、何をしていたかといった話があったあとで、木本は、持参した写真を、見せた。

「これが何処か知りたいんですよ」

木本がきくと、藤本は、いともあっさり、

「皆神山《みなかみやま》の近くですよ」

といった。

木本は、拍子抜けした感じで、

「ここに行ったことが、あるんですか？」

「ああ、佐藤さんに、半ば無理矢理、連れていかれたんです」

「そこで、彼は、何を見つけたんです？」

「成年男子の白骨死体二体です」

「新聞も、テレビも、報道していませんね」

「発見した佐藤さんが、まだ、誰にも知らせていないからです。私は、すぐ市に報告すると思っていたんですが、その前に、彼が殺されてしまったわけですよ」

「そうすると、佐藤さんは、市に報告する前に、あなたに、知らせたわけですね」

と、木本はきいた。

「そうです」

「何故、彼は、そうしたんですか?」

「相談を持ちかけてきたんです。彼は、その白骨死体が朝鮮人のものだと固く信じているんですよ。その上、胸部の肋骨《ろっこつ》が何本か折れているから、戦時中、地下大本営の造成のために、連行された朝鮮人が、飯場《はんば》から逃げ出してここまで逃げてきたが、追いかけてきた日本人の親方たちに、殴り殺され埋められたんじゃないかというんです」

「証拠は?」

「全くありません。ただ、地下大本営の近くだというだけです。だから、私は、すぐ市に報告しろと、忠告したんです」

「彼はそうしなかった。何故です? 私にも相談したいという手紙を寄越したんです。何を考えていたんですか?」

と、木本が、きいた。

「勘ぐると、彼には、先入観があるんですよ。二十年前の、われわれが介入した事件の後遺症です。それに、現在の日韓問題の悪化もあるから、市に報告しても、真相は、隠されてしまうだろう。それでは嫌だ。自分で真相を調べて、新聞記者を集めて、発表したいと、いっているんです」

「二十年前の事件の後遺症ですか？」

「そうです」

「その場所に案内して下さい」

と、木本は、いった。

タクシーを拾い、藤本の案内で、写真の場所に向かった。

松代の北西に当たる雑木林だった。

タクシーを帰して、二人が、雑木林に近づくと、

「私有地につき侵入禁止　佐藤誠」

の札がかかり、ロープが張られていた。どうやら、佐藤は、この一角を購入していたらしい。

二人は、ロープをくぐって、雑木林の中に入って行った。

小さな木造りの小屋が建っていた。

これも、佐藤が建てたものだろう。

数字錠がついているが、番号を佐藤に教えられたという藤本が、開けて小屋の

中に入った。

湿った空気。

安ものの木のテーブルと、椅子。藤本がしゃがんで、床の板をはがすと、地下室があるのが、わかった。

階段を下りると、狭い地下室になっていて、そこに木の棺が二基。

ふたもなく、白骨が、入っていた。

「彼が私に話したところでは、小屋の残骸《ざんがい》が散らばっていて、そこを掘ったら白骨が二体出てきたといってました。そのあと、ここを買って、この小屋を建てたんだと思いますね」

と、藤本は白骨を見下ろしてから、木本に、説明した。

二基の棺のほかには壁の棚に、古ぼけたレンガがいくつか積まれているだけだった。

狭い地下室は息苦しかった。

二人は、地下から、あがり、床の蓋《ふた》をした。

木本は、小さく、息を吐いた。

いやでも、二十年前のことが、思い出された。

松代大本営自体は、戦後すぐ、問題になっていた。

二十年前に、持ち上がったのは、それを、後世に、どう伝えるかという問題だった。

本土決戦が叫ばれているとき、陸軍参謀本部が、松代の地下に、大本営を造ることを計画し、海軍も参加して、作業が始まった。

歴史的な問題だった。

だが、その歴史を、どんな立場から見るかが、問題になった。

見る立場が違うと、歴史が全く違って見えることを、二十年前に、木本は、実感した。

もともと、松代大本営の存在は、さまざまな問題を含んでいた。

第一は、もちろん、昭和十九年十一月十一日に始まった地下大本営の建設である。総延長十一キロに及ぶ地下要塞《ようさい》は当時の金で二億円、現在の六百億円が投じられた。

陸軍が主力となり海軍も参加して七割が完成した時点で終戦になった。完全に軍の施設である。

本土決戦に果たして実際に役に立ったかどうかの判断は、今にいたるも、議論が続いている。

巨大な地下要塞といっても、米軍が上陸してしまい、原爆を落とされたら、何の役にも立たないだろうという声もある。

第二は、国民との軋轢《あつれき》という問題もある。松代周辺の住人にとって、松代大本営の話は突然で、有無もいわせず、土地、家屋は、取り上げられた。もちろん、金銭は支払われたが、僅《わず》かな金額だった。その上、人々は、地下要塞の建造に動員されたのである。

第三は、朝鮮人問題だった。昭和十九年の末は、労働力不足で、そのため以前から日本にいた朝鮮人が集められ、それでも不足するため、朝鮮から半ば強制的に若者が船と列車で、松代に運ばれ、働かされた。その人数は、二千、三千と増え、最後に六千人に達したといわれる。問題は、いまだに、正確な人数がわからないことと、危険な工事現場、坑道の先端の発破《はっぱ》を使う場所で、働かされたために、多くの死者が出た筈なのに、死者の数も、その名前も、はっきりしないことである。

朝鮮人労働者の監督に当たっていた、N組のY作業隊長は、

「怪我《けが》人もいなかったから、うまくいっていたんだ」

と、証言している。

しかし、朝鮮人労働者の名簿さえないのだから、信用できない。

現地の人々も、土地、家屋を接収されたあと地下で働いているのだが、死者の名が、いまだに分からないケースがあるらしい。

第四は、昭和天皇のお言葉問題がある。

戦後、天皇は、GHQのすすめもあって、全国の巡幸に出られた。国民との接触である。皇居を移すことになっていた松代に来られた時、長野県知事に対して、善光寺平を、ご覧になられながら、

「この辺に戦時中、無駄な穴を掘ったところがあるというが、どの辺か？」

と聞かれ、知事はあわてて、

「正面に見える松代町の山かげに大本営を掘ったあとがあります」

と、お答えした。そのことが大きな話題になった。陸軍は、皇居を松代の地下

に移すと考えていたのだが、天皇自身は、移る気はなかったのである。

第五に戦後の長野市の扱いである。

現在、長野市は、地元の高校生から、松代の地下壕《ちかごう》を平和のための史跡として、保全、公開して残したいと要請を受けて、延べ六キロの地下壕のうち、一九八九年に七十メートル、現在は五百メートルを公開している。

しかし、入口の受付に、わずかな説明があるだけだ。案内人もおらず、ヘルメットを借りて自分たちで見て回らなければならない。

歴史に向かい合うというより、観光的な扱いである。その証拠に、市の観光部観光振興課の担当なのだ。

それに不満な市民側から「松代のつどい」があったり、朝鮮人犠牲者の碑が建てられたりした。問題は、どう扱うかである。

二十年前、その問題に、木本や、佐藤や、藤本たちが、巻き込まれた。

当時、朝鮮人の強制労働問題があったり、従軍慰安婦問題が起きていたため、長野市でも、松代大本営建設における朝鮮人の強制労働者や、犠牲者が問題になった。

もちろん、歴史的に見て、大きな問題だった。

しかし、「朝鮮人の強制労働者と、その犠牲者たち」という言葉で扱われることに、日本人の間で賛否が分かれた。

朝鮮人の強制労働者問題の声をあげてしまうと、松代大本営問題が、かすんでしまって、朝鮮人強制労働者問題になってしまうのである。

それに、地下壕建設のために、土地の人たちも、動員されて、働かされ犠牲者が出ているのに、それが、不問にされてしまう。そのため、朝鮮人の強制労働者という言葉に反対する日本人も多かった。

そのため、二十年前の運動を支援した木本たちの中でも、賛成、反対に分かれてしまって、解散になってしまったのである。

木本は、朝鮮人問題を押し立てる運動に反対し、佐藤は、賛成した。

二十年ぶりに、長野市に、来たとたんの佐藤誠の死だった。

「彼は、二体の朝鮮人と思われる白骨死体を発見して、もう一度二十年前と同じ運動の旗印をあげるつもりだったんじゃありませんか」

と、藤本は、いった。

「頑固だね」

「純粋なんですよ」

「二十年前は、彼は、私や、君の説得に、納得したと思ったんだがね」

と、木本が、いった。

木本としては、「松代大本営問題」を「朝鮮人強制労働問題」にしてしまうと、日本人の協力を得られないだろうと思って反対し、それに、佐藤が、納得してくれたと思っていたのである。

「佐藤さんは、白骨を見つけて、どうする気だったんでしょうか？」

と、藤本が、きく。

「白骨が朝鮮人で、肋骨が、何本も折れているとわかったら、これを、朝鮮人強制労働の証拠として、二十年前の論争を復活させるつもりだったのかも知れないね」

と、木本が、いった。

「困りました」

と、藤本が、小さな溜息《ためいき》をついた。

「二十年前は反対しましたが、彼が命を賭《か》けてまで、節《せつ》を曲げないのを見ると、今度は、応援したくなるのです」

「私も、どうしていいか、わからなくなってくる」

と、木本も、いった。

しばらく、黙っていたが、

「意見は変えたくないが、佐藤さんが、やりたかったことを、手伝ってやりたい」

と、いった。

「地下にある骨が、朝鮮人のものか日本人のものかを調べますか」

「それに病死か、殺人かの判断だ」

と、木本が付け加えた。

5

まず、二体の白骨の写真を、何枚も撮った。

特に、顔は、正面、横顔を、二人で、撮りまくった。

次に、片方の肋骨部分である。

それを持って、知り合いの外科医を訪れた。

細江刑事と同じ西条地区の病院の医者だった。

西条地区は、松代大本営に近い地区で、この問題で、もっとも影響を受けた人々の住む場所である。

ここは、朝鮮人労働者相手の慰安所もあったところで、ここにある入江《いりえ》外科は、父親の医師も、朝鮮人の医療に尽くし、息子の今の入江医師も、朝鮮人の患者にくわしかった。

その入江医師に木本が、白骨の写真を見せると、

「確かに、父が診ていた朝鮮人労働者の骨格によく似ています」

と、いったが、肋骨の破損については、

「確かに、何本か折れていますが、殴られたものか、自ら何かにぶつけて破損したものかまでは、わかりません」

と、いった。

ただ、松代大本営工事で、逃げてきた朝鮮人労働者を、父が、かくまった話は、聞いたことがあるといった。

「トンネル工事で、一日に、何本も発破を仕掛けていましたからね。それも、綿密に計算してじゃないから朝鮮人労働者が、たびたび、逃げおくれて怪我していた。それで怖くなって、逃げ出したんです。左足を負傷しているので、父は、手当をしたあと、傷が治るまでかくまったと、いってました。すぐ帰したら、負傷したまま、働かされると思ったからですよ」

「それで、どうなったんですか？」

と、木本は、きいた。

「工事を請けおっていたN組の労務担当から、特高《とっこう》までやって来て、見つかってしまいました。父は、足の傷が治るまで病院に預からせてくれといったそうですが、特高は、『今は、みんな怪我を押して働いているんだ』といって、連れていったそうです。その朝鮮人が、どうなったかわかりません」

「すると、皆神山近くで、発見された白骨死体は、松代大本営工事から逃げてきた朝鮮人労働者の可能性が、高いと見ていいですか？」

「そうですね。その骨を仔細に調べて、いつ頃のものかわかれば、更に、はっきりすると思います」

と、入江医師は、いった。

「それでは、ぜひみて頂きたいのですが、市に報告するのは、そのあとということにして頂きたいのですよ。発見者が、すでに死亡している、というより、殺されていましてね。勝手なことはよくわかるのですが、市に報告する前に、ぜひ、みて頂きたいのです」

木本が、本当にいいたかったのは、市が、うやむやにするのではないかという不安だった。

今でも、朝鮮人労働者の実数は、不明のままである。工事で亡くなった氏名も、不明のままである。

市が、それを明らかにしようと努力しているとは、木本には、考えにくいのだ。市がやっていることは、観光事業である。

木本の不安が当たっていれば、二体の白骨死体の発見は、マスコミには発表されず、あいまいなままに、抑えられてしまう恐れがあった。

入江医師は、じっと考えていたが、

「わかりました」

と、いった。

「その白骨死体を、うちへ運んで来て下さい。仲間の医師にも協力して貰って、結論を出すことを約束します」

と、いってから、入江は「しかし」と、一層、力を籠《こ》めて、

「そのあと、あなた方には、お返ししません。市に渡します。それを約束して欲しい。これは、医者としての義務であり、市民としての義務でもありますから」

入江の言葉に対して、木本は、肯《うなず》かざるを得なかった。

6

木本は、藤本や、二十年前の友人二人に頼んで、秘かにその日の深夜、二体の白骨を、入江外科に運び込んだ。

翌日の昼までに結論を出すという約束を貰って、木本は、いったん渋温泉の朝

風館に帰った。

そこには、長野県警の細江刑事が、待っていた。

「本来なら、上司の緒方警部も来るところですが、捜査会議に出ていますので、私が一人で来ました」

と、細江は、妙な弁明をした。

「いや。私は、あなた一人の方が話し易《やす》い」

と、木本は本音を、いった。

広間に案内し、女将にコーヒーを出して貰ってから、

「佐藤誠さんを殺した犯人のことは、何か手掛かりが、つかめましたか？」

と、きいた。

「申しわけないことに、全く、つかめていません」

と、細江は、頭を下げてから、

「実は、佐藤誠さんが、殺される前に、不可解な行動を取っていたことが、わかりましてね」

と、いった。

（やっぱり、警察は気付いていたんだ）

と思いながら、木本は、惚《とぼ》けて、

「どんなことですか？」

「皆神山近くの雑木林の一部を買い取って、その部分をロープで、囲みましてね。オフリミットの標識を出しているんです」

「しかし、土地を買ったり、私有地の標識を立てることは法律に触れないでしょう」

「その通りですが、佐藤さんが、何のために、雑木林の一部を買ったのかわからなくて、困っているのです。木本さんは、二十年来の友人だから、何か聞いていませんか？」

「いや、何も聞いていませんよ。私は、二十年ぶりに届いた手紙しか知らないのですよ」

「そうですか。実は、その場所が、松代大本営の近くで、工事中、朝鮮人労働者の飯場のあった地区が近いのですよ。それで、飯場から逃げた朝鮮人労働者の痕跡でも、見つけたんじゃないかと思いましてね。それなら容疑者を見つけやすいと思ったのですがね」

（白骨のことは、知らないのか）

と、ほっとしていると、細江刑事は、ポケットから、封筒を取り出し、中から、ドーナツ形の青いヒスイを出して、木本の前に置いた。

「これは、うちの刑事の一人が、問題の雑木林の近くで、発見したのです。日本のものは、水滴形ですが、朝鮮半島のものは、ご覧のように、円形で、ドーナツ形です。戦前から、朝鮮半島ではみやげ品として売っていたもので、松代で働いていた朝鮮人労働者の中には、お守り代わりに、肌身離さずに持っていた者も多かったというのです」

「――――」

「殺された佐藤さんが、これと同じヒスイを、見つけたとか、話していたということは、ありませんか？」

と、細江刑事が、きく。

「いや、ヒスイのことは聞いたことがありません」

と、木本がいうと、細江は、

「それでは、ヒスイについて、お友だちに何か聞いたら、すぐ、警察に知らせて下さい。お願いします」

と、いって、帰って行った。

第二章　長野混乱

1

十津川《とつがわ》は、友人で中央新聞社会部記者の田島《たじま》に夕食に誘われた。

田島とは、N大の同窓である。

「明日、長野に行ってくる」

夕食のあとコーヒーを飲みながら、田島がいった。

「長野というと、例の事件か。湯田中駅の殺人と――」

「それに、朝鮮人労働者問題が絡《から》んでいる」

「中央新聞は、朝鮮人労働者問題に関心があるのか？」

「実は、今回の長野行は社の命令もあるが、木本先生の誘いもあったので、行かせてくれと、デスクに頼んだんだ」

「木本教授は、短い期間だが、N大で歴史学を教えていたのは覚えているが、私はその講義に出たことがないんだ」

「私は、木本先生の話が好きで、必ず出ていた」

「事件は、木本教授と何か関係があるのか？」

「先生は今、長野の松代にいるんだが、今回の事件に絡んで脅迫を受けたというんだ。単なる脅《おど》しかも知れないが、万一の時は、地元で何があったか正確に伝えて欲しいと頼まれたんだ」

と、田島は、いった。

「そんなに、深刻な状況なのか？」

「それは、わからん。ただ、木本先生が、万一の時はというのが気になってね。マスコミが注目しているという空気を作っておけば、脅迫者も、命を奪うようなことまではしないだろうと思ってね」

「長野の松代といえば、松代大本営だろう。本土決戦に備えて、地下に莫大《ばくだい》な予算と人力を投じて、大本営を移し、天皇の御座所《ござしょ》も作ったのは知っているが、何といっても、戦後七十五年経っている。一種の観光名所になっているんじゃないのか」

「地元の長野県は、観光名所にしたいようだが、朝鮮人労働者問題が起きたために、そっちに問題が移ったらしい。どうも、木本先生の電話によると、新しく二名の遺体（骨）が発見されたが、それが朝鮮人労働者なのかどうか、まだわからないらしい」

「その白骨が、朝鮮人労働者かどうかで、新しい事件が起きそうなのか？」

「それがわからないので、確認しに行くんだ」

と、田島はいった。

その夜は、それ以上話は進まず翌日の早朝、田島は、取材という形で、長野へ向かった。

田島とは、N大時代からの仲だが、もちろん、事件の度《たび》に、十津川に相談するわけではない。事件のあとで時々話をしたりするくらいだ。

それが、今回の長野行に限って、自分の方から、わざわざ、夕食に誘ったりして、木本元Ｎ大教授の話をしたのだ。何か、気になることがあったのだろう。

話を聞いた十津川の方も、気になってしまったが、翌日一日は、長野県松代の方から、これといったニュースは、聞こえて来なかった。

単なる殺人事件としての報道になっていた。東京から見れば、地方の一事件でしかない。

湯田中駅のトイレで起きた、少しばかり、怪しげな殺人事件としての報道である。

長野駅前のホテルに泊まり込んだ田島は、奇妙な静けさを感じていた。

簡単な殺人事件の報道。

田島は、精力的に、関係者の意見を聞いて回った。

長野市長と、市役所の反応。

長野県知事と県としての考え。

長野市も、県も、松代大本営問題は、「壮大な冒険物語」にしたいらしい。

理想は、「戦艦大和《やまと》物語」である。さもなければ空の勇者「ゼロ戦物語」である。

どちらも、平和には適合せず、人間を殺す武器である。

それも優秀な武器だが、完璧《かんぺき》ではなかった。

大和に到っては、建造時には世界最強といわれたが、航空機時代では、万里《ばんり》の長城《ちょうじょう》と同じく「無用」の代名詞にもされた。

最後もよくなかった。沖縄戦の援護のために、出撃し、多数の犠牲者を出して、予想どおり、沖縄に到着する前に沈められた。

ゼロ戦は、太平洋戦争の初期は、無敵だった。ゼロ戦のパイロットは、空の英雄だった。

しかし、後継機が育たなかったために、次第に時代おくれになり、最後は、特攻機に使われることになってしまった。

この二つに対して、批判の声も生まれ、批判するテレビもあった。

それにも拘《かかわ》らず、二つを取り上げた本は売れ、テレビ番組は、人気があった。

理由は、はっきりしている。

太平洋戦争は世界を相手にした大戦争にも拘らず、日本にとってこの二つ以外に売り物がないのだ。

例えば、真珠湾攻撃は、まれに見る一方的勝利なのだが、今や、敗北の端緒を作ったとか、アメリカを本気にさせてしまったといった理由で、批判の的にされている。

マレー沖海戦も、航空機による戦艦攻撃の模範的勝利だが、相手がアメリカでなくイギリスで、その上二隻《せき》では、華やかさが足りない。

もう一つ、日本人は不思議な民族で、喜劇も悲劇も好き、というより喜劇の中に悲劇があって、歓声をあげながらホロリともしたいのである。

日本人の有名な喜劇役者が、こんなことをいっている。

「笑って、笑って、最後にホロリとしなければ、完全じゃありません」

これが日本人に受けるストーリーとすると、真珠湾攻撃が人気がないのは、勝利があまりにも完全で、ホロリと出来ないためということになる。

これにもう一つ必要なキーがある。日本人は、笑い、泣き、そして、もう一つの利益を要するのだ。

徳川家康の一代記が、やたらに読まれたことがあった。

面白かったこともあるが、一番の理由は、「中小企業経営の参考」になるということだった。だから中小企業の経営者が、争って、買って読んだ。

日本人の特別な本の読み方だが、これは、今も生きている。

戦艦大和と、ゼロ戦は、その三つの要素を備えていたのか。

それが、ぴったりだったのである。

戦艦大和でいえばこうなる。

世界最強最大の戦艦。その四十六センチ主砲は、世界のどの戦艦より遠くまで届いた。これがプラス。

その最後は、ライバルの航空機の集中攻撃を受けて沈没した。これはマイナス。

ところが、戦後、その建造技術が生かされて、世界最大のタンカーを生み、造船日本を造った。人によって、戦艦大和の技術が、新幹線を生んだという人もいる。三つ揃《そろ》っているのだ。

ゼロ戦は、世界最強の戦闘機といわれたが、時代おくれとなり、特攻機として使われる悲劇も生んだ。

しかし、戦後、その軽量化技術は、日本の自動車の軽量化に生かされ、燃費の良さで、世界をリードした。

2

それでは、松代大本営は、どうなのか。

大本営を、東京から信州の地下に移そうとする夢のような大計画である。

しかも、皇居まで移し、そこに天皇制の根幹である三種《さんしゅ》の神器《じんぎ》を安置しようというのである。

当時のお金で二億円が投じられ、終戦時までに、七十パーセントが、完成したといわれている。

まさに、壮大な地下要塞《ようさい》である。

本土決戦に備えて、ここに地下大本営を造り、天皇も、ここに迎える。壮大である。

しかし、よく考えると、その決戦思想は、不可能であることがわかる。

まず、周辺の市民をどうするのか。地下要塞に収容することは出来ない。たちまち食糧不足に陥ってしまうからだ。

とすれば周辺の市民たちは、日本アルプスの山の中に逃げ込むより仕方がない。そうなれば、やはり、食糧不足に陥るだろう。

地下要塞で戦うことは出来ても、周辺の市民たちは、守れないのだ。

その間に、帝都東京は、アメリカ軍の手に落ちているだろう。

そして、原爆一発で鉄筋コンクリートの松代大本営は全滅する。

従って、松代地下大本営で、戦うという計画は捨てるべきだったのだ。それに戦争に間に合っていない。

戦後の平和な時代を見越して、壮麗な地下宮殿を造るべきだったのだ。

そうすれば、占領軍だって、破壊しろとはいわないだろうし、立派な観光施設になった筈《はず》である。

しかし、戦後、長野市も、県も、持て余した感じがある。

欠点が次々に生まれて、なかなか観光に利用できなかったからだ。

第一は、天皇との関係だった。

政府も軍も、地下に皇居を移し、天皇皇后にいざとなれば、移って頂くことを考えていた。

しかし、天皇も皇后も、最初から最後まで松代に移る気はなかった。

更に、決定的な失敗は、戦後、天皇が長野に来られた時、

「この辺に戦時中、無駄な穴を掘ったところがあるというが、どの辺か？」

という質問をさせてしまったことである。

これは決定的なマイナスになった。

戦争が終わった時点で観光化すべきだったのだ。

天皇の名前は使わず、戦争とも関係のない世界一の地下宮殿に方針転向すべきだったのである。

何しろ、七十パーセント完成していたのだ。

終戦時に、天皇を迎える御座所は、ほぼ完成していたという。天皇に興味がなかったというなら、もっと豪華にして、その後日本最初の地下ホテルにすべきだった。

内部は、どんどん広げて豪華にしてカジノを作る。

その他、さまざまな平和な施設を作っていく。

地下温泉も、温泉地だから可能だろう。

地下宮殿を、地下都市に発展させる。ホテル、旅館を増やしていけば、人も集まってくるだろう。

朝鮮人労働者を連れて来て、働かせたのだから、その人たちへの報酬として、建物を分与していけば、朝鮮人労働者問題も、自然に、解決していくだろう。

今の長野市や県のやり方は、根本的に間違っていると田島は思った。

金を殆《ほとん》どかけず、うす暗い坑道を、百メートル、二百メートルと見せても、誰も喜ばないだろう。人気も出ないに決まっている。

海底に沈む大和の残骸《ざんがい》を見ても、本当に喜ぶ日本人はいないだろう。

ゼロ戦でも同じである。

大和や、ゼロ戦は一時にしろ戦争に役立ったし、現代にその技術が応用されているから、人々に人気があるのだ。

松代大本営は、戦争の栄光がなかった。

暗い坑道を、何メートル見せても、誰も喜ばない。

松代大本営は一度も戦争で使われなかったのである。

それを、戦争がらみの観光資源として売ろうとしても、無理なのに決まっているではないか。

だから、現代人が使えるように、発展させなければいけないのだ。

日本人独得の計算に合わせて、松代大本営は、今や、松代地下宮殿として、この通り、大きく育っていると見せつけなければいけないのだ。

まだ、見つかっていない朝鮮人労働者の骨も多いという。

このまま、何もしなければ、当然、遺骨は見つからない。

朝鮮人労働者の遺骨を見つけるためにも、地下ホテル、地下温泉の建設は必要なのだ。

市や県も、観光事業には賛成だが、松代大本営については、縮小しようとしている。

朝鮮人労働者の遺骨が見つかったら大変だから、地下を広げようとしない。観光資源が、どんどん小さくなっていく。これでは、観光とは、いえないだろう。

その上、戦時中日本企業で働いていた朝鮮人の賃金問題が生まれているから、長野市や県は、臆病になっている。

朝鮮人労働者の骨や遺体が新しく見つかったという噂《うわさ》で、オタオタしてしまっているのだ。

田島が、精力的に、地元の有力者や、市会議員と、議論を重ねていくと地元の高校生の代表にも、ぶつかった。

戦後、その高校では、松代の地下壕を平和のための史跡として保全、公開して残して欲しいと要請し、それで、市が地下壕の一部を公開するようになったのだという。

戦後、はやった平和教育の一つなのだろうが、その説明をした若い教師に、田島は反対した。

「どんどん、坑道を広げて、大勢で見るようにした方がいいと思いますよ」

「それでは、戦時下の坑道ではなくなってしまいますよ。歴史が改変されてしまう」

「写真に撮っておけばいいじゃありませんか。今のは、死んだ歴史ですよ。死んだ歴史の中で、生きていくんですか。どんどん工事を進めて、地下ホテルを作って、それで、お客を呼べるようにしたらいい。そうやって、工事を広げていけば、まだ見つからない朝鮮人労働者の骨だって、見つかるかも知れないでしょう」

と、田島は、いった。

「それは、歴史をこわしますよ」

「いいじゃないですか。歴史と一緒に生きるわけにはいかないんだから」

「地下宮殿を作って、どうするんですか?」

「金が儲《もう》かれば、朝鮮人労働者に、未払いの賃金だって払えるし、慰霊碑だって建てられる。ただ、古い坑道を見せるだけだったら、何も出来ませんよ」

と、田島は、いい切った。

市役所の観光課の職員とも、ケンカをした。

殺された佐藤が発見した白骨が、朝鮮人のものだったら、また、朝鮮人労働者問題が起きると、心配しているからだった。

心配する理由を田島がきくと、

「市としては、太平洋戦争中の松代大本営として、観光化して、皆さんに来て貰《もら》いたいんです。ところが、朝鮮人労働者の遺骨が、見つかったとたんに、松代大本営問題が、たちまち朝鮮人労働者の強制労働問題にすり替わってしまうんです。

そうすると、日本各地から、いわゆる活動家が集まってきて、もう、市の窓口は、仕事にならなくなるんです」

「向こうは、大変な問題だというわけでしょう？」

「そうです」

「それなら、それを逆手《さかて》にとって大変な問題だから予算をぶん取って、作業を再開して、今度は、地下宮殿を作ったら、いいじゃないですか」

と、田島はいった。相手は呆《あき》れて、

「地下宮殿なんか作ってどうするんです？」

「今、長野は、売り物といえば、スキー場と善光寺しかないんでしょう。これでは、私が見てもジリ貧ですよ。それなら、地下宮殿は、恰好《かっこう》の売り物になる筈です。朝鮮人労働者問題が起きたら、予算獲得の絶好のチャンスですよ」

「そんな予算は、出ませんよ」

「それなら、日本中から基金を募集したらいいんです。今、コロナで、金を使いたくても何に使ったらいいかわからずに困っている金持ちが沢山いる筈です。その金持ちから、地下宮殿建設の基金を募るんです」

「集まらなかったらどうするんです？」

「それでも、もともとじゃありませんか。未完で終わった松代大本営を、未来の地下宮殿として、生き返らせるといえば、賛成者は必ず現われますよ」

「あなたは、関係者じゃないから楽観しているが」

「そちらがやる気なら、うちの中央新聞も、後押ししますが、朝鮮人労働者の白骨のことで、長野市があわてているのなら、そのことを、書かざるを得ませんよ」

と、田島が最後に脅した時、事件が起きた。

3

木本から、二体の白骨を預っていた入江外科の入江院長が、長野警察署に電話してきて、

「二体の白骨が、盗まれました。殺された佐藤誠さんが発掘したものだといって、彼の先生にあたる木本さんから預っていたものです」

この事件は、長野県警の刑事が、黙っていたにも拘らず、あっという間に長野市全体に広がった。

入江院長も、喋《しゃべ》ってはいないというから、二体の白骨を盗んだ犯人が、事件を自分から広げたに違いないということになった。

白骨二体は、深夜のうちに盗まれたものと、判断された。

長野署の二人の刑事が、入江外科に急行した。

この時点ですでに署には、問い合わせの電話が集まっていた。

「うちにもすでに、白骨が盗まれたのは本当かという電話が、かかっています」

と、院長の入江が、いった。

「どう考えても犯人が、言いふらしているとしか、思えません」

「その白骨は、木本という東京の歴史家から預ったというのは、本当ですか？」

と、刑事の一人がきく。

「本当です。朝鮮人の骨かどうか調べてくれと頼まれました」

「それで、わかったんですか？」

「朝鮮人の骨と考えてもおかしくありませんが、結論は出ませんでした。慎重を期するのなら、専門家に見せる必要があると思います」

と入江はいった。

「木本さんは、その白骨を何処で発見したといっていましたか？」

「皆神山《みなかみやま》近くの雑木林の中の小屋で見つけたといってました。あのあたり、松代の坑道掘りで朝鮮人労働者が、激しい労働に耐えかねて、逃げて来たという話があるので、木本さんも、そんな朝鮮人ではないかと思ったんだと思います」

刑事の一人、細江刑事が、木本と話したことを思い出して、

「佐藤さんは、白骨が発見された周辺の土地を、買い取っているんですが、ご存知でしたか？」

と、きいた。

「木本さんからは聞いていませんが」

と、入江は、否定した。

市役所と、県庁の観光課の職員が、かかってくる電話の対応に追われていた。

ほとんど、同じ質問の電話だった。

「朝鮮人労働者の白骨が盗まれたというが、本当か？」

と、いう。

担当者は、慎重に、

「まだ聞いておりません」

と答えることに、決めた。

聞いていますといったら、

「いつ発表するのか？」

と、聞いてくるに決まっているからだった。

担当者は全員が、噂を拡めているのは、入江外科から、白骨を盗んだ犯人に違いないと、考えていた。

そして、全員が困ったことになりそうだと心配した。

二十年前に起きた、朝鮮人労働者問題を思い出したからだ。

市と県の担当者は、朝鮮人労働者問題は、すでに解決していると、政府の見解で、かわそうとしたが、全国から、活動家たちが集まってきて、松代大本営事件は、朝鮮人労働者問題にすり替わってしまった。

韓国から、当時の被害者の子孫が押しかけてきたりということもあった。

長野の市内に、「朝鮮人労働者問題を明らかにせよ」の旗が林立した。

国際問題に発展するのを心配した政府は、市長を呼びつけて、「速かに善処せよ」と、叱《しか》りつけた。

二度と、あんな面倒なことにはしたくないと、担当者の誰もが思っていた。

それが、危うくなってきたのである。

そこで市と、県の担当者は、警察にハッパをかけた。

「一刻も早く、犯人を逮捕して、黙らせてくれ」

その頃、田島は、渋温泉で尊敬する木本の取材をしていた。

木本が、殺された佐藤誠に会いに長野にやってきたと知ったからである。

「確か、木本先生は、二十年前の朝鮮人労働者問題の時、長野に来ていましたね？」

と、田島は、まずきいた。

「そうです」

「あの時も、佐藤誠さんに頼まれたからですか？」

「それもありますが、あの時の長野の情勢に無理を感じたからです。それに私も若かった」

「今回、佐藤誠さんは、何といって連絡して来たんですか？」

「とにかく、大変なことが起きたので、助けてくれという手紙を貰いました。しかし、手紙には、何が起きたのかは書いてありませんでした。多分、会って話したかったんだと思います」

「それで、佐藤さんに会って、話を聞いたんですか？」

「いや。手紙には、事件当日、渋温泉の朝風館で話をしたいから、そこで、待っていてくれと書かれてましてね。待っていたら、彼が、湯田中駅で、殺されてしまったのです。だから、肝心の話は聞いていないのです」

「しかし、今は、佐藤さんが木本先生に何を告げたかったのか、わかっているんじゃありませんか？」

と、田島は、きいた。

「確かに、いろいろとわかって来ていますから、彼が何を話したかったのか、大体のことは想像がついています」

「それは、朝鮮人らしい白骨を見つけたが、どうしたらいいか、木本先生に相談したかったということですか？」

「だと思いますが、わかりません。二十年前のことがあるので、私に、相談したかったんでしょう」

「佐藤さんに会っていたら、どんなことを言うつもりでしたか？」

と、田島が最後にきいた。

「多分、二十年前の間違いは、犯さないようにしたいと、忠告したと思います」

「二十年前の間違いというのは、何ですか？」

「それは、私と佐藤さん二人だけの問題です」

「つまり、お二人が間違っていると思われたということですね？」

と、田島は、念を押した。

「佐藤さんが、亡くなってしまったので、今はその答えは、控えさせて下さい。では――」

と、木本は、話を打ち切ってしまった。

そのあと、田島は、東京の本社宛に、長野の町を走り回っての所感を送った。

だが、落ち着けない。

長野の町の空気が、彼を落ち着かせないのだ。
五、六分、我慢してテレビのニュースを見ていたが、テレビの音を小さくすると、東京の十津川にかけた。
相手が出ると、田島はいきなり、

「参ったよ」

と、いった。大学からの親友だから、いきなりでも、わかってくれるだろうという気安さが、あった。

「今、テレビを見てる」

と、十津川も、いきなり、いった。

「長野で、病院から白骨二体が盗まれたと、いってる。どうも、盗んだ犯人がいいふらしているらしいとも」

「そうなんだ。こんなに早く、町中の人間が知ってることがおかしいからね」

「それで、何に参ってるんだ？　わかり易くて、いいんじゃないのか」

「二十年前のことがあるからだよ」

「その頃、私は、N大の四年だった」

「おれだって同じだ。それでも、大きなショックを受けた。長野の松代大本営の観光話が、朝鮮人労働者問題にすり替わった。あれよあれよという間に、日韓の政治問題になってしまったからだよ」

「今回も、そうなりそうなのか？」

「それが、わからなくて、困っている」

「予想は、つくんじゃないのか？」

「それが、つかないから、参ってるんだ」

「しかし、白骨を盗んだ犯人が、盗んだと、言いふらしているんだろう。それなら犯人は二十年前と同じく、松代大本営という観光を、朝鮮人労働者問題にしたいんだろう」

「しかし、白骨を盗んだと言いふらしていても、『朝鮮人の』とは、いってないんだ。だから、白骨は、朝鮮人労働者のものではなかったという方向に持っていくつもりなのかも知れないいんだ」

「殺された佐藤という郷土史家が隠してたのを、木本先生が見つけて、外科医に鑑定を頼んでいた白骨なんだろう？」

「そうだ」

「その外科医の意見を知りたいな。白骨を、朝鮮人労働者のものだとわかったのかどうか」

と、十津川が、いう。

「おれも、知りたかったから、聞いてみたよ。朝鮮人の可能性はあるが専門家の意見も聞かないと、断定できないと、いっていた。当然の考えだが、それで一層、わからなくなったんだ。盗んだ犯人が、どちらにでも、白骨を利用できるからね」

「それで、君の考えはどうなんだ？　松代大本営は、戦争の遺物だろう。君は、どうしたらいいと思ってるんだ？」

と、十津川が、きいた。

「今、長野市は、松代の地下に掘った坑道を一般公開している。観光としてだよ。おれも、一回行ってみたが、暗くて狭い坑道が、百メートルほど続くだけで、何の感動もなかった。だからおれは、折角《せっかく》、途中まで掘ったんだから、どんどん掘り進めて、地下温泉、地下ホテルと、どんどん作っていくべきだと思っている。今のままで、こわれかけた遺跡を見せていたら、そのうちに、完全にこわれて、消えていくよ」

「戦争という歴史を遺すということなんだろう」

「だから、おれは反対なんだ。地方へ行ってみろ。歴史を大事にするとかいって、到るところに、江戸時代の町、宿が作られている。あれを見る度に、おれは、政府の歴史認識に疑問を持つんだ。地方の時代といいながら、地方に古い、形だけの疑似生活を押しつけておいて、東京のような大都会は、少し古くなったというだけで、高層ビルを更に高層に、便利に作りかえているんだ。おれにいわせれば、東京こそ、長い間江戸だったことを考えて、完全な江戸を作るべきなんだ。幸い年代ごとの江戸の古地図もあるから、もっとも華やかだった時代の江戸を完全に再現する。当時、世界一の百万都市で、上下水道も完備していたというから、人々の生活している江戸が再現できるんだ。現代の参勤交代のように、武士、或いは町人として、希望する者が一ヶ月か一年間、江戸の町生活をする。これこそ、真に、歴史を生きることになるのに。何度でもいうが、今の政府は地方に歴史を押しつけ、逆に、東京をどの時代でもない生活空間にしてるんだ」

と、田島は熱っぽくいった。

「地方の長野には、歴史じゃなく、現代を生きるようにしろと、いうわけだな」

「当然だろう。地方はそれでなくても発展のスピードがおそい。それなのに、歴史を押しつける。肝心の江戸には、歴史を忘れて豊かな未来生活を約束する。これでは、大都会は、ますます生活しやすい未来が出来あがり、地方は古い歴史を生きろと強要する。しかも、ニセモノの歴史をだよ」

持論だから、田島は、熱っぽく、繰り返す。

「大江戸八百八町で、ホンモノの江戸を生きられるとなれば、外国人は、喜んでやってくるよ。その代わり、全てホンモノでなければいけない。作りものの江戸じゃなくホンモノの江戸なら、それこそ外国から、非難されない歴史認識になる」

「長野は、ホンモノの歴史を作りそうか？」

「全くわからない」

「そんな話を聞いていると、長野に行ってみたくなるな」

「――――」

「どうしたんだ？」

「今、突然、予感に襲われたんだ。嘘《うそ》をつけというかも知れないが、間もなく、君が、長野にやってくるような気がしたんだ」

「私は、東京の刑事だよ」

「だから、不思議な予感だといったんだ」

「そんな、オカルトめいた、君の予感なんて、当たってほしくないね」

「おれの予感は、オカルトじゃないよ。他人には、結びつきがわからなくても、おれの無意識の世界では、結びつきが、はっきり感じられるんだ」

「君のご託宣は、もういいよ。電話を切るよ」

「長野で待ってるぞ。長野へ来ることになったら、少しはおれに、敬意を表してくれ」

　田島が笑いながら、電話を切った。

4

白骨が盗まれた事件で、木本が何か知ってはいないかと、細江刑事は、再び、渋温泉の朝風館を訪れた。

しかし、旅館に、木本の姿はなかった。

朝風館の女将が、不安げな顔でいった。

「木本先生は、昨日の昼過ぎ、お出かけになったまま、まだ帰っておられません」

「どちらに行かれたんですか？」

「行き先は、何もおっしゃいませんでした」

木本は、二十年ぶりに、東京から長野に来たばかりである。会いに来た佐藤誠は、殺害されてしまった。

木本の話では、佐藤の相談事の内容は、わからない、ということだった。

となると、木本が長野を訪れた用件は、立ち消えになったはずである。

宿泊先を変えたとも思えない。身の回りの荷物も、部屋に残されていた。

朝風館を出た細江は、その足で、佐藤の住んでいたマンションを、のぞいてみた。朝風館の女将の話では、木本が数日間、その部屋にこもって、何か探し物をしていたからである。

だが、マンションにも木本の姿はなく、木本が再び訪れたような、形跡もなかった。

細江は、いやな予感に、襲われた。

長野県警本部に、高齢の男性の死体が発見された、という知らせが、所轄の警察署から入った。

場所は、皆神山近くにある雑木林の中だという。

細江刑事はすぐに、木本が白骨を見つけた小屋に違いない、と思った。

緒方警部と細江刑事は、現場に急行した。

雑草が生い茂る現場には、すでに「立入禁止」の黄色いテープが張られ、所轄の警察官が立っていた。

緒方と細江は、小屋に入った。

俯《うつぶ》せの死体は、後頭部の白髪が、血に染まっていた。

「木本ですね」

横からのぞきこんだ、細江がいった。緒方もうなずく。

「後ろから、一撃だな」

床の血痕は、小屋の扉から、筋状に続いている。

「外で襲って、ここまで引きずってきたようだな」

二人は外に出た。

襲撃場所は、すでに見つかっていた。雑草に、点々と血痕が散っていた。

「木本は、何の用事で、ここに来たんでしょう?」

細江が聞いた。

「白骨は、運び去っていますし、われわれも、周辺を、徹底的に捜索しましたが
……」

見落としたものはない、と、細江はいった。

緒方にも、思い当たることはなかった。

夜になって、県警本部で、記者会見が開かれた。

はじめに署長が、木本殺害事件について、発表することを告げ、続いて緒方警部が、発言した。

「被害者は、木本啓一郎さん、七十歳。東京在住。職業は歴史研究家、専門は近現代史。歴史家の間では、かなり著名な方だということです。T大学史学科を卒業後、ベルリン大学へ留学、東西ドイツの分裂と合併について研究。帰国後、N大学教授などを歴任。『世界の視点から日本の歴史を研究する』など、著書多数。木本さんが長野に来県したのは、先に殺害された佐藤誠さんから、人命にかかわる重大事を相談したいとの、手紙をもらったためです」

緒方警部は、被害者・木本の簡単な経歴と、来県の理由を紹介してから、事件の経緯について、述べ始めた。

「遺体発見現場は、皆神山近くの雑木林にある小屋の中。

本日午後五時三十分ごろ、近所に住む六十三歳の男性が、犬を散歩させていたところ、現場付近で、犬が異常な吠《ほ》え方をしたため、山林に分け入り、遺体を発見、一一〇番通報しました。

遺体は、小屋の中に遺棄されていましたが、殺害現場は、小屋から三十メートルほど離れた山林の中です。多量の血痕が、周囲の雑草に散っており、殺害後に、遺体の発見を遅らせるために、小屋まで運んだものと思われます。

死因は、後頭部を、鈍器のようなもので、強打されたことによる脳挫傷。凶器はまだ発見されていません。

死亡推定時刻は、昨日の夕方、午後四時から午後五時までの間。

被害者の生存が確認されているのは、現段階では、宿泊先の渋温泉の朝風館を出た、昨日のお昼過ぎまでです。それ以降の足取りは、まだ、わかっていません。ただ、時間の経過から考えて、朝風館から直接、現場に向かったものと思われます」

緒方警部がそこまで述べて、記者からの質問に移った。

「木本さんは、先に殺害された、佐藤誠さんの相談にのるため、長野に来たということですが、佐藤さんの、人命にかかわる相談事というのは、何だったのですか？」

「木本さんには、生前、それも聞いたのですが、木本さん自身も、全く見当がつかないと、いっていました」

　緒方が答えた。

「佐藤さんが発掘した、二体の白骨は、木本さんが、入江外科に持ち込み、鑑定を依頼した。しかし、その直後、白骨は盗まれた。入江外科に、白骨が運び込まれたことを、知っていた人物は、限られていたようですから、白骨盗難の犯人は、関係者だと思われますが……」

「関係したとされる、複数の人物に、確認しましたが、どなたにも犯行の動機がなく、アリバイもありました。また周囲に、白骨について、しゃべった方もいませんでした」

「白骨の発見と盗難、そのことと、佐藤さんが木本さんに送った手紙には、関連があると考えていいですね？」

「その点については、捜査中です」

　緒方は、ことばを選びながら、記者の聞きたい答えを、はぐらかした。

「佐藤さんは、何か人命にかかわる重大事に、直面していた。その重大事を詮索されては困る人物がいて、目障りな佐藤さんを、殺害した。しかし今度は、木本さんまでが殺害された。となると、木本さんは、佐藤さんの相談したかったことの、内容はわからないまま、犯人の殺意を呼び起こす、何らかの行動をとっていた。そう考えられますね？」

緒方警部は、腕組みをして、頭を振った。

「まだ、そこまでは……」

「木本さんは、白骨を発見した現場を、再び訪れています。すでに白骨は運び出していますから、何かほかに、気にかかることが、あったんでしょうか？」

「われわれも、佐藤さんの事件で、小屋とその周辺は、捜索していますが、気になる点は、見つかっていません」

「見落としは、ありませんか？」

記者の意地悪い質問に、緒方警部は、ムッとした表情で、

「何か、心当たりがあるのでしたら、ご教示ください」

と、開き直ったように応じた。

緒方の、きつい視線をあびた記者が、下を向いた。

「二件の事件は、関連があると、考えていいですね？」

　別の記者が、食い下がる。

「断定するには、至っていませんが、そのようにも考えられます」

　緒方は、気を取り直して、記者の質問に答える。

「そう考えるほうが、合理的じゃないですか」

「もし関連があるとするなら、同一犯の犯行ですね？」

　また別の記者が、質問する。

「その点も、まだ不明です」

「どういうことでしょうか？　犯人は別の人間の可能性もあると？」

　記者が訊く。

「同一犯か、別の人物か、今の段階では、そのどちらともいえません。たまたま、同じような利害関係にある、別々の犯人による、別々の犯行の可能性も、否定できません」

「同じような利害関係とは、どういう意味でしょうか？」

「二件の犯行の動機は、似ていても、手を下した犯人は、別かもしれない、ということです」

「犯人は、グループかもしれないですね？」

「断定はできません」

「犯人は、一人か、別々の人間か、あるいはグループかはわからないが、二つの事件は、関連している、と判断されているのですね？」

「関連している可能性はあるものの、繰り返しになりますが、そのように断定するには、至っていません」

記者との質疑は、堂々巡りし始めた。

記者は、緒方から、言質を引き出そうと、しつこく詰め寄ってくる。

販売部数や視聴率のために、センセーショナルなニュースに、仕立て上げたいのである。

かたわらに控えていた、進行役の係官が、頃合いと見て、

「本日の会見は、これまでと、させていただきます。捜査の進捗状況は、追って発表いたします」

と、記者たちの質問をさえぎった。

署長と緒方が、席を立った。

5

翌日。

長野着一一時四四分の北陸新幹線「かがやき五〇九号」で、十津川と亀井《かめい》が、到着した。

駅には、中央新聞の田島が、迎えに来ていた。

ちょっと、得意気に、

「どうだ。おれの予言が、当たったろう」

と、いう。十津川は、素直に、

「驚いたよ。あれからすぐ、刑事部長から、長野行を命じられた」

「おれの第六感も、なかなかのものだろう」

「たまたま、当たっただけだよ」

「負け惜しみをいうな。ところで、長野県警との合同捜査になるのか？」

「まだ決まっていない。二つの事件を詳しく調べてからだよ」

「合同捜査で決まりだな」

「また、君の第六感かい？」

「そんなところだ。とりあえず、食事に行こう」

田島は、二人を、駅前のイタリア料理の店に案内した。

「引っかかっているのは、木本先生が、二度も、雑木林に行っていることだ」

田島が、疑問を口にした。

「同感だね。白骨を運び出して、一応の決着はついてるはずなんだ。もし木本先生が、気になったことがあったのなら、こちらがそれに気づいてないことになる」

十津川が答えた。

「それに犯人が、雑木林で、木本先生を殺害したのも、気になります。犯人は、木本先生が再び、雑木林にやって来るのが、わかっていたかのようです。木本先生を尾行したのか、それとも待ち受けていたのかは、わかりませんが」

亀井がいった。

「そう。カメさんがいうように、犯人は、木本先生がもう一度、雑木林に来るのを予想していた。というか、警戒していた。その理由は、何だろう？」

「それが、殺害の動機につながるような気もするな」

田島が応じた。

「長野県警は、例の小屋の捜索もしたんだろう？」

十津川が、田島に尋ねた。

「捜索はしたようだよ。しかし、第一の殺害現場は、長野電鉄の湯田中駅構内のトイレだったし、木本先生は、雑木林の中でだ。犯人の遺留品を捜すために、小屋の中も捜索しただろうけど、どれだけ丁寧にやったか、そこのところはわからない。気になるなら、県警に訊いてみるんだな」

「木本先生の行動を考えると、雑木林か小屋に、まだ見つけていない、何かがあるのかもしれないな」

と、十津川は、いった。

「君はいつまで、いるんだ？」

「一週間だ」

「これから、どうする？」

「まず、県警本部と、長野警察署に、あいさつに行く」

「それなら、同行するよ。おれも、両方にあいさつ兼取材もあるから」

と、田島は、いった。

店を出て、まず、長野警察署に向かった。

「白骨殺人事件捜査本部」の看板が、かかっていた。

十津川と、亀井は、署長室に、あいさつに向かった。

その間、田島は、担当刑事たちに、取材している。

四十代の署長は、少し疲れた表情で、十津川たちを迎えた。

「わからないことの多い事件です」

と、署長は、いった。

「といいますと？」

「二体の成人白骨体が、二件の殺人と、深く関わっていると、考えています。しかしその先がわからない。朝鮮人労働者の問題は、政治的な論争を巻き起こしており、それへの対処を、厳しく求められています。国際情勢もあって、それは仕方ない。ただ、そういった政治問題と、今回の殺人事件とは結びつかない。そもそも、朝鮮人労働者の問題は、七十年以上も前の、戦前のことです。そんな昔のことが、殺人の動機となるとは思えません。では白骨が、現在にどのような殺意を生じさせているのか、これも、まったく見当がつきません」

「おっしゃるとおりです。人を殺害するには、深い怨恨や欲望がからみます。政治上の対立は、殺意とは別ものです。戦前に、日本人が行った行為が、今回の殺人につながっているとは、考えられません」

「白骨を盗んだ人物の意図がわかれば、事件は解決しますね？」

「私も、そう考えています。そこで一つ、お願いがあります」

「何でしょう？　私にできることなら」

「白骨が隠されていたという、小屋の捜索です」

「一度、うちの鑑識が、調べたはずですが」

「失礼を承知で申し上げますが、あの小屋は、二つの事件の殺害現場ではありませんから、もしかすると、大まかな捜索だった可能性があります」

「もっと綿密に、ということですね。わかりました。刑事部長とも相談して、手配しましょう」

た。

6

田島は、今、自分が泊まっているホテルに入れと、すすめたが、十津川は断った。

刑事と取材する記者だから、あらぬ疑いをかけられるのが嫌で、長野警察署が、予約してくれていたホテルに、亀井刑事と、チェック・インした。

今日は、これ以上、考えたり、田島と話をするのを止めた。

ホテル内の中華料理店で、夕食をとると、亀井には、

「明日から忙しくなりそうだから、今夜は、ゆっくり休んでくれ」

と、いってから、自分の部屋に入った。

バッグから、持参した本を取り出した。

二十年前、木本啓一郎が長野での経験を元にして書いた本である。

『松代大本営観光と朝鮮人労働者問題』

と、いう長いタイトルの本である。

地味な本で、増刷した気配はない。

一行目に、こう書かれていた。

「ある人間にとって、長野のそれは、松代大本営観光であり、別の人間にとって、それは、朝鮮人労働者問題なのだ」

二十年前、歴史家の木本啓一郎は、長野に住む弟子の佐藤誠に協力して、問題化する松代大本営の観光化と、朝鮮人労働者の政治問題化を、どうすべきかを、一ヶ月にわたって、研究しているのだ。

そして、二十年後、再び、佐藤誠に呼ばれて、長野にやってきた。

弟子の佐藤誠を、二十年前と同じように、助けようとして、やって来たとしか考えられない。

ところが、何もしないうちに、というより、長野で、二十年ぶりに会う前に、二人は相次いで死んでしまった。殺されてしまったのだ。

「何故なのか?」

その疑問を、明日から解いていかなければならない。

第三章　田島記者失踪

1

「どうにも、すっきりしない事件だよ」

田島が、舌打ちする。

捜査本部近くのホテルのロビーである。そこでは、新聞記者やテレビ局員たちが、マスクをし、距離を置いて、警察の次の発表を待っていた。

緊急事態宣言が解除されているので、マスクを外《はず》して顔を寄せて、喋《しゃべ》っている記者もいた。

十津川も、田島に同感だった。

何回も、事件の発端《ほったん》から、今までを整理しなおしているのだが、田島のいうように、すっきりしない。

二十年前、長野の松代大本営にからんで、朝鮮人労働者問題が起きた時、東京の歴史家木本啓一郎は弟子で長野にいる郷土史家の佐藤誠を助けて、問題に当たった。

そして、二十年後、長野の佐藤誠から手紙が来て、相談したいことがあるので、ぜひおいで頂きたいというので内容がわからないままに、長野に向かった。しかし、佐藤が指定した旅館では会えず、佐藤本人は、湯田中駅のトイレで殺されていた。その佐藤は、白骨二体を発見しながら、雑木林の小屋に隠していた。その隠匿された白骨を発見し、入江外科に鑑定を依頼した木本啓一郎までが、殺害された。入江外科から盗まれた、二体の白骨は行方不明のままである。

これが、現在までの状況である。

東京に住む歴史家の木本啓一郎と、その弟子で長野に住む佐藤誠が殺されたので、警視庁と長野県警との合同捜査になった。

だが、どうにも、すっきりしないのである。

まず、佐藤が、二十年ぶりに、師の木本に助けを求める手紙である。それなのに、何故、肝心の理由を書かなかったのだろうかという疑問がある。

推測すれば、佐藤は、朝鮮人労働者の骨と思われるものを発見して、それについて、木本の知恵を借りたいと手紙を出したと思われる。しかし、二十年前に朝鮮人労働者問題で苦労した二人である。何故、手紙に理由を書かなかったのか、理由が、わからないのだ。

第二は、殺人の動機である。

二人が、殺された理由がわからないのだ。

長野市は、松代大本営問題を、歴史問題ではなく、観光の一環にしたいと考え、一方で、朝鮮人労働者問題にしたいと考える人々がいることは、前々からわかっている。佐藤はいわば、その騒動に巻き込まれた経験者である。

十津川が調べたところ、松代大本営を観光に生かすか、朝鮮人労働者問題にするかは、何年も、問題になってきたが、どちらが勝つということではなくなっている。今更《いまさら》、どちらが勝つという話でもないというのである。それなのに、何故、佐藤は今、殺されてしまったのか、わからないのだ。

最後は、佐藤が手に入れたという二体の白骨である。

調べてくれといわれて、木本から預かった外科医は、朝鮮人のものらしいが、自信がなかったと証言している。

そのあと、白骨は盗まれてしまっているから、十津川は、それがどんなものだったか、外科医に聞きに行くことにした。

病院に行くと、同じ気持ちの記者たちも来ていた。

コロナのこともあるので広い診察室で、外科医が、ボードに、絵を描きながら、集まった十津川たちに説明してくれることになった。

「私は、人類学者ではありません。ただ私の医院は、長野県で外科医をやっておりますので、問題の松代大本営の工事で働いた朝鮮人労働者の身体《からだ》を診ていた記録が残っています。そうした昔の資料に照らすと、二体の白骨が、当時の朝鮮人のものであっても、おかしくはありません。ただ、断定は出来ません。再度、申し上げますが、私は人類学者じゃありませんので」

と、入江は、繰り返した。

「警察の発表では、問題の雑木林で、青いヒスイを発見したとのことですが、ご存じですか？」

「話は聞いていますが、実物は見ていません」

「ドーナツ形をしているらしいのですが、先生は、白骨と関わりがあると、お考えですか？」

「一般論でいえば、ドーナツ形のヒスイは、朝鮮の人たちが、中世の頃から、愛用していましたが、白骨の人が身につけていたと、断定は出来ません」

　と、入江医師が、いった。

　この対話で、最後にちょっと、注目すべき発言が出た。

　記者の一人が、

「白骨二体を預かった時、先生は木本さんと、何か、白骨発見のことで、話をしましたか？」

　と、聞いたことから始まった。

「いろいろと、発見時の状況などを説明されました。話されているうちに、ふと、何か思いつかれたのか、『レンガじゃない！』とつぶやかれました。何のことかと尋ねたところ、白骨が隠されていた地下室の壁の棚に、レンガのような長方形の固形物が、いくつか積まれていたといわれました」

「それは、松代大本営を造る時に使われたレンガじゃないんですか？」

「それはないと思います」

「どうしてですか？」

「木本さんは、二十年前から、松代大本営について、研究されている方です。従って、大本営に使われたレンガなら、すぐ、わかった筈《はず》です」

と、入江は、いった。

しかしそのレンガ状のものは、見つかっていないのである。

（ひょっとすると、佐藤と木本が殺されたのは、そのレンガ状のものが原因ではないか？）

という疑問も生まれてきたのである。

さまざまな臆測が、飛び交《か》ったが、結局、その実体は、わからなかった。

実物が見つかっていないことや、木本が、入江医師に話した言葉が、あまりにも、漠然としすぎていたからである。

しかし、わからないことで、逆に、そのレンガ状のものが、今回の殺人事件を解くのに必要なカギではないかという話が、人々の頭に残っていった。

十津川も、この話に拘《こだ》わった。中央新聞の田島記者の口からも、その話がよく飛び出した。

田島は、本社から取り寄せた松代大本営の写真を、十津川に見せて、熱弁を振るった。

「おれは、どうしても、掘った坑道の壁を固めるのに使ったレンガだと思うんだ。本来なら敵の爆撃に対抗するために、鉄筋コンクリートで、補強すべきなのだが、戦争末期で、日本は、資材が不足していたからね」

松代大本営全体の建造にも現われていて、坑道の補強には、日本各地で焼かれたレンガが使われていた。

従って、そのレンガである可能性は高いのだが、十津川は、レンガ説には否定的だった。

第一に、確かに、坑道の壁の補強にはレンガが使われている部分もあるが、七十五年たった今、そのレンガの殆《ほとん》どが欠けてしまっているのだ。

第二に、入江医師の言葉である。松代大本営について、長いこと調べている木本が発見した物が、建造に使われたレンガなら、すぐ、わかったに違いないのである。だから田島も十津川と同じ意見になっていった。

「この写真のように、レンガは、松代大本営のさまざまな場所で、使われているんだ。ただ、規格は、統一されている。その方が、大量生産できるからね。逆にいえば、特別な大きさとか、形の違うレンガは、使われていないということなんだ」

「そうなれば、木本先生が、見間違えたり、迷ったりすることもないわけだな」

「そうなんだよ」

「つまり、木本先生が見つけたものは、松代大本営を造るためのレンガではないということなんだな」

「その結論に、なってしまうんだ」

「そうすると、レンガ説は、完全に消えるな」

と、田島は、断定した。

「これまでの話を総合すると、二体の白骨が朝鮮人労働者で、過酷な作業から逃げてきた人たちだという可能性が高い。となると、作業現場から、持ち出して来たものだろう。そんな時、レンガを持って逃げるだろうか。重いだけで、いくらにもならないからね」

「そうなんだ。しかし、作業現場で、レンガ状のもので高価なものは、ないんだよ。ハンマーやノミといった工具なら木本先生がわからない筈がないからね」

と、田島はいった。

二体の白骨が、当時の朝鮮人労働者のものかどうかという問題は残っていたが、こちらの方も、問題が生まれてきた。

2

昭和二十年春頃、松代周辺にはもちろん日本人も住んでいて、朝鮮人労働者たちと同じように、地下大本営建設に駆り出されていた。

その人たちの遺族から、二体の白骨は、行方不明の父や祖父、友人ではないかという問い合わせも、あった。

当時、日本の労働力は、極端に不足していた。それは、よく知られている。

松代大本営の現場でも、それがあって、前々から、本土にいて働いていた朝鮮人を、かき集めたり、切羽つまって、朝鮮半島から、千人単位で、本土に連れてきて働かせている。これは、誰もが知っている話だから、二体の白骨が、朝鮮人労働者である可能性は高かった。

松代大本営の他に、当時、日本各地の鉱山や工場で働いている朝鮮人は、多かった。

逃亡者が出る度《たび》に問題になるのは、強制連行かどうかという問題である。

自分の生まれ故郷に、いい働き口があれば、好んで、日本内地に働きには来ないだろう。働き口がないから、海を渡って、内地に働きに来たのである。となれば、その働き口を奪ったのは誰かということになってくるのだ。

朝鮮が、日本に併合された時から、内地に働きにくる朝鮮人は、多くなった。

一方日本人が、一攫千金《いっかくせんきん》を狙《ねら》って、どっと、朝鮮半島に押し寄せたのである。

そのことについて、石原莞爾《いしはらかんじ》は、次のように書いている。「その頃、半島に押し寄せた日本人は、どうしようもないゴロつきばかりだった」と。

彼等は権力を笠にきて、朝鮮人の土地を取り上げた。仕方なく、朝鮮人が満州に移動して、今度は、彼等が、現地の人々から、土地を取りあげた。

十津川も田島も、戦後生まれだから、肝心の戦時中の日本（日本人）と、朝鮮（朝鮮人）の関係を詳しく知っているわけではない。

今回の事件のために、関係者に聞いたり、本、或《ある》いは資料によって知ったもので、かなり、大ざっぱな知識である。

最初、日本人にとって、朝鮮は、中国と共に憧《あこが》れの地だった。

巨大な中国の文化、文明の多くが、朝鮮半島を通って、日本にもたらされた。

文字のなかった日本に文字をもたらしたのは、王仁《わに》という朝鮮からの帰化人といわれている。

第十五代応神《おうじん》天皇の頃、朝鮮は三国に分かれていたが、その中の百済《くだら》からの渡来人が論語《ろんご》などを伝えたといわれる。四世紀後半といわれる。

江戸時代は日本の学者の多くが論語などを、教養の中心と考えていた。

それが、明治になると、日本人の中国、朝鮮に対する眼が、次第に変わってきた。

特に朝鮮（朝鮮人）に対する見方である。

はっきりわかるのは、松下村塾《しょうかそんじゅく》を始めた吉田松陰《よしだしょういん》以後の見方である。

「朝鮮は、自力で近代化するのは難しいので、日本が力を貸して、近代化してやらなければならない」

なぜか、この考えが、西郷隆盛《さいごうたかもり》、伊藤博文《いとうひろぶみ》と、続いていくのである。

朝鮮に対して、もっとも穏やかな見方をしていて、自力近代化を期待していた福沢諭吉《ふくざわゆきち》まで、最後には朝鮮の近代化を諦《あきら》めて、「脱亜入欧」として日本独自の近代化に眼を向けてしまうのである。

「朝鮮の近代化」といっても日本から見ての話で、正直に言えば、朝鮮を占領する（植民地化する）ということである。

朝鮮から見れば、いらぬお世話ということになる。

考えてみれば、日本は米、英、仏、露などから、開港（近代化）を迫られて、何とか、それを断わろうとしていたのだから、同じ近代化を朝鮮に迫って、植民地化するというのは、勝手ないいぐさなのである。

しかし、日本は、朝鮮を植民地にした。一九一〇年（明治四十三年）の韓国併合である。形としては、朝鮮が日本になり、朝鮮人が日本人になったわけで、平等の感じを受けるが、もちろん内実は違っていた。

一、朝鮮の軍隊の解散

一、司法権の委任

一、各部次官は日本人採用

が、決められた。朝鮮の内政の権限は日本人の統監に握られたし、朝鮮を統治していた高宗《こうそう》は帝位を奪われて、王妃は、日本人に殺されている。

実際の国民生活の中では、どうなっていたのか。日本に併合されたのだから、日本人も朝鮮人も同じ日本人だったと思われがちだが違うのである。このことが、戦後の今も、両国の間に問題を起こしている。

当時政府筋（内務省）から、しきりに宣伝された言葉がある。

半島同胞

内鮮一体

一視同仁

その一方で、同じ内務省の特高課長が、しきりに口にしていたのは、

不逞《ふてい》鮮人

朝鮮人の不平分子

不逞漢

前の言葉は、タテマエであり、後者は、ホンネである。

ここでいう不逞鮮人というのは、「朝鮮の独立を考えている朝鮮人たち」のことである。

そういう朝鮮人は不逞なやからなのである。

最近、戦時中指導的立場にいた人々が残した言葉の中に次のようなものが多く発見されている。

「日本人（日本軍）は、今回の太平洋戦争でアジアの各地に被害を与えて申しわけないと頭を下げる人たちがいるが、よく考えると、日本軍が、戦争を始めたために、アジアの多くの国が、独立をかち取ったのである。われわれが血を流した

おかげで、アジアは独立国が増えたのだ、そのうちに、彼等は、日本の起こした太平洋戦争に感謝するだろう」

しかし、それを自慢するのなら、中国や朝鮮のことはどう説明するのだろうか。中国はまぎれもなくアジアである。

昭和初め頃、欧米からの独立を考えて、必死だった。その時、日本はその中国を助けたのか。

逆に、満州に傀儡《かいらい》国家を作り、昭和十二年には、盧溝橋《ろこうきょう》事件を端緒《たんしょ》に、中国本土へ侵略を開始、北京《ペキン》、天津《テンシン》などを制圧した。日中戦争である。

更に上海《シャンハイ》に戦火を広げ、首都南京《ナンキン》に攻め込み、南京事件を引き起こした。この時の日本軍の合言葉は「支那膺懲《ようちょう》」である。自分の方から侵攻しながら、奢《おご》れる中国を、こらしめるというのである。

これではとても、アジアの解放とはいえないだろう。

朝鮮問題は更に不可解である。

朝鮮は、もちろん、アジアである。明治時代まで独立国だった。李《り》王朝という王国だったのだ。

国王がいて、王妃がいた。

その国王を廃し、王妃を殺害した。また、米が不足がちな日本本土への米の大量搬出計画を立てたが、この事業によって朝鮮農民は困窮し、また日本の東洋拓殖会社などに、朝鮮の国有地を払い下げたため、日本人の大地主は増えていったが、朝鮮人は貧しい小作農に転落し、故郷を捨てて、満州に出て行ったり、日本内地に職を求めて、移っていった。

日本及び日本人が朝鮮・朝鮮人に対して行ったことの最悪のものは、その優越感だろう。

日本政府は、一応、「一視同仁」「内鮮一体」を口にしながら、朝鮮人を一段低く見ていたのである。

3

そんな差別された朝鮮人が、終戦直前、何処で何をしていたか詳しく知りたいと思ったのが、十津川であり田島だった。

朝鮮が日本の植民地になると、一攫千金を夢みる日本人が、どっと、朝鮮半島に押しかけてきた。

朝鮮人は生活に困り、職を求めて、海を渡り、日本内地にやって来たがその殆どが、肉体労働だった。

また、新天地を求めて満州に渡ったが、ここでは、そこに住んでいた満州人と土地を争うことになった。

日本軍が占拠している中国大陸に行く者もいたが、その多くが、日本軍関係の仕事だった。朝鮮女性を連れて、日本軍の慰安所を開くなどは、その典型だろう。

日本本土についていえば、職を求めて朝鮮からやって来た人々が、工場や鉱山で働いていた。

彼等の多くが、松代大本営の工事現場で働いていたと思われる。

それでも、労働者が不足するので、日本政府が、朝鮮人を、千人、二千人と集団で本土へ送ってくるようになった。

この集団が、松代大本営の現場で働いていたことが、わかっている。

つまり、松代大本営では、

一、日本人
二、前から本土で働いていた朝鮮人
三、集団で、朝鮮から送られてきた朝鮮人
この三種類の労働者が働いていたことになる。

佐藤が発見した二体の白骨は、どうやら朝鮮人らしいから、二と三のどちらかだろう。

しかし、そう考えると、一緒に佐藤が見つけたと思われる「レンガ状」のものが何なのかが、わからない。

十津川が、二体の白骨に拘わるのは、それが、今回の殺人事件を解明するカギになりそうだと思うからだった。

田島の執着は、専《もっぱ》ら特ダネ狙いのためである。

だが、なかなか、解答が見つからないので、二人は範囲を広げ、終戦直前、朝鮮人が、本国以外で主に何処で、どんな仕事をしていたかを調べることにした。

ひょっとすると、二体の白骨は、朝鮮人だとしても、松代大本営以外で働いていたのかも知れないと考えたからだった。

調べてみると、多くの朝鮮人が戦争中、国外で、働いていたことがわかった。その典型が、従軍慰安婦だろう。業者の多くは、朝鮮人で、朝鮮人慰安婦を連れて、戦線の至る所に、日本軍の指示に従って、慰安所を設けていた。

中国大陸だけでなく、ビルマを始め、アジア全体に設けられていた。

また、最初、朝鮮からの召集はなかったが、その後、朝鮮人も召集するようになり、特攻隊員として亡くなる者も増えてきていた。

一番悲惨だったのは、連合軍の捕虜を収容する収容所で働いていた朝鮮人だった。命令を拒否することは出来ないし、収容所の所長は日本人で、朝鮮人は、その下で働くことが多かった。

日本軍は、上意下達で、上からの命令は、絶対服従である。

日本人の所長が捕虜の処刑を命令した場合、その下で働く朝鮮人は、拒否出来ない。

何人かのアメリカ人捕虜が、朝鮮人の手で処刑された。

戦後、当然、占領軍は、これを問題として、軍事法廷が開かれた。処刑の実行者である朝鮮人は、上からの命令で仕方なく処刑したと弁明したが、聞き入れられず、何人かの朝鮮人が、処刑された。これはＢＣ級戦犯の悲劇として報道されている。

調べていくと、太平洋戦争で日本将兵や、民間人が、中国以外にも、アジア全体に広がっていたのと同じように、朝鮮人が、アジア全体に広がって、働いていたのである。

その多くが、日本軍の先兵的な使われ方をしていた。

簡単にいえば、日本人がいる所には、朝鮮人もいたということである。

この時、忘れてはいけないのは、朝鮮人という存在でなく、日本人と、日本があるだけだったということである。向かい合った敵兵も朝鮮人を相手にしたのではなく、日本人と、日本を相手にしていたのである。

ところが、最近、「あれは、朝鮮人がやったことで、日本人は関係ない」という弁明が、聞かれるようになった。

「ＢＣ級戦犯の悲劇だね」

と、田島がいった。

「終戦まぢかに、朝鮮人はアジアの至る所にいて、日本人として日本人の上司の命令で動いていたんだ。その当時、朝鮮人は、日本国民だから、日本人の命令に逆《さか》らえなかった。そのことを無視しては、今回の事件は解決できないと思うね」

「同感だ」

と、十津川は、肯《うなず》いた。

十津川は、テーブルに、日本地図を広げる。

「昭和二十年六月頃、松代大本営は、七割がた完成していた。その工事のために多くの朝鮮人労働者が、長野に集まっていた」

「問題は、朝鮮人労働者が働いていたのは、松代だけではないことだ。九州の軍艦島の炭鉱でも働いていたし、労働力不足の多くの鉱山でも働いていた」

「これは労働者じゃないが、九州鹿児島の知覧《ちらん》特攻基地から、朝鮮人の特攻隊員が出撃して、散っている。陸軍航空士官学校出身のエリートで出撃前、アリランを歌っていたといわれている」

「日本の労働力不足からこの頃は、年三万人の朝鮮人が、日本内地に送られてきている」

「そのしっかりした名簿があれば、今回の事件の参考になるんだが、日本人労働者の場合でさえ、名前のわからない死者がいるんだ。松代大本営で働いていた日本人でもだよ」

と、十津川は、いった。

となると、逃亡した朝鮮人労働者の名前がわからなくても、不思議はない。

もう一つ、十津川が、疑問に思っているのは、佐藤が発見したという二体の白骨だが、今は、漠然と松代大本営の工事現場から逃亡した朝鮮人労働者と考えられていることだった。

ひょっとすると、別の場所から、逃亡してきた朝鮮人労働者ではないかと、十津川は考えるようになっていたのである。

近くの炭鉱で働いている朝鮮人がいたことも、わかっていたし、その中の何人かが過酷な労働と飢えから、逃亡したケースもあるのだ。

郷里の朝鮮で知り合った同士が、しめし合わせて逃亡したが、長野で落ち合った時、捕《つか》まって殺されたか、何か、不慮の死にぶつかったのではないのか。

十津川は、そんな風にも、考えていった。

4

盗まれた二体の白骨は、見つかる気配もなく、捜査は進展しない。

「長野市は松代大本営はあくまでも、観光事業に止《とど》めておきたいらしい」

「それは、知ってるよ」

「ところが、それを朝鮮人労働者問題にしたいというグループがあって、今も、その線で運動している」

「しかし、最近は、目立った動きはしてないんじゃないか」

「今もいったように、長野市は、観光問題に限定したい気だ」

と、田島は、いった。

「それは、間違いないのか？」

「それが、いろいろと聞いて回っているんだが、殺人事件が二件も起きているので、皆さん、口がかたいんだ」

と、田島が肩をすくめて見せた。

二体の白骨は、いぜんとして、見つからなかった。

そして、田島が、消えたのである。

田島は、捜査本部近くのホテルに、泊まっていた。

ホテルの一室が、「中央新聞長野事務所」だった。

地元の二十五歳の女性を連絡係として、雇っていた。

多くの東京の新聞が、同じスタイルを取っている。

ただ、他の新聞社が、県警本部の見方に同調していたのに対して、中央新聞は、反対意見をのせていた。

それは、十津川の考えでもあった。

二体の白骨は、松代大本営の現場で働いていた朝鮮人労働者だというのが、県警の見方なのだが、田島も十津川も、それに反対していたのである。

その日、夕刊にのせる記事を書いて、それを本社に送ったあと、田島は事務員として雇った柴田彩花《しばたあやか》に、

「市内を歩いてくる。何かあったら、電話してくれ」

といって、ホテルを出た。

別に、特別なことではなかった。

いつも、夕方五時には、ホテルに戻ってきて、市内で見てきたことを、日記にまとめたあと、ホテルの中で、夕食をとるのが日課になっていた。

事務員も、夕方五時頃には、ホテルに帰ってくるものと思っていた。

それが、その日に限って、午後五時を過ぎ六時になっても田島は戻って来なかった。

女性事務員は田島のスマホにかけてみた。が、全くかからない。呼び出しのベルも、鳴らないのである。

三回目がかからないと、彼女は不安になり、よく、田島に会いに来ていた十津川に連絡した。

十津川は、すぐ、ホテルに来てくれた。

彼は、最初、さほど心配していなかった。社会部記者が、事件を追っていて夢中になり、行方がわからなくなることは、よくあったからである。

十津川は、まず、田島が、行きそうな場所を当たってみた。

捜査本部。入江外科医院。市役所などである。

その何処でも、今日は、見ていないといわれて、十津川は、急に不安になってきた。

事件を追う田島が、そうした場所を訪れていないことは、不審だったからである。

それでも、一時間待ってから警察署に、田島の行方不明を報告した。

中央新聞の東京本社にも伝えると、すぐ別の記者を行かせるという返事が、返ってきた。

十津川は、ホテルのフロントに聞いてみた。中央新聞の田島記者あてに脅迫状のようなものは、届いていなかったかをである。

田島が借りていたシングルの部屋を徹底的に調べたが、手紙は、見つからなかった。

深夜になって、新しい記者が到着したので、十津川はあとを頼み自分が亀井刑事と借りているホテルに戻った。

そのあと、十津川は、夜遅くまで、亀井と、行方不明の田島について、話し合った。

「誘拐されたと思いますか？」

と、亀井が、きく。

「この時間まで、連絡がないところをみると、誘拐されたと考えざるを得ないな」

と、十津川が、答える。

「犯人の動機は、田島さんの事件に対する考え方でしょうか？」

「多分、そうだろう。彼の事件に対する考えは他の新聞社と違うからね。それが当たっていたら、犯人は、煙《けむ》たいから口封じに誘拐するかも知れん」

「警部も、田島記者と同じ考え方ですから危いかも知れませんよ」

と、亀井が、いう。

「私は、カメさんが守ってくれているから安心だよ」

と、十津川は、笑ってから、

「今、カメさんがいった通りだとしたら、私や田島の推理は、正しいということになってくる」

「では、その線を追っていけば、犯人に辿《たど》りつくわけですね」

「かも知れないが逆に、田島の命も、危いということになってくる」

「どうしたら、それを防げますか？」

「そうだ」

と、十津川は肯き、深夜にも拘《かかわ》らず、田島のいたホテルに電話した。

新人の浅野《あさの》という記者が出る。その浅野記者に向かって、十津川が説得した。

「田島は、他社と違った考え方だったので、誘拐されたのだと思います。そこで、彼の考えを新聞にのせてしまえば、犯人も彼を殺さないことが考えられます。秘密を既成の事実にすることで」

「しかし、私は、田島先輩が考えていたことが、詳しくはわからないのですが」

「それは私が書きます。明日の朝刊にのせるのは無理でしょうが、夕刊には、のせて下さい」

と、十津川は、いった。

そのあと、徹夜で、田島の署名記事を書いた。

今回の一連の事件の中で、盗まれた二体の白骨は、松代大本営の工事で働いていた朝鮮人労働者のものと多くの人が考えているが、私は、日本内地の別の場所で働いていた朝鮮人労働者のものではないかと、考える。そうでなければ、説明のつかないことがあるからである。

そうした趣旨の記事にした。

書きあげると、それを送ってから、十津川は、やっと眠ることが出来た。

その日の中央新聞の夕刊に、十津川が書いた記事がのった。

「田島記者」の署名記事である。

これで、田島が戻ってくるか、何か連絡があるかと、十津川は期待したのだが、どちらも期待は裏切られた。

田島は戻って来ないし、連絡もなかった。

代わりに、中央新聞の長野事務所、つまり、借りているホテルに一通の手紙が届いた。

田島の代わりに、本社から派遣されてきた浅野記者はそれをすぐ本社に報告すると同時に、十津川に知らせてくれた。

十津川は、ホテルに行き、その手紙に眼を通した。

「中央新聞殿

田島記者の署名記事を読んだ。

我々は、松代大本営工事にからみ、朝鮮同胞が過酷な労働に苦しみ、何人もの死者を出したことについて、何回も怒りを爆発させた。

長野市側が、この問題を観光と考えることに我々は反対してきた。

しかし、戦後七十五年、我々もすでに松代大本営自体が、観光化したことも認め、抗議することを中止した。

ところが、ここにきて、朝鮮人労働者問題を再燃化し、朝日間を離反させようとする動きが出てきたことを深く憂慮するものである。

今回、中央新聞夕刊にのった田島記者のメッセージは、一見、朝鮮人労働者問題を重視するがごとくに見えるが、冷静に見れば、問題を、わざと複雑にして、解決困難にしようとしているとしか思えない。

長野市松代で日本軍部により、戦争末期に地下大本営が計画され、朝鮮人労働者が、集められ投入されたことは、日本人も認めている。

我々は、このことを、一応評価する。我々は嘘まで持ち出して事件を誇大化して、それを日本政府及び日本国民を叱責《しっせき》する理由にはしたくない。我々朝鮮民族の誇りにかけてである。

田島記者は、この長野に松代大本営以外に、朝鮮人に問題があったように嘘を並べ、二民族間に、問題を引き起こそうとしているとしか考えられないのである。

この田島記者のアジテイトは危険である。我々としては、松代大本営という事実だけを考えることにしたいので、ここに、中央新聞にメッセージを送ることにした。

松代大本営問題を考える会」

「これをどうするつもりですか」

と、十津川は、きいた。

「今、本社と相談中です。どんな意図で、こんな手紙を送ってきたのか、どんなグループなのか不明ですが、新聞は公器ですから新聞にのせて、読者のご意見を伺うことにしたいと、本社は考えているようです」

と、浅野記者はいったあと、

「十津川さんは、どう思われますか？」

と、きいた。

「このメッセージを寄越したこのグループが、田島を誘拐したのであれば、問題を静めたいようですから、田島を、返して寄越すでしょう」

と、十津川は、いった。

「それなら、これを載せた方が、田島記者は、安全になりますか」

と、浅野。

「多分。ただ、このグループの正体がつかめませんね。朝鮮人労働者問題の抗議グループのような感じですが、どうも、その仮面をかぶっているようにも見えます」

と、十津川は、正直にいった。

次の日の中央新聞夕刊に、問題の手紙が載った。

中央新聞としては、のせることで、田島記者の安全が保障され、帰されることを期待したのだが、いぜんとして、田島は、行方不明のままだった。

5

田島記者の行方不明事件は、もちろん、長野県警の事件だが、十津川の立場もあり、二件の殺人と同じく、警視庁との合同捜査になった。

長野県警は、面子《メンツ》にかけて、この失踪《しっそう》事件を解決するとして、五十人の捜査員を動員した。

田島記者の写真が、五百枚コピーされ、長野県内にバラまかれた。

田島の失踪後、しばらくは、危険な誘拐の恐れがあるということで、マスコミは、このことに触れなかった。

わざわざ、中央新聞に、「田島記者の手記」をのせたのも、田島の失踪を隠すためだった。

しかし、見つからない。帰って来ない。

失踪にしろ、誘拐にしろ、手掛かりぐらいは見つかりそうなのに、それがゼロなのだ。

県警は、公開捜査に踏み切った。

だが、これといった手掛かりが見つからない。

そこで、田島記者は、すでに殺されていると考えた。

県警主宰の捜査会議に十津川も、出席したが、想像した通りの結論になった。

田島はすでに殺されているという結論である。

問題は、死体の隠し場所である、というところまで話が進んでいった。

誰もが考えるのは、延々、数キロにわたって掘られた坑道である。

現在公開されているのは、数百メートルしかないし、気象台などが使っている場所もある。が、死体を埋めるのに、これほど便利な場所はない。

犯人だけが知っている入口があるのではないか。

そこから、死体を投げ落とし、入口は爆破して塞《ふさ》いでしまったのではないか。

瞬間、その周辺は崩れ落ちて、掘り起こすのは大変だし、たった一人の死体を見つけ出すのは、まず不可能である。

それを承知で、長野県警は、松代大本営の全ルートを、捜査するというのである。

これは必ず失敗すると思ったが、十津川は、発言しなかった。

理由は、簡単である。

犯人が、田島記者を誘拐し、殺したとすれば、松代に集まった、マスコミの中で、田島（中央新聞）だけ、違った考えを持っていたからということになる。

それなのに、坑道を爆破したりすれば、日本中の注目を浴びてしまうだろう。

たった一人の新聞記者の口を封じるために、そんなバカなことはしないだろうと、十津川は考えたのだ。

しかし、この捜査方針は実行された。

そのために、日本全国から音波探知機が集められ、危険なために埋められた箇所が、掘り起こされた。

だが、田島の死体は、発見されなかった。

連日、その模様が、報道されて、忘れられた観光地「松代大本営」は、ＧｏＴｏキャンペーンの掛け声もあって、観光客が、押し寄せてきた。

十津川は、そうした様子を、冷静に観察していた。

一、この現象を誰が一番望んでいたのか？
二、この大捜査のため、盗まれた二体の白骨のことが忘れられてしまっているが、白骨二体に、どれほどの価値があるのか。
この二つの謎は、いっこうに解けそうもない。

6

十津川は自分の考えに従うことにした。

それは田島記者が、考えていた謎でもある。

（二体の白骨は、果たして、松代大本営の工事で働いていた朝鮮人労働者のものなのか）

その答えを見つけることである。

十津川は、亀井刑事を長野に残して、急遽《きゅうきょ》、東京に戻った。

目的は、昭和二十年の終戦の直前、日本全国に、何人の朝鮮人がいて、何をしていたかの調査である。

そのため、東京に残っていた日下《くさか》刑事や、北条《ほうじょう》刑事たちにも協力させた。

これは、今までの調査の延長でもあった。

「あまり、大げさにやるなよ。下手をすると、火傷《やけど》をするぞ」

と、上司の三上《みかみ》刑事部長が、十津川に注意した。

一、朝鮮人女性の従軍慰安婦問題。
二、軍艦島の炭鉱における朝鮮人労働者の過酷な労働問題。

この二つが、日韓の間で、問題になっていたからだろう。

三上部長は、松代大本営における朝鮮人労働者問題も、このまま捜査の対象になっていくと、慰安婦問題のように、日韓の間で、問題になってしまうのではないかと、心配しているのだ。

「戦争末期、朝鮮人は、日本の至る所にいた」

それが、十津川の繰り返す結論だった。

当然だった。

朝鮮人は、その時代、日本人だったのだから、日本中にいるのが、自然なのだ。

長野の周辺にも、もちろんいた。

京都、大阪は、多分、もっとも朝鮮人が多かった地区だろう。

そこから、何か理由があって、松代に来た朝鮮人もいた筈である。

東京だって、例外ではない。

何しろ、関東大震災の時、警察や自警団によって、六千人の朝鮮人が殺されたといわれているのである。

韓国併合の時、一攫千金を求めて、日本人が、大挙、自分たちの植民地になった朝鮮に押しかけた。

そのため職を失ったか、貧困に追いやられた朝鮮人は、生きる道を求めて、日本内地にどっと入ってきた。

「問題の二体の白骨の両方、或いは片方は、そうした朝鮮人のものかも知れません」

と、十津川は、三上部長に、いった。

事なかれ主義の三上部長は、当然、渋い顔で、

「証拠はあるのか？」

「現在、それを調べています。戦争末期は、本土決戦一色で日本には、至る所に、兵士や、労働者があふれていたと考えられるのです。海岸線には、数多くの特攻基地が作られ、そこにも、兵士とそれを助ける労働者がいたものと考えられるのです。当然、若者が不足していたのでその穴埋めに、朝鮮人労働者が、集められていた筈です」

十津川は、自信があった。

「日本本土決戦」という資料を手に入れていたからである。

昭和十九年頃から、政府、特に軍は、本土決戦を考えていたことがわかる。

国民全員を「国民義勇戦闘隊」に編成し、日常生活を続けながら、戦闘訓練を続けるという命令である。

それに応じて、各地に国民義勇戦闘隊が編成された。

例えば、「長野県」では、昭和二十年五月三十日に国民義勇隊本部が設置されている。

本部長　長野県知事
副本部長　予備役の陸軍中将
顧問　十一名
参与　五十五名
郡聯合国民義勇隊　隊数　十六
　　　　　　　　　五月二十八日結成
市国民義勇隊　隊数　六
町村国民義勇隊　隊数　三百七十六

この他、地域義勇隊
　職域義勇隊
　特科技能隊
　長野県工作義勇隊
　〃　〃　輸送義勇隊
　〃　配給義勇隊

〃衛生義勇隊

もちろん、他の都・府・県でも、同じような義勇隊が設置されていた。

義勇隊だから、戦闘訓練もする。

しかし、武器は足りないから、弓矢、日本刀などでアメリカ兵と戦う方法の図解もある。

竹槍《たけやり》を持った主婦たちの訓練もである。

写真も多くのっているが、戦闘訓練では、武器らしい武器がないから、勇《いさ》ましい写真にならない。

Ｂ29のじゅうたん爆撃で、焼土と化した土地に、中学生らしい一団が、さつま芋の苗を植えている写真もある。

場所は神田で、開墾に派遣された「甲種食糧増産隊」（少年農兵隊）とあり、上半身裸で、シャベルを担《かつ》いで行進しているが、その身体がやせ細っている。当時、朝鮮人労働者でなくても、やせていたのである。

日本全体が、全国民が、国民義勇隊に組織化されていたのである。

もちろん、朝鮮人も、日本国民だから、その組織の中に組み込まれていた筈である。

そうした中で、十津川は、内地で、働いていた朝鮮人のグループがあったことを見つけた。それは、十津川が、探していたものだった。

第四章　ケシとアヘン

1

それは、アヘンだった。

日中戦争から太平洋戦争にかけて、日本軍（特に関東軍）が、アヘンに関係していたことは、十津川も知っていた。

極東裁判で、日本軍や、興亜院（後の大東亜省）が、アヘンの売買で裁かれているからである。

だが、この件は、何故か大問題にはならず、被告として逮捕された、「阿片王」と呼ばれた日本人は、有罪を宣告されながら、釈放されているのである。

十津川が、それでもアヘンに拘《こだ》わったのは、アヘンについて、朝鮮人が参加しているケースが多いと知ったからである。

もともと日本にはアヘンを喫煙する習慣はなかった。

それどころか、幕末の日本人は、隣国中国（清《しん》）がイギリスとのアヘン戦争に敗《ま》けて、アヘンを買わされることになったことを知っていた。イギリスは、アヘンを売りつけ、代わりに、お茶を輸入して大儲《もう》けをしている。長州の高杉晋作《たかすぎしんさく》などは、香港《ホンコン》に視察に行き、日本の将来を案じて帰国すると、イギリス公使館を襲撃したりしている。

従って、日本は国内でのケシの栽培や、アヘンの製造は禁止している。昔も今もである。

その日本が、アヘンに関係することになったのは、日清戦争に勝利して、台湾を領有するようになったからだった。

中国領だった台湾には、当時、六千人のアヘン中毒者がいた。それをどう扱うかが、問題になった。

そのため内務省衛生局長だった後藤新平《ごとうしんぺい》がその方針を決めることになり、二つの規則が決められた。
一、アヘンの漸禁《ぜんきん》政策
二、アヘンの専売
この方針は成功して、台湾の中毒者は、減っていった。

次に、日本は朝鮮を併合する。しかし、朝鮮も中国との関係が深かったから台湾より中毒者は更に多かったし、半島内で、ケシを栽培し、アヘンを製造し、売買していた。

これに対しても、日本は、後藤新平が対策に当たり、例の二ヶ条を実施した。

だが次第に、アヘンを撲滅するよりも、密輸し密売すれば、大金が手に入るという誘惑にかられていく。

次に日本は、満州に進出していく。

この時、関東州（大連《だいれん》を含む、半島）の租借《そしゃく》権を手に入れるが、ここは、アヘンの巣のようなところだった。

更に、日中戦争を起こす昭和十二年頃に、日本は、日清戦争、日露戦争、満州事変などで完全に戦費が不足していた。

そこで、日本軍（関東軍）が、眼をつけたのが、アヘンだった。

中国には、多くの中毒者がいた。当時、何万人とも何百万人ともいわれていた。アヘンは、いくらでも売れて金になる。そこで、日本軍は、戦費の不足を、アヘンの販売の利益で補おうとしたのである。

一応、満州でも、中国でも、アヘン対策の二ヶ条は口にしていたが、もはや形《けい》骸《がい》化していた。アヘン中毒者を減らせば、売れる量が減るからである。

日中戦争の始めに日本陸軍が、ペルシャ（イラン）アヘンを大量に買い入れ、それを中国人の秘密結社に売った。その差額を戦費に当てようとした。

ただ、日本陸軍が表に出るのはまずいので、民間人に委《ゆだ》ねることになった。陸軍から、その命令を持って行ったのが、長 勇《ちょういさむ》という陸軍中佐である。この軍人は、沖縄戦で自刃した参謀長である。

十津川が、驚いたのは、三井物産が、この仕事をやらせてくれと名乗り出たことである。その後、三菱商事も手をあげる。陸軍が背後にいて絶対に損しない商売というので、両者が、自分にやらせろと、主張したということである。

その後も、両者が争うようになって、当時の広田弘毅《ひろたこうき》外務大臣が苦労したという。

この時のペルシャアヘンで、どのくらいの量が買われたかについて、様々な数字があるが、一番大きな数字としては、二十万ポンドがある。これを上海《シャンハイ》の青幇《チンパン》に売り渡し、日本陸軍は五千万円の利益をあげたというのである。今の金額なら百倍として五十億円か。

その後、ヨーロッパで戦争が始まり、ペルシャアヘンが入らなくなると、日本は現地生産を始める。

この時、日本人よりアヘンに慣れた朝鮮人が、まず千人単位で満州や中国に乗り込み、ケシを栽培し、アヘンを製造する。その後から、日本人が入ってきて、一大アヘン都市を作っていったというのである。

それが、大連、天津、上海、南京と、広がっていった。

朝鮮人と日本人が入ってくると町には、アヘンの喫煙所が増え、売春宿が増え、当然、中毒者も増えた。アヘン対策二ヶ条はあっても、ここまでくると、日本政府にも日本軍にも、アヘンを禁止する気はなくなっていた。

アヘンの収入を必要としたのは、日本軍だけではない。日本の傀儡《かいらい》政権も、必要だったのである。

例えば、日本の傀儡だった南京政府の一年間の歳費と、その年のアヘンの取引額は同じだった。

日本軍の作戦も、軍事作戦というより、アヘン作戦になってくる。

例えば、「熱河《ねっか》作戦」がある。熱河とは満州に隣接した内モンゴルの一省である。満州国の範囲を広げる陸軍（関東軍）が、かねてから熱望していた作戦だといわれていた。

「長城（万里の長城）を越えて」という言葉もあった。

ところが、これが実は、アヘン絡《がら》みの作戦だったという説があるのを、十津川は、初めて知った。

「日本は、満州でアヘンを製造し、販売しているが、熱河省のアヘンの方が良質なので、売れなくなっている。そこで、熱河省のアヘンを手に入れるために、熱河作戦が、実行された」

と、いうのである。

その証拠に、熱河省に進撃した関東軍の指揮官は、部隊に対して、

「ケシ畠は大事だから、踏み荒らすな」

と、指示したり、

「気をつけて進撃しろ」

と、ビラを撒《ま》いたというのである。この時の指揮官は小磯国昭《こいそくにあき》（後に首相）である。

熱河省に入ると、関東軍は、周辺の察哈爾《チャハル》省など内蒙古の各省を占領し、傀儡政権化していった。

この頃になると、日本の占領地域は、中国のほぼ全域、東南アジアの全てにまで、広がっていた。

一時、日本の青年将校たちは、世界を二分して、東半分を日本が支配し、西半分をヒトラーのドイツが支配する夢を描いたといわれる。妄想である。

同じ妄想を、アヘンで夢見ていたという話を、十津川は初めて聞いたのだ。

通称「大アヘン政策」である。

時の興亜院の責任者は、昭和十七年に、次のようなアヘン政策を発表していた。

「早急ニ大東亜共栄圏ヲ通ズル大アヘン政策ヲ確立シ、円滑ナル需給計画ヲ樹立スベキデアル。当面ノ補給並ビニ将来ノ配給ニ関シテハサシアタリ支那産特ニ蒙疆産ヲモツテ当テルノ他ナシト存ゼラレルモコレラノ配給ハ全テ中支ニ於テ管掌スル他ナシト考ヘラレル」

この「蒙疆《もうきょう》」というのは内モンゴル内の一国で、日本の傀儡政権が出来ていた。最初から、日本側は、アヘンの供給国とすべく、土地にケシを植えさせ、アヘンを生産させていた。日本の傀儡国だから、終戦と共に消えている。

「中支」というのは、興亜院華中連絡部のことだろう。

アヘンの生産、配給を日本の興亜院が握り、アヘンを使って中国、東南アジアの支配を進めていった。

その一例が有名な泰緬《たいめん》鉄道（タイ―ビルマ）だ。建設のため、苦力《クーリー》を集めた日本は、八トンのアヘンを、広東《カントン》―香港―海南島《かいなんとう》―サイゴン―シンガポールのルートで運んだという。

2

イギリスが、アヘン戦争に勝利して、中国（清）をアヘンによって支配したように、昭和の時代、日本は、戦争によって、中国、東南アジアを占領したあと、アヘンによって、支配したということである。

これは、ただの支配ではない。

アヘンの禁止は、国際条約で約束され、日本もこの条約に調印しているのである。

それだけではない。日本はアジアの盟主を自任し、植民地からの解放を唱えていたのだ。

それなのに、昭和十七年、東南アジアの諸国を次々に占領した時、約束した独立を許さず、占領を続けただけでなく、アヘンの生産、配給を支配して、莫大な利益を得て、それを戦費に使用したのである。

アヘン戦争のイギリスと同じことをやっていたのだ。

十津川は、この事実を知って驚いたが、彼が知りたいことと関係があるかどうかはまだわからなかった。

アヘンの生産には、多くの場合、朝鮮人が、絡んでいたことがわかってきた。千人ぐらいの朝鮮人が、先遣隊として、占領地にやって来た。ケシを栽培し、アヘンを生産する。後続部隊として日本人が押しかけて、次々に、アヘン窟《くつ》が、公私共に増えていく。アヘンについての広告が町にあふれ、朝鮮人が日本軍の基地で働くと、アヘンで賃金が支払われた。

アヘンに絡む仕事の殆《ほとん》どが、日・朝両国民によって行われているとも書かれていた。朝鮮人が、日本軍の占領地にやって来て、ケシを栽培しアヘンの生産を始めるのは、多分、日韓併合によって、日本人に土地を奪われたりして、故郷にいられず、一攫千金《いっかくせんきん》を求めたからだろう。

それでも、日本人と一緒に、アヘン中毒者を増やしたというので、中国人から朝鮮人が憎まれていたと聞いた。

十津川は、そんなことも考えるようになったが、日本内地以外で、朝鮮人が働いていたのが分かっても、こちらの事件の参考にならなかった。

アヘンの生産で、朝鮮人が、日本内地で働いていたことが知りたいのである。

だが、あまり期待はしなかった。

日本内地で、戦争中、アヘンが売買されていたという話は十津川は聞いたことがなかったからである。

十津川自身は、もちろん、完全な戦後派である。知る限り、アヘンを見たことはないし、捜査した事件にアヘンが、登場したこともない。

ケシの花は知っているが、もちろん、観賞用としてである。

十津川が辛《かろう》じて知っているのは、モルヒネである。モルヒネが、強い鎮痛剤で、アヘンから作られることも、病院にあることも知っているが、もちろん、アヘンを連想したりはしない。

だが、十津川が、更に調べていくと、昭和十九年頃まで、日本内地でも、アヘンが生産されていたことが、わかってきた。

それどころか、内地でケシの栽培に力をつくし、アヘンで大儲けをした日本人が、いたのである。

アヘンと日本人といえば里見《さと》甫《みはじめ》が有名だが、十津川は、この人物についても何も知らず、あわてて彼のことを書いた『阿片王』というタイトルの本を買って来て目を通した。

この里見甫の年表を見れば、日本と戦争とアヘンの歴史がわかるだろうと思った。

明治二十九年（一八九六）
一月二十二日、里見乙三郎・スミの長男として生まれる。
明治三十七年（一九〇四）
日露戦争。
明治三十九年（一九〇六）
南満州鉄道株式会社（満鉄）設立。
明治四十四年（一九一一）
辛亥《しんがい》革命。
大正二年（一九一三）
福岡県立中学修猷館《しゅうゆうかん》卒業。

東亜同文書院入学。
南京事件。
大正四年（一九一五）
対華二十一ヶ条要求。
北京から黄河《こうが》、西安《せいあん》、漢口《かんこう》など調査旅行。
大正五年（一九一六）
東亜同文書院卒業。
青島《チンタオ》の貿易会社に入社。
大正九年（一九二〇）
日本に戻り東京で日雇労働者に。
大正十年（一九二一）
日英米仏四国条約調印。
天津の邦字紙「京津日日新聞《けいしんにちにち》」の記者に。
大正十二年（一九二三）
北京新聞創刊。編集長に。

昭和三年（一九二八）
張作霖《ちょうさくりん》爆殺事件。
満鉄南京事務所の嘱託となる。
昭和六年（一九三一）
満州事変始まる。
関東軍第四課の嘱託として奉天《ほうてん》へ。
昭和七年（一九三二）
新京《しんきょう》で満州国通信社が設立され、初代主幹となる。
昭和八年（一九三三）
国際連盟脱退。
九月相馬ウメと結婚。
昭和十一年（一九三六）
二・二六事件。
満州を去り、天津の華字紙「庸報」の社長に。
昭和十二年（一九三七）

日中戦争勃発《ぼっぱつ》。

上海に移る。

昭和十三年（一九三八）

陸軍特務部・楠本《くすもと》大佐にアヘン売買を依頼される。

昭和十四年（一九三九）

ノモンハン事件。

アヘン取引の事務所「里見機関」を開く。

昭和十五年（一九四〇）

日独伊三国同盟調印。

昭和十六年（一九四一）

太平洋戦争開戦。

この年里見機関のアヘンの取引量最大に。

昭和二十年（一九四五）

終戦。

九月福岡に帰る。その後京都や東京に潜伏。

昭和二十一年（一九四六）
　三月GHQに逮捕される。
　九月極東国際軍事裁判に出廷。釈放後東京成城《せいじょう》に住む。
昭和二十四年（一九四九）
　中華人民共和国成立。
昭和三十四年（一九五九）
　六月ウメと離婚。
　七月湯村治子と再婚。
　十一月長男誕生。
昭和四十年（一九六五）
　新宿《しんじゅく》で逝去。

この里見甫（いくつかの偽名あり）の一生は、戦争と、アヘンに彩《いろど》られている。日本陸軍の戦費を調達するために満州、中国でアヘンを生産し、それを売買し、巨万の富をつかみ、陸軍に献金し、また、戦争の謀略に使った。

そのため、里見のまわりに、その金を手に入れようとさまざまな人物が集っている。

満州映画協会理事長の甘粕正彦《あまかすまさひこ》。

関東軍関係では、東條英機《とうじょうひでき》、板垣征四郎《いたがきせいしろう》。

上海は、国際租界でもさまざまな人物が集っていた。

白洲次郎《しらすじろう》。

松本重治《まつもとしげはる》。

東洋のマタハリといわれた女スパイの川島芳子《かわしまよしこ》。

李香蘭《りこうらん》。

中国の要人。

面白いのは、岸信介《きしのぶすけ》といった政治家の名前も出てくることだった。

ある意味、疾風怒濤《しっぷうどとう》の時代だから、里見甫をめぐるエピソードは劇画的で面白い。

例えば昭和十七年二月に日本軍がシンガポールを占領した時、東條首相は里見から蔣介石《しょうかいせき》に渡してくれと二十億円を渡された。それで、中国との戦争終結に持っていく筈だったが、東條首相は、金だけ受け取って逃げてしまった。

同じ昭和十七年四月に、翼賛《よくさん》選挙に出馬した岸信介に、里見は、二百万円を献金しようと、丁度、上海に来ていた岸の弟の佐藤栄作《さとうえいさく》に渡したといったエピソードである。

それほど、アヘンは儲かったということだ。

当時、日本軍や興亜院は、一応、アヘンの禁止を口にしてはいた。

しかし、禁止は表向きで、ケシの栽培と、アヘンの販売は独占し、それを「大アヘン政策」と、自称していたのである。

日本の占領地では、日本の許可を貰《もら》ったアヘンの販売者が、林立したという。

そのために、中国や、東南アジアでどのくらいのアヘン中毒者が生まれたか。

その中毒者を救う代わりに、アヘンを生産して、売り続けていたのである。

3

何故、日本国内でも、ケシを栽培し、アヘンを、生産していたか。

後藤新平が、二つの対策を掲げて、アヘンと戦っていた頃は、必要なアヘンは、日本で作らず、ペルシャ、トルコ、中国から輸入していた。

その後、日本は、アヘンによって戦費を作るようになると、現地でアヘンを生産し、それを、中国、東南アジア全体で販売するようになった。

自ら「大アヘン政策」と称した。

もっとも、生産地として有名だったのは、内モンゴル（蒙疆という国名がついていた）で、最初から、興亜院の指示で、ケシを栽培し、アヘンを生産した。興亜院が、一年のアヘンの生産高を決めるのである。

それでも、ケシの栽培は、天候に左右される。日照りが続いたりすると、大きく減産する。それに備えて、日本内地でも、ケシの栽培と、アヘンの生産をするようになったのである。

その産地は和歌山県、愛知県、大阪府と広範囲に及ぶ。

台湾総督府がアヘンの国産化を図り、内務省の合意の下に最初大阪府で、試作が始まっている。一九〇五年（明治三十八年）である。

その後、アヘンの値上がりを受けて、大阪府、和歌山県などで、ケシ畠は、年々、拡張されていった。アヘンの生産は内務省の管轄で全て、政府が買い上げている。

最盛期には、栽培面積は八百～千ヘクタール、アヘンの生産高は、一万キログラムに及んだ。

十津川が、もう一つ注目したのは、次のような記載があったからである。

「日本のアヘン・麻薬政策の最先端は、一旗組の日本人と共に、朝鮮人によって行われていた。日支事変を契機に大陸に進出した朝鮮人の多くは、当初から麻薬の密造、密売を志向、密業の中心地である京津を中心に前線へ前線へと皇軍の進撃にしたがって華北の全面に転出しては、軍駐屯に付随する商人または、通訳、軍属となって、盛んに危険地区で活躍しつつ、麻薬を前線へ前線へと持ち運んだのである」

次のようにも書く。

「いやしくも皇軍の駐屯するところ、いかなる前線でも小都市でも朝鮮人密業者のいないところはない」

中国人は、アヘンの密売を手がけ、「用心棒として必らず、一人か二人の日本人か、朝鮮人を傭《やと》っていた」とも書かれている。

では、アヘンはどんな形で売買されていたか。

その資料は図解付きだった。

石鹸《せっけん》のように固形で、「菊」と呼ばれていたという。これに、松・竹・梅の商標をつけて売られていた。

商談がまとまると、陸軍の大型爆撃機や、民間の飛行機で運ばれたという。

終戦の時、大阪府や和歌山県のアヘン生産地が、どんなだったかは、大体想像が出来る。

他の本土の基地と、同じ状況だったろう。

突然の玉音放送による混乱である。

特に、大阪府や和歌山県のアヘン生産地なら、大量のアヘンや、加工した「菊」もあったろうから、大変な騒ぎになった筈である。

十津川は終戦時の日本内地の基地について調べたことがある。

殆どの基地は近づくアメリカ軍の本土上陸に備えて、武器や食糧などを貯えていた。

終戦の時、アメリカ軍は、すぐ日本本土に上陸せず、三日から四日後に上陸してきた。

そのため、基地では、その間に必死で書類を焼却していて、黒煙が三日間、立ち昇っていたといわれる。

もう一つは、貯蔵されている食糧、武器などの処分である。

司令官や、上司が、勝手に、運び去った場合もあれば、兵士の一人一人に分配して、家に持ち帰らせた基地もある。

大阪府と、和歌山県のアヘン基地ではどうしただろう。

山積みのアヘンがあれば、その処分が、大変である。

ある意味、宝の山だからだ。

中国や東南アジアには、何百万、或いは何千万人のアヘン中毒者がいるのだ。

戦争が終わったからといって、彼等が突然快復するわけではない。いぜんとしてアヘンを必要としているのである。

すぐ、金になるアヘンである。

戦争中、日本軍や、興亜院は、「アヘンは、金《きん》と同じ価値がある」と考え、戦費として見ていた。
戦後も同じ、というより、戦後すぐ、アヘンを生産しようとする人間はいない
だろうから、中毒者にとっては、より必要になる筈である。
管理者の内務省は、力を失っていた。何しろ、連合軍は、特高警察の大元だっ
た内務省の廃止を口にしていたからだ。
そして、朝鮮人である。
終戦によって、朝鮮は、自由になった。
多くの朝鮮人は、自由になって、現場から逃げている。
本来なら、故国に帰りたかったろうが、これは考えられない。
なぜなら、Ｂ29の爆撃によって、海峡を渡る船がゼロになっていたからである。
退職金を要求しても、雇い主の日本人が、払わなかったろうから、アヘンを盗
んで、逃げた者もいた筈である。
それが「菊」と呼ばれる固形のアヘンではないかと、十津川は考えた。
その中の一人が、その加工された固形のアヘンを持って、知り合いがいると聞
いていた長野に向かったのではないだろうか。

松代大本営近くまで来た時、誰かに狙《ねら》われたとも考えられる。

戦争直後の荒れた社会である。

彼が、襲われたとしても、不自然ではない。

アヘンの固まり、通称「菊」をいくつか持ったまま殺されてしまった朝鮮人の白骨が、戦後七十五年たって発見されたのではないのか。十津川がその話をすると、

「アヘンですか？」

刑事たちが一様にびっくりした。突然「アヘン」が飛び出してきたからである。「アヘン」という言葉より、日本が、戦争中、アヘンを生産していたことに驚いているのだ。

「アヘンは、日本では禁止じゃなかったですか？」

と、若い日下が、いった。

「そうだよ。日本は、昔も今もずっと禁止だ。国際的にも、アヘンの禁止を唱える条約に調印している。丁度、イギリスと中国（清）の間に起きたアヘン戦争があったのが、明治維新の直前だ」

「じゃあ、維新の志士たちは、アヘン戦争のことを知っていたことになりますね？」

「知っていたどころじゃない。長州の高杉晋作は香港に行き、アヘン戦争の結果を見て腹を立て、帰国すると、横浜のイギリス公使館を焼き打ちしている」

「それなのに何故、国内でアヘンを生産していたんですか？　中国に売るためなら、イギリスと同じじゃありませんか」

三田村《みたむら》刑事が、若者らしく、腹を立てている。

「そうだよ。同じことを、もっと、手広くやったんだ」

「何故、そんなことを、やったんですか？　日本はアジアの盟主を任じ、植民地からの解放を謳《うた》ってたわけなのに」

と、亀井刑事が、いう。

「日本の傲慢《ごうまん》さと、不運な面とがある。不運なのは、日本が、鎖国を止《や》めて、世界に飛び出したあと、日清戦争をやった。これに勝利して台湾を手に入れたが、これが不運だった」

「どうしてですか？」

たんだ」

「台湾は、元清国の領土だった。いきなり、大量のアヘン中毒者を抱えてしまっ

「もちろん、日本国としては、全員を治すことにしたわけでしょう？」

「そうだよ。内務省衛生局長後藤新平が、指揮を執《と》ってアヘンの撲滅に当たった。その際に政策として、アヘンの漸禁主義と専売を取った。別に、悪くはない」

「アヘンの方は大変ですが、大国になっていくわけだから、悪くないと思いますが」

「しかし、次に、日韓併合で、朝鮮が手に入るが、こちらは更に中国（清）の影響を強く受けていて、アヘンの歴史もあり、アヘン中毒者もいた。次に、満州事変を起こして、満州の利権を手に入れるが、更に中国との関係で、アヘンと深くつき合うことになってしまうんだ」

十津川が、いうと、亀井刑事は、肯《うなず》いて、

「今まで、日清戦争、日露戦争、満州事変と、日本が大国になっていく過程と考えていたんですが、見方を変えると、アヘンの歴史でもあるわけですね」

「それも、どんどん深くはまっていくんだ。問題なのは、戦費が不足していたこ

とだ。冷静に考えれば、日本は、イギリス、フランスなどに比べると、ホンモノの大国ではなかったということなんだ。それなのに、日中戦争に踏み込んでいく」

「しかし、戦争する金がないわけですね」

「だから、陸軍（関東軍）は、最初から、アヘンを売って、それを日中戦争の費用に当てる気だった。陸軍は戦争開始の直前、ペルシャ（イラン）アヘンを大量に買いつけた。それを軍がやってはまずいので、三井物産と、三菱商事にやらせている。とにかく、大量のペルシャアヘンを買いつけ、それを上海に運んで、中国の秘密結社青幇《チンパン》に売りつけて、差額を儲けた。この時、陸軍が手にした差額は、当時の金で五千万円だったといわれている」

「その金で、日中戦争を始めたわけですか？」

「そう考えても、間違いじゃない」

「しかし、すぐ和平が提案されてしまいますよね」

「陸軍中央は、和平、現地の関東軍は、拡大でしたね」

「そういわれている」

「アヘンで戦費を作ったのは、現地の関東軍でしょう。戦費が不足気味でしょうに、何故、日中戦争の拡大を願ったんでしょうか」

「この時、関東軍の若手の将校の頭には、大アヘン世界構想が出来上がっていたんだと思う」

「大アヘン世界ですか？　大亜細亜《アジア》じゃないんですか？　アジア解放じゃないんですか？」

日下が、声を大きくした。

十津川は、微笑した。

「言葉としては美しいが、何の力にもならないんだ。例えば、ビルマ（ミャンマー）について考えれば、よくわかる。日本軍は、簡単にイギリス軍を破って、一応、解放した。しかし、冷静に見れば、この時、アウンサン・スーチーの父親、アウンサン将軍の軍隊は、せいぜい千人単位の小さな部隊で、飛行機も戦車もない。イギリス本国軍がやってきたら、ひとたまりもない。そのミャンマー軍を強い軍隊にするには、途方もない金が、かかるんだ。だが、そんな金は、日本にはない。他のインドネシアや仏印、マレー、カンボジア、全て同じだった。一つの国に、五百両の戦車を持たせようとしたら、二千五百両の戦車が、必要になる。そんな金は、アジアの盟主を任じていても、日本にはなかったんだ」

「その頃、アジアを独立させる力のある国家はあったんですか？」

北条早苗《さなえ》が、きいた。

「あったよ。ただ一国、アメリカだ。アメリカだけが、その力を持っていた。そのアメリカと、日本が戦っていたんだから、日本に出来ることは、タカが知れている。幸い中国は、日本と戦う力はない。だから今のうちに占領地を増やしておく。それは、アヘンが売れる地区を増やしていくことなんだ。少しでも広げれば、アヘンが、より多く売れる。この時の日本が売れるものといえば、アヘンしかなかったんだよ。だから、中国と停戦するなんてことは、とんでもないことだった」

「だから、現地軍は、停戦に応じず、首都南京の占領に、走ったんですか？」

「南京を占領して中国が降伏すれば、中国という巨大なアヘン市場が、手に入るんだ。広さもあるし、第一、何億という人口がある。何百万、何千万というアヘン中毒者がいる。彼等が一人、年間一ドルのアヘンを買っても、年間何千万ドルだ。日本陸軍も、興亜院のスタッフも、中国、東南アジアの占領地に、年間いくらのアヘンを配給するかしか考えていなかった」

「しかし、後藤新平の二つの政策は、生きていなかったんですか？」

と、誰かが、いった。

「全て、陸軍と、興亜院の支配下に置かれてしまったからね。目的が、変わってしまったんだ。アヘン中毒の治療から、アヘンの生産、販売が目的に変わったからね。当時の中国人の言葉によく表われている。日本人のいう漸禁は、アヘンの公認なのだとね。だから、日本人は、中国にアヘンを撒きちらす毒鬼だと憎まれた。ただ、朝鮮人も、日本人と一緒になって、アヘンを撒き散らしたとして、憎まれている」

「一つだけ、どうにも、不思議で仕方のないことがあるんですが」

と、三田村が、いった。

「日本人が、生産し、販売したアヘンを、中国人の秘密結社青幇《チンパン》が、買い取って同じ中国人に、売りつけたわけでしょう。同じ中国人なのに、何を考えているか不思議で仕方がないんですが」

「私も不思議だった。日本人には分からない。そこで、私なりに一つの結論を持った。中国人というのは、世界で、もっとも個人主義的な国民だと。日本人には、同じ中国人に見えても、一人一人、考えが違う。同じ、青幇でも、考え方が違うのではないか。

政治的にだって、平気で皇帝を変えてしまう。一見、今の中国は、共産党独裁で、がっちり固まっているが、今の主席だって、一人一人の国民の気持ちはわからないんじゃないかな。だから、ひっきりなしに、国民を刺激する命令と、メッセージを叫んでいる。そうしていないと、いつ、自分が足をすくわれるか不安なんだと思うんだ」

「突然、引っくり返された過去の皇帝と同じですか？」

「中国人社会は、今も昔も変わらないと思っている。香港だって、国家と共産党が、必死で、市民の精神を押し潰《つぶ》そうとしている。日本人ならとっくに、平べったくなっているが、香港は、未だに、完全に、平べったくなっていない。すごいもんだよ」

と、十津川は、小さく溜息《ためいき》をついてから、

「ところで、日本国内で、戦時中、アヘンを生産していた朝鮮人の問題だ」

と、刑事たちを見回した。

「大阪府と、和歌山県で広いケシ畠があり、年間十トンものアヘンが生産され、そこで、朝鮮人が、働いていたことは間違いないと思っている」

「しかし、全く、知らされていませんでした」

「裏の国家的事業だからね。だから、調べるのは、難しい。が、終戦時、死者が出たという記録はない。従って、働いていた朝鮮人は、勝手に四散したと見ている。故国へ帰ろうと思っただろうが、船もなかったからね。それに、広大なケシ畠の持ち主が、殺された報告もないから、生産されたアヘンの加工品を、朝鮮人に、給与代わりに、いくつか、持たせたんだとも考えている」

「それが、白骨と一緒に発見されたレンガ状の物の正体ですか？」

「アヘンは、加工されて『菊』と呼ばれる石鹸状のものになっていたというから、古くなって、レンガと、間違われることはあり得ると、思っている」

と、十津川は、いった。

「それが、『菊』と呼ばれるアヘンの加工品なら、白骨死体が、大阪か、和歌山のアヘン基地で働いていた朝鮮人の可能性が強くなりますね」

「その先、個人名まで分かればと思っている。しかし、半島から、強制連行されてきたグループなら、名簿があるかもしれないが、もともと、個人的に、出稼ぎに来ている朝鮮人なら、個人名まで、調べるのは難しいとも考えているんだ」

「しかし、何か理由があって、長野に来ていたんですよね」

と、日下が、いう。

「そうだ。そこにも、何か、解決のカギがあるかも知れない」

と、十津川は、いった。

そこで、十津川は、刑事たちから、疑問に思うことを、募集することにした。

4

疑問が、集まった。
一、二体の白骨は、もともと一緒に発見されたものなのか、それとも、別々に発見されたものなのか。
一、発見者の佐藤誠は、何故、すぐ届けず、勝手に調べていたのか。
一、雑木林にあったヒスイの玉は、何なのか？　白骨の身元を明らかにするものなのか。
一、佐藤誠は、白骨を届け出ずに木本啓一郎を、手紙で呼んでいるが、これは、何のためなのか。木本啓一郎が、何か知っていると思って、東京から、呼んだのか。
一、白骨死体の男は、何をしに誰に会いに、長野の松代地区にやって来たのか。

そんな疑問が、刑事たちの口から、次々に並べられた。

十津川は、聞いているうちに、疑問の多くに、殺された佐藤誠が、絡んでいることに気がついた。

確かに、冷静に見て、佐藤誠の行動は、おかしい。

今回のことに、十津川は、日本のアヘン政策が関係あるのではないかという疑問を持ち込んだ。

しかし、アヘンの問題がなくても、佐藤誠の行動は、おかしいのだ。

佐藤は、二十年前、松代大本営と、朝鮮人問題について、仕事をしていた。いわゆる町の歴史研究家で、公《おおやけ》の仕事ではなかったが、わざわざ恩師である東京の歴史家木本啓一郎に来て貰って、共に、研究に当たっていたし、その仕事について、本も出していた。

従って、官の研究、事業とも、関係していたから、守るべき規則、法律については、詳しかった筈である。

発見した二体の白骨について、すぐ、市或いは県に報告すべきことは、よくわかっていた筈である。

それなのに、報告していないのだ。報告していないばかりではなく、小屋を建てて、地下室に隠した。

また、二十年前に、共に仕事をした恩師の木本啓一郎に、手紙を書き、聞いて貰いたいことがあるので、来て頂きたいと伝えている。

しかし、どんな問題について、聞いて貰いたいのか、その内容について、一言も触れていないのである。

木本啓一郎が、長野に着いた時も、自宅や、約束した旅館には行かずに、駅で殺されていた。

行きずりの犯行なら、わざわざ死体をトイレに隠したりはしないだろうから、佐藤誠が、駅で誰かに会っていたことが考えられる。

恩師にわざわざ来て貰っているのに、いったい誰と会っていたのか。

何故、そんな勝手なことをしていたのか。

ひょっとすると、恩師の木本啓一郎に、わざわざ、長野に来て貰ったが、突然、理由はわからないが、相談する気がなくなったのではないだろうか。

(佐藤誠という人物について、調べる必要がありそうだな)

と、十津川は、思わざるを得なかった。

もう一つ気になるのは、友人の田島記者のことだった。

自分から何か理由があって姿を消したのか、それとも、何者かに誘拐されたのか、いぜんとして不明のままである。

長野県警捜査一課の緒方警部からの電話でも、いぜんとして、田島の行方は不明のままとのことだった。

大学の同窓という古いつき合いなので、必死なのだが、何処かに安心感があるのは、自ら失踪した感じがあるからだった。

現職の社会部記者の失踪である。誘拐されたのなら多くの場合、それを示す空気が感じられるのだ。抵抗の匂いである。時には、血なまぐさい時もある。

今回、それがない。だから、自ら決めた失踪ではないかとも考えているのだが、そう考えると、動機がわからなくなってくるのである。

5

アヘンのことは、しばらく、内密にしておくことにしたが、県警の緒方警部にだけは話しておくことにした。

友人の田島のことが、あったからである。

緒方は、最初、十津川のアヘン話を聞いて、笑った。

「信じられませんね」

と、緒方は、いった。

「今回の件で、アヘンを持ち出したのは、十津川さんだけですよ」

「しかし、戦時中、日本の大阪府や和歌山県で、日本の内務省の指導で、アヘンの生産をしていたことは、間違いないんです。そこで働いていた朝鮮人が、たまたま、終戦時の混乱にまぎれて、長野県の松代地区に来ていたんじゃないかという気がしているんです。その朝鮮人が持っていたアヘンの固形物が、松代大本営のレンガに見えたのではないかと思っているんです」

「それが見つかれば、私も、考えるかも知れませんが、それが見つからない現在は、アヘン説は、ちょっと信じられませんね」

と、緒方は、いった。

第五章　役者が揃って

1

事態が動いた。

長野電鉄の市役所前駅ホームで、失踪《しっそう》中の田島記者が意識不明で発見されたのである。

市役所前駅は、地下ホームである。

そのホームの端に倒れていてその身体の上に、地味なコートをかぶせてあったので、すぐには発見出来なかったのだ。

発見されるとすぐ、近くの病院に運ばれた。

何か鈍器状のもので、頭部を強打されたらしいと、診断された。

死はまぬがれたが簡単に意識は戻らなかった。

中央新聞の田島記者とわかったのは、その病院にも捜索願の彼の写真が、回っていたからである。

十津川は知らせを受けて、すぐ、病院に急行した。

間違いなく田島だった。

少し痩《や》せているように見えた。県警の緒方警部が先に来ていて、

「所持品はゼロです。多分、襲った犯人が全て持ち去ったものと思います。上りの列車でやってきて、市役所前で降りた。そこを、犯人に襲われたのだと思います。犯人が、切符まで取り上げたのは、何処から乗ったかを知られたくなかったからでしょう」

と、十津川にいった。

「市役所前で降りたのは、市役所に行こうとしていたからでしょうか」

「官庁街で、警察もありますから、市役所だったかどうかは何ともいえません」

倒れた田島にかぶせてあったのは、彼のコートだという。

犯人は、田島と一緒に同じ列車に乗ってきたのか。

田島の意識が戻って、話せるようになれば、全てわかるのだが、医者は、

「いつ、記憶を取り戻すか、医者の私にもわかりません」

と、いう。

無精《ぶしょう》ひげものびていないし、着ている服もさして汚れていない。従って、監禁されていたわけでもないらしい。

「田島の身体に外傷はありませんでしたか？」

「頭部の傷しか見つかっていません。ただ、尿を取って調べたいと思っています」

と、医者がいった。

「アヘンか、モルヒネが出たら、すぐ教えて下さい」

十津川は、自分のスマホの番号を、医者に教えた。

翌日には、その医者から、結果を聞かされた。

「どうやら、何回か、モルヒネを注射されたと思われます。注射痕が見つかっています」

と、医者はいった。

「注射された量はわかりますか？」

「それは、ちょっとわかりませんが、あまり時間をおかずに続けて注射されたと思います」

「それは、危険じゃありませんか？」

「その時の症状によりますね。例えば、尿道結石の痛みが激しかった場合などは、仕方がないと思います」

「何の痛みもないのに、モルヒネを注射するということは考えられませんか」

「そんなバカなことは誰もしませんよ」

と、電話の向こうで、医者が、笑った。

十津川は、事態は思ったより厳しいと思ったが、医者には何もいわずに電話を切った。

十津川は、長野電鉄の駅名を調べてみた。

長野線は、長野—湯田中を走る。

長野電鉄（長野線）
（長野―湯田中）

0.0	長　野	8.0	柳　原	25.6	信州中野
0.4	市役所前	10.0	村　山	27.0	中野松川
1.0	権　堂	11.0	日　野	29.3	信濃竹原
1.6	善光寺下	12.5	須　坂	30.4	夜間瀬
2.7	本　郷	15.0	北須坂	31.8	上　条
3.6	桐　原	17.5	小布施	33.2	湯田中
4.3	信濃吉田	18.6	都　住		
6.3	朝　陽	21.3	桜　沢		数字は距離
7.0	附属中学前	23.3	延　徳		□＝地下駅

長野市街地の再開発の時、最初は全線高架化を考えたらしい。それが予算の都合で市街地だけを地下にしたといわれている。

そのせいか、何となく中途半端な感じを受けてしまう。

しかし、今の十津川が、関心があるのは、田島が何処から乗ってきたかということだけだった。

犯人も、それを知られたくなくて田島の切符を奪って逃げたのだろう。

駅名を、いくら眺めていても、田島が、何処から乗ったのかわかりようがない。

仕方なく、十津川は部下の刑事や、県警の刑事の応援も受けて、各駅の聞き込みをやった。あまり、自信がなかったのだが、やはり、上手くいかなかった。今、地方鉄道は、無人駅が多い。長野電鉄も同様である。結局、田島が、何処から乗ったかはわからなかった。

全駅を調べる時間はない。

田島の乗った駅が見つかっても、それから、何処に行き何をしていたかがわからなければ、事件解決には進んでいかないのだ。

「どうしたらいい？」

と、十津川は、亀井にきいた。

「一つだけ考えていることがあるんですが、難しいかも知れません」

亀井が、いった。

「何でもいってくれ。打つ手がなくて、困っているんだ」

「田島記者は、モルヒネを多量に打たれています。日本ではモルヒネを普通の個人が持つことは許されません。持っているのは医者か、病院だけです。医者は年間必要と思われる量をあらかじめ用意しておくわけですが、めったに使用されません。と、いうことは異常に使用していれば、目立つと思うのです。そういう病院か医者を、長野電鉄の沿線で探してみてはどうでしょうか」

「面白い」

と、十津川はいった。

「難しいが、やってみよう」

モルヒネは劇薬である。一番強い鎮痛剤といってもいいだろう。

だから、どの病院、医者でもある数量は用意しておくが、めったに使うことはないし、数量はきっちり管理されている。

十津川は、長野線沿線の個人病院から、大病院までモルヒネの数量を調べるよう指示を出した。

時間はかかったが、結果が出た。

小布施《おぶせ》の個人病院のモルヒネの消費量が異常に多いことがわかったのだ。

病院の名前は、駒井《こまい》病院。

院長の駒井義郎《よしろう》は五十六歳。内科医である。

妻の優子《ゆうこ》は副院長で、小児科医五十一歳。

息子の宅也《たくや》は三十歳、神経内科の医者。

その妻の圭子《けいこ》は看護師という、医療関係一家である。

小布施は、もちろん葛飾北斎で有名だし美術館もある。

何よりも、町全体がレトロ調に仕上げてある感じである。

その町の中を、観光客がマスクをつけて歩き回っていた。

駒井病院も、古くからの病院の感じだ。

十津川たちが、周辺の聞き込みをすると、駒井病院は戦後すぐの開業だという。

「今の院長の父親が軍医で召集され、中国で連隊付として働いていたそうです。戦後復員して、今の場所に開業したんです」

と、町長が説明してくれた。

「その頃会った人は、中国で苦労したと見えて、痩せていて、医者のくせに病人みたいだといっていたそうです」

「他に、駒井病院について、何か噂《うわさ》はありませんでしたか？」

「外国人がよく来ていたそうです」

「アメリカ人？」

「いや、アジアの人だっていってましたから、中国人か朝鮮人だったと思います。今から考えると、中国で、軍医をやってた時の知り合いじゃないかと思います」

「どうして、そう思うんですか？」

「その頃あの病院の患者が、院長が、中国語か朝鮮語で客と話しているのを聞いたといっていたからです」

敗戦直後は、さまざまなことがあった。

ある意味、日本全体が無政府状態だったともいえる。

政府は、正常な機能を失い、後始末に奔走していた。

終戦の半月後に、連合国軍が、占領のため入って来ることになっていた。

日本が受諾したポツダム宣言では、連合国軍の捕虜を虐待した者に対して、相応の処罰をするという条項があり旧日本軍は、その証拠かくしに奔走したといわれている。

旧海軍の上層部では、特攻に対しても、連合国軍から、非人道的と批判されるのを恐れて、その弁明の方法を考え、殆《ほとん》どが強制でなく、志願とする文書まで作成されたといわれているのだ。

戦後、中国から帰国した軍医が、郷里の小布施で、病院を始め、そこに朝鮮人、中国人がいたというのは、どういうことなのか。

それに、モルヒネの大量消費。

モルヒネは、アヘンを精製したものである。

一応、鎮痛剤だが、アヘンと同じであり、中毒症状を呈するだろう。従って、中国、東南アジアでのアヘン問題はモルヒネ問題でもある。

時には、アヘンであることを誤魔化すために、モルヒネという医療の鎮痛剤の名目で取引きされることもある。

駒井病院での、大量のモルヒネの消費はやはり異常である。

もう一つ、十津川が気になったのは、小布施と、湯田中の距離である。

長野電鉄上の距離は、わずか十五・七キロでしかない。長野電鉄では、四十分である。

今回の事件の始まりともいえる佐藤誠の死体は長野電鉄湯田中駅のトイレで発見されたのである。

もちろん現在、他の事件との関係は、全く見つかっていない。

その後、調べていくと、問題の軍医、駒井久一郎《ひさいちろう》は、何故か、駐支日本陸軍より一足先に、帰国していることがわかった。

普通は、逆である。

一般の将兵が先に復員し、特殊技能の持ち主は、後に残される。

それなのに、終戦前日の八月十四日に軍医駒井久一郎は、突然、上からの命令で、帰国していた。しかも、日本陸軍の重爆撃機を使って九州の飛行場に帰っているのだ。

その上、特務機関の将校と、荷物と共にである。

特務機関員の名前は明らかにされていない。が、興亜院（終戦時は、大東亜省）の嘱託の身分になっていた。

十津川が、戦争中の資料を調べていくと、こうした特務機関員の多くはアヘンに関係している。

とすれば、その荷物というのは、アヘンの可能性が高い。敗戦の時、陸軍の将校や、元興亜院の職員は、アヘンを持たされ、これを持って逃げたことがわかっている。金《かね》に替えればしばらくは生活できるといわれたと証言しているからである。

アヘンは当時、どの位の価値があったのだろうか？

内モンゴル（蒙疆）は、戦争中、日本のアヘンの供給基地だったが、敗戦時、日本大使館員の話では、この内モンゴルから貨車一、二両のアヘンが天津《テンシン》に運ばれそれを売り捌《さば》くことで、天津に逃げて来た邦人約三万人から五万人の六ヶ月分の生活費がまかなわれたといわれる。その量は、同じく十トンぐらいのものだろうから、アヘン（モルヒネ）は、敗戦の時でも、高価だったに違いないのである。当時の価値で数千万円だったろう。

その金《かね》が、どう使われたか、記した資料は見つかっていない。

戦争中、中国で暗躍し、戦後、手にした資金で、自民党結成に暗躍したのは児《こ》玉誉士夫《だまよしお》が有名だが、アヘンには、関係していないとされている。

しかし、阿片王といわれた里見甫や、アヘンで活躍した甘粕正彦と親しかったし、資金の元が何だったか、わかっていただろう。

そんなことを考えると、十トンのアヘンは、戦後の日本に役立てようとしてひそかに内モンゴルから日本に運ばれたと考えていいだろう。

その時駒井軍医が、同行した理由はわからないが、アヘンと一緒ということを考えれば、アヘン、或いはモルヒネについて詳しかったからではないだろうか。

十津川は、少し飛躍した考え方をしてみた。

敗戦直前まで日本国内でも、アヘンの生産が行われていた。

当然、アヘン中毒者が出ていたろう。終戦のあと、その中毒者の取扱いが問題になってくる。

表面的には、日本はアヘンと無縁、特に日本内地には、アヘン中毒者はいないことになっていた。

その扱いのため、経験のある軍医駒井が秘密裡に陸軍の爆撃機で中国から帰国したのではないのか。

そのあとも、十津川の頭の中で想像が飛躍していく。

森の中で、佐藤は、朝鮮人労働者の白骨と思われるものを発見する。

最初は、松代大本営工事で働いていた朝鮮人労働者だと考えられた。

しかし、白骨と一緒にいくつかの四角いレンガ様の固形物が見つかった。秘かに成分を調べてみると、アヘンだとわかる。

そこで、佐藤は、戦争中の松代大本営問題から、アヘン問題に視点を移したのかも知れない。

佐藤は、新しい発見に夢中になった。郷土史家としての名声も上がると考え、わざわざ呼んだ恩師の木本啓一郎が邪魔になったのではないか。

そこで、木本が来る日にも会わないことにして、長野とアヘンの関係を調べていたのではないのか。

佐藤は長野生まれの長野育ちである。それに郷土史家として、長野の歴史を調べていた。その眼は、今まで戦時中の松代大本営工事と朝鮮人労働者の問題に向けられていたが、ここにきて戦後、小布施の駒井病院が、モルヒネを大量に使用して、問題になったことを思い出したのではないか。

そこで、白骨と、アヘンの固形物と、駒井病院のモルヒネ大量消費を結びつけた。

アヘンは、禁止されているが、モルヒネなら、禁止されてはいない。医療用なら、医者が、持っていても咎《とが》められることはない。

佐藤は小布施の町で、駒井病院のことを聞いて回ったが、直接、院長に会いに行ったのではないのか。

「われわれも会いに行こう」

と、十津川は、亀井に、いった。

県警の緒方警部には、相談しなかった。アヘンの話はしたが、緒方は、全く信じていなかったからである。

2

長野電鉄を小布施で降りる。

今日も、小布施のレトロ調の町は、観光客で賑《にぎ》わっていた。

駅から歩いて、十五、六分。個人病院としては、大きい方だろう。

受付で、警察手帳を見せ、院長の駒井義郎に院長室で会った。

院長室の壁には、「平和」の大きな文字が掛かっていた。

「亡くなった父は中国から帰ると、『平和』と『非戦』の二枚を書いて、交代で掛けていました」

と、現院長の駒井はいう。

「駒井久一郎さんは、軍医で、中国に行かれていたんですね?」

十津川は、そんな質問から始めた。

「そうです。主として、上海《シャンハイ》にいました。戦闘地区ではなく、後方です」

「上海では何をされていたんですか? もちろん、軍医としての仕事はわかっていますが、後方支援をしていたとも聞いたもので」

「主な任務は負傷兵の治療ですが、上海では、元アメリカ租界《そかい》にあった病院を押収して、アヘン中毒者の治療にも当たっていたといいます」

「それで、敗戦直前、陸軍の爆撃機で、帰国されていますね。これは事実ですか?」

「事実です」

「その時、飛行機には、陸軍の特務機関員と、大量のアヘンが積まれていたと聞いたんですが、これは本当ですか?」

十津川が迫ると、駒井は、手を振って、

「そんな話は父は全く喋《しゃべ》っていないのです。それなのに、妙な噂《うわさ》が広がっていて、正直困惑しています」

「すると、大量のアヘンというのは、嘘《うそ》だということですか？」

「そんな話は、陸軍の記録には、載っていませんし、今、申し上げたように、父も話していないのです」

「それでは、駒井軍医を帰国させるためだけに、わざわざ、大型爆撃機を飛ばしたんですか？　敗戦直前に」

十津川が、意地悪く、迫った。

「敗戦が決まったので、軍の機材や秘密書類などを、国内に運んでおく必要があったと、父は、いっていました。書類や機材で機内は一杯だったと」

と、駒井は、いった。

（嘘だな）

と、十津川は、思った。

機材や秘密書類は、わざわざ運ばなくても、現地で焼却してしまえばいいのである。

第一、日本本土に連合国軍が、上陸しようとしている時である。内地に移したところで安心ではないのだ。

十津川は、アヘンの大量移動と確信した。

中国にあったアヘンを、日本の再建のために使おうと、内地に移したのだろう。

だが、この件をいくら問い詰めても、駒井院長の答えは同じだろうと考えて、個人的質問に切り変えた。

「駒井久一郎さんは、何のために、急遽、帰国されたんですか？」

「このことは、内密にしておいて欲しいのですが、敗戦直前まで、日本内地では多量のアヘンが生産されていました。日本人と朝鮮人が協力してです。そのため多数のアヘン中毒者が出ていました。中国人もいたといわれています。終戦となった時、この人たちをどうするのか。政府としては、彼らを故国に帰国させたかった。ただ、当時の日本はアメリカの空爆で、海峡をわたる船が一隻もない。すぐ故郷に帰せないのでしばらく日本に残ることになりましたが、日本の敗北が決まれば、働かせることは出来ません。そこで、父は帰国するや、陸軍が協力して、病院を作りアヘン中毒者の泊まる宿舎も建てたそうです」

「そこで、治療に当たった？」

「そうです。日本は敗北しましたから、それまでのように中毒者を、放っておくわけにはいきませんからね」

「中毒者じゃない朝鮮人はどうしたんですか？」

と、亀井が、きいた。

「アヘンの国内の生産地は、敗戦で閉鎖されましたから働いていた朝鮮人にも退職金として、生産されたアヘンを、持ち運びし易いように固形にして、持たせて、解放したそうです。船がなくて故郷に帰れない朝鮮人は、そのまま、急造の宿舎に、帰れるまで泊まらせていたし、自由を得たので、アヘンの生産地から、出て行ったものもいたと、父はいっていました」

「アヘンの生産に従事していた朝鮮人の名簿はなかったんですか？」

「朝鮮半島から集団で内地に来た労働者たちなら、名簿があるかも知れませんが、以前から自分の意思で、半島からやってきていた人たちだったので、名簿がないんです。朝鮮人とわかると、いろいろと不利な扱いを受けるというので日本名を使ったり、履歴を誤魔化す人もいましたからね。通称で呼んだりしていたそうです」

「これは、大事なことなので、正確な答えが欲しいんですが、アヘンの産地の会社は、朝鮮人労働者に、退職金代わりに一人当たり何個のアヘンの固形物を渡していたんですか。当時、隠語で『菊』と呼んでいたと聞きましたが」

「そうです。アヘンに、他の薬品や香料をまぜて、石鹸のように、固形化したものです。扱い易いし、吸引する場合は、ナイフで削って粉にして銀紙の上にのせ、下からあぶればいいという簡単さで、中国では、松、竹、梅に分類して、売買されていたようです。ただ、包み紙にはアヘンと書かず、モルヒネと書いてありました。モルヒネなら、麻薬ではなく、医薬品ですから」

「一人に渡した数を教えて下さい」

と、十津川は、しつこく、きく。

「それは、働いていた日数によって違っていたといいます」

「最低、いくつですか？」

「四つと、父は、いってました」

「最低でも四つ。間違いありませんね？」

十津川が、念を押す。

「オーナーは一年働いて菊一個と決めていましたからね。朝鮮人の労働者は、全員四年以上働いていたということです」

「千人くらいは、働いていたわけでしょう？」

「そうですね」

「アヘン生産は中止され、退職金代わりの菊を貰ったあと、朝鮮人労働者は、どうしていたんですか？」

「多分、全員が解放された故郷に、一刻も早く帰りたかったと思うのです。連合国軍総司令部、ＧＨＱも、朝鮮人を帰国させようと考えていたようですが、何度もいったように乗せる船がないんですよ。それで、船が動くのを待っていたと父はいってました。四個以上の菊を大事に抱えて掘っ建て小屋のような宿舎で、船が動くのを大部分の朝鮮人が、待っていた。ただ内地の何処かに会いたい人がいれば、出て行ったと思います」

「その時、行く先を言って出かけたんでしょうか？」

　と、十津川は、きいた。

「父の話では、殆《ほとん》ど、黙っていなくなったそうです」

「何故ですか？」

「日韓併合で無理矢理、日本人にされたわけでしょう。内鮮一体と口ではいっても、日本人は朝鮮人を差別していたし、姓まで日本名に変えられてしまいましたからね。戦争が終わってやっと自由になったんだから、いちいち断って外出するのは、もう真っぴらと思っていたんじゃありませんかね」

「実は、朝鮮人のものと思われる白骨があるんです。その白骨の傍らには、古い固形のアヘンがあったようなのです。『菊』と呼ばれたものです。他に、ヒスイの装飾具がありました。日本人がつけていた勾玉と違って、ドーナツ形のものでした。直径四センチくらいの青いヒスイです。この白骨がアヘン工場で働いていた朝鮮人なら、捜査は、進展するんですがね」

「難しいですね。ただ、父の日記に載っているか、探してみますよ。父は、自分が診ていた朝鮮人の中で、気になった相手についてだけ、日記に書き留めていたようですから」

と、駒井は、いった。

十津川は、佐藤誠の顔写真を出して、

「最近、この人物が、訪ねてきませんでしたか？」

と、きいた。

「名前は？」

「佐藤誠。五十八歳。長野の郷土史家で、長野に住んでいました」

「ひょっとして、湯田中駅で殺された人じゃありませんか」

「会ったんですね？」

「突然、訪ねてみえたんです。名前はいわなかった。朝鮮人労働者について、研究していると、いってました」

「それで、どんなことを聞いたんですか？」

「真っ黒な四角い固まりを持ってきて、私に見せました。カビが生えてましたね。自分は、松代大本営の工事に使われたレンガだと思っていたが成分を調べてみたら、アヘンだとわかった。アヘンに香料を混ぜて、使い易いようにした、『菊』と呼ばれるものだと。そこで、駒井病院の亡くなった初代の院長さんが、戦時中中国で、軍医として働いておられて、アヘンに詳しいと聞いたというのです」

「それで、どうされたんですか？」

「困りました。佐藤さんは、その話を、明らかに犯罪と結びつけて、考えておられましたから」

「どんな風にですか？」

「ご自分が発見した白骨は、アヘンに絡む朝鮮人のものとわかった。長野で、朝鮮人労働者といえば、これまでは、松代大本営工事で働いていた労働者だった。それが、アヘンが絡むとわかって、明らかに興奮していらっしゃいましたね。何とか、新しい朝鮮人問題にしたいというのが、見え見えなんです。父は、犯罪を犯したわけじゃない。政府の命令で、アヘン中毒者を助けるために、敗戦直前に帰国したのであって、アヘンで、儲けようとか、朝鮮人の中毒者を始末しようと帰国したわけじゃありません。それで、よくわかりませんと、いったところ、大変不機嫌でしてね。完全に調べあげて、全てを明らかにしてやるといって、帰って行かれたんです」

「そのあと、佐藤さんは、どんなことを調べていったと思われますか？」

「わかりません」

と、駒井は、困惑した表情でいう。

「敗戦の時、日本内地には、千人近いアヘン中毒の朝鮮人がいたといわれましたね？」

十津川は、念を押した。

「正確にいえば内地にあったアヘン工場で働いていた朝鮮人と、中毒の朝鮮人です」

「敗戦で、アヘン工場は廃止されて、故郷に帰れなくなった朝鮮人と、朝鮮人中毒者のために、急遽、帰国し、駒井病院と朝鮮人の収容施設を作った？」

「そうです」

「その費用は、誰が出したんですか？」

「父は、陸軍の機密費から出たと思うといっていました。首相や、陸軍大臣は、自由に使える機密費を持っていたそうです」

「今も、アヘン関係の朝鮮人に対する治療や、世話を続けているのですか？」

と、亀井が、きいた。

「いや、殆どの朝鮮人は亡くなるか、故郷に帰っていて、ゼロです。宿舎は、すでに取りこわされています」

「しかし、この病院のモルヒネの消費量は、他の病院に比べて異常に多いですね」

と、十津川は、いった。

「たまたま、うちの患者の中に、モルヒネを必要とするような強い痛みを持つ方がいて、止むなく、モルヒネを使用しているわけで、別に、必要がないのに、使っているわけじゃありません」

と、駒井は、いう。

十津川は、最後に、

「佐藤誠が、帰ったあと、電話などで、何か、いって来ていませんか?」

と、きいてみた。

佐藤が、その直後に、湯田中駅で、殺されているからである。十津川としては、その理由をどうしても知りたかったのだ。

「別に、何もありませんね」

と、駒井は、そっけなく、いった。

しかし、十津川たちが、帰りかけると、表まで送ってきた駒井の妻優子が小声でいった。

「実は、あの日の夜、佐藤さんから、電話があったんです。主人が丁度留守だったので、私が出ました」

「どんな用件だったんですか？」

「実は、アヘンのことで、問題が起きて、ある人物に、湯田中駅で、会うことになった。駒井先生も、ぜひ、湯田中駅に来て、話し合いに参加して欲しい。大事なことなので、ぜひにもお願いしますと、おっしゃるんです。初めてお会いした方ですし、大事なことといわれても、それを信じていいのかわからなくて」

「結局、断わられた？」

「主人に話してみますと申しあげたんです」

「その電話は、何時頃ですか？」

「午後七時頃だったと思います。佐藤さんは、午後九時までに、湯田中駅に来て欲しいと、繰り返されて、電話を切られたんです」

　と、優子は、いった。

「それで、駒井さんに、その電話のことを伝えましたか？」

「ええ。主人に伝えました」

「それは、何時頃ですか？」

「七時半頃だったと思います」

「それなら、九時に間に合う時間ですね」

と、十津川は、確認した。

「はい。車で、湯田中駅まで、二十分で行けますから」

「駒井さんは、あなたから話を聞いて、何といいましたか？」

「ちょっと考えてから、あの人は私たちとは、何の関係もない人だから、行く必要はないよと、いってました」

「それで、駒井さんは、湯田中駅には行かなかったんですね？」

「はい」

「では、その日の夜は、ずっと家にいらっしゃったわけですね？」

「それが――」

「違うんですか？」

「実は、信州中野に、主人が、親しくしている方がいらっしゃるんです。お名前は三浦《みうら》さんとおっしゃって、高校時代からの長いつき合いの方で、主人もよく遊びに伺っているんです。その方から、八時位に、ヒマだから来ないかという電話があって、主人は、すぐ車で出かけました」

「帰って来られたのは、何時頃ですか？」

「それが、何時頃かよくわかりません。疲れていたので、先に休んでしまいましたから。朝にはちゃんと起きて、仕事をしておりましたけど」

「おーい」

と、奥から、駒井が、呼んだ。

「すみません」

と、駒井の妻がいう。

「おーい。どうしたんだ？」

と、駒井がまた呼んだ。

「相手は、三浦さんでしたね？」

「はい」

と、肯《うなず》きながら、駒井の妻は小走りに、奥へ消えた。

3

小布施の駅に向かって歩きながら、十津川は、腕時計に眼をやった。

午後七時五分。

「三浦という人に会いに行きますか?」

と、亀井が、きく。

「やっぱり気になるね。行ってみよう」

と、十津川は、応じた。

長野線を信州中野で降りる。

三浦の住所は聞いていなかったが、十津川は、すぐわかるだろうと思っていた。東京ほど、町の様子は変わらないし、高校時代からの友人だという。そして、五十六歳という年齢を考えれば、三浦も、駒井と同じ様に、町では知られた人間だろうと思ったのである。

予想どおり駅前のパン屋で聞くと、すぐ分かった。三浦家というのは、人に知られた旧家で、三浦は元町議会議長だった。

三浦の父親は、すでに亡くなっていたが、同じく町議会議長だった。だから、誰もが三浦家を知っていた。

駅から、歩いてすぐに、六百坪の豪邸があった。それが、三浦邸だった。

幸い、当主の三浦勝之助《かつのすけ》は在宅だった。

大きな男だった。

高校時代、力士を夢見たこともあるというのも肯《うなず》けた。

十津川の質問に対して、

「駒井君なら、よく知ってますよ。高校時代からの友人です。彼は酒を呑《の》まないが、よく、つき合ってくれます」

「湯田中駅で殺人事件があった日を覚えていらっしゃいますか？」

「駅のトイレの中で人が殺されていた事件でしょう。覚えていますよ」

「殺された佐藤誠のことは？」

「名前は知っていました。郷土史家の一人で、一度町議会で、講演を依頼したことがありました。松代大本営の話です」

「事件のあった日ですが、午後八時頃、駒井さんが、遊びに来る約束だったんじゃありませんか」

と、十津川は、きいた。

「そうだ。私が電話で誘ったんだ。ヘボ将棋でもどうだと、誘ったんですよ」

「駒井さんは、行くといったんですか？」

「すぐ車で行くといったね」

「それで来たんですか？」

と、十津川がきくと、

「それがさ、途中、車の中から電話して来たんですよ。急用が入ったんで、行けなくなった。申しわけないといってね」

「では、その夜は、駒井さんは、来なかったんですね？」

と、十津川は、念を押した。

「ああ、完全にすっぽかされた。残念でしたよ」

「その後、駒井さんが、すっぽかした理由を打ち明けなかったんですか？」

「聞きそびれてね。まじめな男だから、よほどの理由があって、来られなかったんだろうと思ってね」

　と、三浦は、いった。

「長いつき合いだということなら、身体の調子など、駒井病院で診て貰ってきたんじゃありませんか」

「ああ、あそこなら気楽だからね」

「しかし、駒井病院が、他の病院に比べてモルヒネを多量に使っているのはご存知ですね？」

　と、十津川は、きいた。

「それは、知ってますよ」

　と、三浦は、肯く。

「その件について、駒井さんに理由を聞いたことはありますか？」

「いやありませんよ。親友だって嘘をつかなければならない時もあるだろうと思いましてね」

「駒井さんの父が、軍医だったことは知っていますか？」

「もちろん、知っています。軍人だったケースは、いくらでもあります。うちの伯父も、陸軍中佐でしたよ」

と、三浦は、いう。

「その駒井軍医が、中国では、アヘンに関係していたということは、知っていましたか？」

「アヘンですか？」

「正確にいえばアヘンや、モルヒネです」

「もとは、同じアヘンでしょう」

「しかし、モルヒネは医薬品で、医者なら、持っていても逮捕されない」

と、十津川は、いった。

「警部さんは、何がいいたいんですか？」

「戦争中、アヘンも、モルヒネも高価でした。金《きん》と同じ価値があった。だから日本軍と政府は、アヘンを独占し、それを金《かね》に替えて、戦費をまかなったんです。アヘンを精製して、モルヒネにして使ったこともあります。駒井院長の父は、そのモルヒネを使って、朝鮮人の治療に当たりました」

「立派なことじゃありませんか。モルヒネを使って戦後も朝鮮人の治療に当たろうというのだから」

と、三浦は、いう。

「確かに、立派です。だが、彼を日本に運んだ陸軍の爆撃機には、他に、特務機関員とアヘンが積み込まれていたという話があるんですよ。当時の価値でも、数千万円といわれている。現在の価値なら、数十億円です」

「それは、単なる噂でしょう」

「今のところは、確証はありません。しかし、中国、東南アジアで、日本は、アヘンを独占して一大アヘン帝国を作ろうとしたわけです。敗戦の時その莫大なアヘンを、日本内地に持ち込もうとしたのではないか。陸軍の爆撃機で」

と、十津川が、いった。

三浦は、笑って、

「何だか、アヘンを、駒井の父親が、自分のふところに入れようとした話に、持って行こうとしているみたいですね」

「何しろ、数十億円ですよ」

「しかし、今のところ噂話だというし、駒井の父が運んで来たんじゃなくて、特務機関員が運んで来たわけでしょう」

と、三浦が、いう。

「しかし、駒井久一郎さんは、国の資金で、病院と朝鮮人の宿舎を建て、日本内地で、アヘンの生産に従事していた朝鮮人と、朝鮮人の中毒者を収容し、治療したといわれています。当然、日本とアヘンの関係は、東京裁判で問題になりますから」

「それなら、愛国的な行動じゃありませんか。日本人としては駒井の父親を応援したい」

と、三浦は、繰り返す。

「敗戦直後、このことは町の上層部にいた三浦さんたちにはわかっていたんじゃありませんか」

と、十津川は、きいた。

とにかく、狭い地区である。戦後の混乱はあっても、駒井病院の動きは、かなり大きな動きである。千人近い朝鮮人の面倒を見、その中にいるアヘン中毒者の治療に当たる。特に治療に当たるためにはかなりの量のアヘン（モルヒネ）が必要である。

それに対して長野県としても、人道的な問題なので、応援したのではないか。とすれば県の人々、特に、政治に関係していた人間は、かなりの部分、知っていたのではないだろうか。

敗戦直後に、何があったかも問題だが、そのことが、今に到っても、影響を与えているかが、更に問題である。

影響が残っているから、二件の殺人事件が起きたのか。それとも二件の殺人は終戦直後のアヘン（モルヒネ）問題とは、全く関係ないのか。

十津川は、そのことを捜査する必要を感じた。

4

田島記者の記憶は、いぜんとして戻らない。

中央新聞から、社会部の上司や、同僚などが乗り込んできて、田島の足取りを、調べ始めた。

誰に会っていたのか、失踪中、何処にいたのかの調査である。しかし、なかなか明らかにならない。

一方、十津川は、駒井病院と、三浦家に狙いをつけていた。

県警は、相変わらず今回の殺人事件とアヘン（モルヒネ）とは、無関係と見ている。

県警本部長も、捜査一課長も、敗戦直前のアヘンの話は、噂としては聞いているが、大量のアヘンを陸軍の爆撃機で、中国から日本へ運んだなどという話は、信用できないというのである。

確かに、信じにくい話だが、十津川は逆に信じにくいからこそ、注目した。

それに、湯田中駅で佐藤誠が殺された日の駒井院長と、三浦の動きである。

駒井院長の妻によれば駒井は、この日の午後八時に電話で三浦に誘われたという。

しかし、当の三浦本人は、確かに誘ったが、駒井院長は車の中から、行けなくなったといって来たというのである。

駒井院長が、嘘をついたということも、考えられる。行けないといっておいて、独りで、湯田中駅へ行ったのかも知れない。行かなかったとしたら、実際には、何処へ行ったのか。

今のところ湯田中駅の殺しについて、容疑者は見つかっていない。最初は、松代大本営工事にからむ殺人と考えていたが、ここに来て、十トンのアヘンを積んだ陸軍の爆撃機と、同乗して帰国した駒井院長の父の話が出て来たので、この殺人事件には、アヘン（モルヒネ）が絡んでいるのではないかと考えるようになっていた。

それを確認するために、十津川と、亀井はもう一度、駒井病院を訪ねることにした。

三時過ぎになり、外来患者が来ない時間になってから、十津川は、駒井院長に会った。

「昨日、三浦さんに会って来ました」

と、十津川は、正直に、いった。

「例の湯田中の件についてお聞きしたところ、駒井さんは、信州中野駅近くの三浦さんの自宅に行くといったが、途中、車の中から、電話してきて、行けなくなったと断わって来たといってました。その通りですか?」

「ああ。そうでした。途中、行けないことがわかって、断りの電話を、車の中から掛けたんです」

「それで、誰に会いに行かれたんですか?」

「とんでもない。他に約束ができたので、こちらを断わるようなマネはしませんよ。信州中野に行こうとして車を出したとたんに激しい腹痛に襲われましてね。これでは、どうしようもないと思ってあわてて、三浦さんに断りの連絡を入れて帰宅しました」

「それで、三浦さんは、何といいました」

と、十津川は、きいた。

「いや、何も聞かずに、お大事にといわれただけです。こちらは、腹痛が激しいので、すぐ、電話を切りました」

それが、駒井院長の答えだった。

十津川は、質問を変えた。

「長野県内のお医者さん同士は、仲がいいですか?」

「何しろ、K大医学部の卒業生が多いですから」

と、駒井は、いう。

「西条地区の外科病院の入江先生も、確かK大医学部出身と聞きましたが、親しいんじゃありませんか？」

と、十津川は、きいた。

駒井は、ニッコリして、

「確かに、入江さんも、同じK大医学部出身で、向こうの方が一期先輩です。親しくさせて貰っています」

と、いう。

十津川は、バラバラだった人間と、事件が繋《つな》がっていくのを感じた。

別の見方をすれば、松代大本営工事と、アヘン（モルヒネ）が結びついて来たのだ。そして、その繋ぎ目に当たるのが駒井、三浦そして入江たちだという結論だった。

その結論を、田島記者に結びつければ、彼が失踪中、何処にいて、誰を調べていたかも想像が出来た。

今は、多分としかいえないのだが、田島はまず、入江医師をマークしたのだ。殺された木本や、朝鮮人の白骨に、一番近いところにいるのが、入江医師だからに違いない。

その上、入江は、木本から、発見した朝鮮人の白骨を調べてくれと頼まれたことは認めているのに、その白骨や、七十五年前の固形アヘンについてはわからないとしかいっていない。

固形アヘンは、松代大本営の朝鮮人とはっきり区別するものだった。

別に医者でなくても、興味を持つ代物である。

それなのに入江は、何も喋っていない。ということは、他の誰にも喋らず入江は、固形アヘンについて調べていたのではないか。

仲間の駒井医師にも話した筈だ。

つまり、危険地帯に踏み込んでしまったのだ。

田島は、いぜんとして、記憶を取り戻していない。

第六章　湯田中駅《ゆだなか》

1

湯田中駅は、昭和二年四月二十八日に、長野電鉄長野線の終点駅として開業した。

当時の建築としては、かなりモダンな造りである。長野電鉄の終着駅であると同時に、湯田中渋《しぶ》温泉の玄関駅でもある。

ただ、東海道線の熱海《あたみ》駅のように、温泉地の中にある駅ではなく、湯田中の温泉とは、少し離れた駅である。

そのためもあって、長野電鉄の始発駅長野駅の一日の乗降客が一万二千人なのに、湯田中駅のそれは、千五百人と少ない。

駅の住所も、長野県下高井《しもたかい》郡山ノ内町《やまのうちまち》湯田中である。下高井郡なのだ。

湯田中温泉自体は、天智《てんじ》天皇の時代に僧智由《ちゆう》によって開かれたというから、古い温泉である。レトロな渋温泉や、野猿の入浴で有名になった地獄谷《じごくだに》温泉、スキー場で有名な志賀《しが》高原も近い。

駅長の高木《たかぎ》は、このところ憂うつである。

駅構内の個室トイレの中で、死体が発見され、しかも殺人事件と断定されたからだった。

しかも、被害者佐藤誠は長野県民で、郷土史家として、かなり知られた人物だった。

湯田中駅が、その殺人現場になったのである。

おかげで今日も、十津川という刑事と、会わなければならない。午後三時の約束だった。

地元に生まれ、二十歳で長野電鉄に入社し、ようやく、湯田中駅の駅長になった高木にしてみれば、東京の刑事が、長野で起きた事件に介入してくるのが、第

一、気に入らない。
十津川警部は、二人で、やってきた。

亀井という刑事が一緒だった。捜査の途中で問題が起きた時、一人では証人にならないからだというが、高木にしてみれば、この忙しい時に呑気《のんき》なものだと思っている。

事実、今年はやたらに忙しかった。

令和二年は、コロナ危機で始まった。

わけのわからないウイルスの攻撃が始まり、あっという間に、第一の波が、日本に襲いかかってきて、政府は、あわてて、緊急事態宣言を発表した。

それが、一日の感染者数が百人に落ち着くと、直《ただ》ちに、宣言を解除したばかりでなく、七月二十二日に、ＧｏＴｏキャンペーンを始めて、今や、日本全国で旅行ブームである。

おかげで、長野県全体、そして湯田中にも、観光ブーム、温泉旅行ブームが、やってきたと、歓迎していたのに、何ということか、殺人事件が発生して足を引っ張り、観光にもっともふさわしくない、刑事が東京から押しかけて来ているのである。

自然に、不機嫌になってくる。

「もう、警察には、十分、協力しているつもりですが、これ以上、何を調べるんですか？」

と、きいた。

「失礼ですが、高木さんは、この湯田中の生まれですか？」

「いや、生まれたのは、長野の市内です。ただ湯田中の駅長になって、十年になりますから、湯田中にも、詳しくなっていますが」

「それでは、この地図を見て頂きたいのです」

十津川は、やおら、ポケットから、たたまれた長野県の地図を取り出し、高木の前で広げていった。

「湯田中渋温泉地区の奥に、K森林地区という森が広がっています。上空から、ドローンで撮影してみると――」

「ちょっと待って下さい。あの上空でのドローンの飛行や撮影は禁止ですよ。東京の刑事さんは、知らないでしょうが」

「確かに、今回の事件に関係してから、知りました。K森林は国有林で何故か、二〇五〇年まで手を入れてはいけない。上空からの撮影は禁止、これは、ドローンが開発される前の時代からです。私は、今回、殺人事件の捜査の必要性から、ドローンを使用して上空から写真を撮りました。その写真がこれです。よく見て下さい。奇妙な写真でしょう」

十津川は、その写真を説明する。

「広大な森林です。ところが、その中央部のかなりの広い部分の色が違っているのです。同じ杉の森林ですが、色が違うのですよ。不思議でしょう。そこで調べました。このK森林地区は、二〇五〇年まで、原生林のままに保つため、許可なく入ることが、禁じられている。しかも、その理由が、はっきりしない」

「日本の原生林を保存するためですよ。はっきりしているじゃありませんか」

高木が、いう。彼には他所者《よそもの》が、何を勝手なことをいうかという反発がある。

しかし、十津川は、そんな高木の感情を無視して、

「理由は簡単でした。色が違って見えた部分は、樹の高さが違っていたのです。大森林の中の広い部分の樹が一様に低いので、上空から見ると、光の具合で、色

が違って見えたのです。何故、あの大森林の中央部の樹々が背が低いのか。理由は一つしか考えられません。ある時期、広い部分の杉の林が伐採され、そこに集落が作られ、多分、千人くらいの人々が住んでいたのではないか」

「そんな集落のことなんか、聞いたことがありませんよ」

と、高木は、抗議した。

「高木さんは、何年の生まれですか?」

「昭和四十年生まれで、五十五歳です」

「多分高木さんが生まれる前に、消えた集落です」

「私が知らないのに、十津川さんが、何故、知っているんですか?」

「私だって知りませんよ。私も、戦後生まれで現在四十歳。昭和五十五年生まれです。しかし、想像は出来るんです。多分敗戦直後だと思う。あのK森林地区の中に、集落があったのだ。私と同じ想像を描いた男が一人いました。中央新聞の田島という記者です。彼も、この長野の人間ではないので勝手に想像を逞《たくま》しくしたと思うのです。彼は今、記憶を失って入院中です。彼が私と同じように、K森林地区に疑問を持ったのは、間違いないと思っています。ドローンを飛ばしたか、ヘリコプターで、飛んだかはわかりませんが、同じ想像を持った筈《はず》なのです。あの大森林の中に、敗戦直後に、集落があったに違いないと」

2

「そんなものは、ありませんよ。長野県史にだって、のっていない」

「そうです、のっていない。何故、のっていないのか？」

「どうしてです？」

「日本人の集落じゃなかった」

と、十津川は、いった。

「でも、日本ですよ」

「松代大本営跡では、朝鮮人労働者の問題があるが、実は、日本全体に戦後、朝鮮人をどう扱うかの問題があったのです。昭和二十年八月十五日まで、同じ日本人だったのに次の日から外国人になったんですからね。もともと日本政府は、どう扱っていいのかわからなかった。全く同じ日本人として扱っていたら良かったのだが、口では、内鮮一体といいながら、差別していた。朝鮮人はいつか、暴動を起こすのではないかと警戒していた。特に、警察、中でも特高という思想問題を扱う警察は、不逞《ふてい》朝鮮人として、警戒していたのです。日本にいる朝鮮人が一斉に暴動を起こしたら、どうしていいかわからなかったんだと思う。そこで、当時の政府は、朝鮮人には、祖国が出来たのだから、その祖国に帰って貰《もら》うことに決めたのです」

「喜んで帰国したんじゃありませんか。日本では、差別されていたんだから」

「そう簡単にはいかないんです」

「どうしてです？」

「第一に、肝心の祖国が、南北に分断されて、大韓民国と朝鮮民主主義人民共和国になってしまっていたし、祖国に帰っても、仕事があるかどうかわからない。もう一つ、日本自体が占領され、何も決められなくなっていましたからね。力を持っているのは日本を占領している連合国であり、連合国軍最高司令官のダグラス・マッカーサーだったからです。当時日本での最高権力者は天皇でも、総理大臣でもなく、マッカーサーでしたからね。マッカーサーも、日本政府の願いを聞き入れて、朝鮮人の祖国帰還が決まったのです」

「それで、朝鮮人の帰還が、始まったんですね」

「いや、今、いったような、さまざまな理由で、スムーズに行ったわけじゃありません。そうした障害の一つとして、アヘン問題があったと、私は考えたのです」

「そんな問題があったんですか？」

「調べてみて、日本内地、大阪と和歌山で、アヘンが生産されていたこと、それも大量にと知って、びっくりしたのです。そのアヘンを、中国や東南アジアで密売していたのですから、呆然《ぼうぜん》とします。その日本内地では、朝鮮人と日本人が協力して、ケシを栽培し、アヘンを製造していたのです。当然、アヘン中毒者が生まれてくる。治療するにも、アヘン、或いは、アヘンから出来るモルヒネが必要です。日本は、イギリスに代わってアヘンを生産し、密売し、その金を戦費に充《あ》てていたのです。中国、東南アジアでは、その動きを、隠しようがない。しかし、日本国内でのアヘンの生産はそれを明らかにするわけにはいかない。国民は、国内でアヘンを生産したことは全く知らなかった。だから日本政府は戦争直後それを秘密裏に処理しようとしたのです」

「それが、K森林の中に作られた、秘密の集落ですか」

「そうです。そこに、千人が暮らす集落を作り千人の朝鮮人を生活させ、その中毒者を収容し、ある程度治療して、祖国に帰す作戦です」

「どうしても信じられませんね」

「それは、日本が戦争中、中国、東南アジアのアヘンを独占し、アヘンで支配するという途方もないことを計画し、実行していたことを全く知らされていなかったからです。私も知らなかった」

と、十津川は、いった。

高木は、黙ってしまった。十津川の話を信じたからではなく、自分の知らない話ばかりだったからである。

十津川が、続ける。

「最初、私は、その集落、病院、宿舎などは小布施の近くか、松代の近くと考えていたのですが、ここにきて、違うらしいと思うようになっています。事件が、この湯田中を指すようになってきたからです。それで、駅長さんに、あの殺人事件のあった日のことで、話を聞きに来たのです」

「何をですか？」

「あの日、この駅で、この二人を見ませんでしたか？」

十津川は、駒井病院長と、三浦の写真を見せた。

「お二人とも、長野では名士で、皆さんよく知っておられますが、あの日に、この二人が、駅に来られたかどうか、はっきり覚えていません。駅員や売店の人にも聞いてみましょう」

と高木はいったあと、十津川を上眼遣いに見て、

「警察は、何故、この二人に注目されているんですか？　まさか、殺人事件の容疑者というんじゃないでしょうね。今も申し上げたように、お二人とも長野では、よく知られた名士ですから」

「この人たちと高木さんは、つき合いがあるということですか？」

逆に十津川が、きいた。

「市長を代表とする社会奉仕団体がありましてね。私も入っております。会員数が決まっているいわば名誉団体みたいなもので、駒井院長と三浦さんも入ってい

ます」

「具体的に、どんなことをする団体ですか？」

「そうですねえ。その年、一年間、交通安全に尽力した老人を表彰したり、救急車を、市の消防局に贈ったりしてきています」

「会費は高いんですか？」

「年十万円です」

「かなりの高額ですね。それにふさわしいものがあるんですか？」

「とにかく、名誉が全てみたいな会ですからね。市長と親しくなれることくらいですかね」

と、高木は、笑った。

「入会するには、何か規則みたいなものがあるんですか？」

「会員二人の推薦です。退会は自由です」

「湯田中駅で殺された佐藤さんは、会員ですか？」

「今は会員じゃありませんが、昔、会員だったことはある筈です」

「会長は、必ず、市長なんですか？」

「そうです。確か、何代目かの市長の発案で生まれた会ですから」

「現在の会員名簿があれば、拝見したいのですが」

と、十津川は、いった。

「ああ、かまいませんよ」

高木駅長は、駅長室のキャビネットから、名簿を取り出して、見せてくれた。

確かに、現市長が会長の二十名の名簿だった。

よく見ると、現在の二十名の会員の中に、一人、赤い棒線二本で消されている名前があった。

伊知地《いぢち》　剛《つよし》

と、読める。

職業欄には「イロハチェーン社長」と、あった。

「この人物は？」

と、十津川が、きくと、高木は、

「ああ、新しい会員名簿と、取り代えるのを忘れていました」

「名前を消してある伊知地という人は？」

「ちょっと問題があって、除名されました。投票で」

「イロハチェーンとあるけど、どんな仕事ですか？」

「店に薬剤師を置けば、コンビニでも市販の目薬とか胃薬を販売できるようになりました。そんなコンビニグループです。本店が、長野駅の近くにあり、県内に五店の支店があります。コンビニですが、薬局を名乗っています。女性の化粧品が多いので有名です」

「どうして、除名されたんですか？」

「二十四時間必ず薬剤師が店にいるといっていたんですが、アルバイトの薬剤師で、夜間はいなかった。市長が怒って、除名してしまいました。現在は専従の薬剤師を、本店に置いているようです」

「伊知地社長というのは、どんな人物ですか？」

「四十五、六歳の若さで、やり手と評判です」

と、高木駅長は、いってから、

「ああ伊知地さんは、よく湯田中駅で見かけますよ」

と、付け加えた。

「間違いありませんか」

十津川が高木を見ると、彼は、笑って、

「この先の渋温泉で何とかいう旅館を、彼女にやらせているんですよ。だから、時々、見かけても、不思議じゃありません。女将《おかみ》さんは、二十代の美人ですよ」

「問題の日に、この駅に来てましたか？」

「ちょっとわかりませんが、見かけても、不思議はありません」

「何という旅館かわかりませんか？」

「調べてみます」

高木は、何処かに電話をかけていたが、

「渋温泉の入口に近い春日館《かすがかん》です」

と、教えてくれた。

「今日は、その旅館に泊まりたい。部屋があるか、聞いてみて下さい。人数は二名。今日の夕食は、渋温泉の名物を食べたい。名物は、何でしたか？」

と、十津川が、きいた。

急に、犯人に近づいた気がした。

3

渋温泉は、レトロが売りである。昔も今も、湯治場的だから、渋温泉の九つの温泉に入れるようになっている。

どの旅館も、大正レトロの感じ、といっても、十津川も亀井も、大正がどんな感じかわかっているわけではない。

そんな中で、渋温泉の入口近くの目的の旅館春日館は、最近、改装したらしく、モダンである。予約が取れていることを確認してから、近くの店で、夕食をすませることにした。

昔風に仲居さんが、話し相手になってくれた。

「春日館だけど、あの旅館だけちょっとモダンですね」

「いうことを聞かないのさ」

と店の主人は、はっきり怒っていた。

「ここは、みんなで守って行こうとしている。春日館は、そんなものを無視して、勝手に改装するんだ」

「そうだよ。男が出来てから、若女将も、おかしくなった」

と、仲居さんが、応じる。

「伊知地というのはどんな男ですか？」

「権力好きで金儲《もう》けに貪欲《どんよく》ですよ。そのうちに、この渋温泉を全部買い占めるんじゃないかな」

「現在、コンビニを何店か経営していると聞きましたが」

「コンビニ兼、薬局ですよ」

店の人も、伊知地という男に、かなり興味を持っているらしい。

「昔から、長野の人ですか？」

「いや、爺さんの時代は、大陸で、ウロウロしていたらしい」

「大陸ですか？」

「満州だよ。爺さんは、満州で山賊をやっていたというのを聞いたことがあるが、山賊は嘘《うそ》でも、満州をウロウロしていたのは本当らしい。ピストルで中国人を射ったこともあるらしい。だから、本人もちょっと怖い感じがする時があるよ」

「満州で、おじいさんは、何をやってたんですかね。その頃は、関東軍が暴れていたり東洋のマタハリといわれた川島芳子が走り回ったり、満州国を作ったりしてた頃ですよね」

「その頃の満州の写真を、春日館の女将《ママ》に見せられたことがあったよ。伊知地社長が、自慢しながら、写真を置いていったらしい」

「満州で、儲けたんですかね」

「儲けたんだと思うよ。戦後、闇《やみ》で儲けたといってたからね。その頃、爺さんは、金を持ってたことになる。無一文で満州から逃げ帰ったのなら、金がないわけだからね」

「やっぱり、おじいさんは、満州で、儲けたんですね。そんな話を伊地知さんから聞いたことあります？」

「酔っ払うと、爺さんの話をよくしますよ。成功譚《たん》も失敗譚もね。ボロ儲けをして、上海のキャバレーで酔っ払って、日本の軍人とケンカした話をしたりしますよ。よほど、爺さんが自慢なんじゃないかねえ」

「何をして儲けたんですかねえ」

十津川が、聞く。

アヘンという答えが欲しいのだが、又聞きでは、どうしようもない。

とにかく、春日館に泊まることにした。

十時まで、バーをやっているというので、何か見つかるかと、十津川は、亀井と飲みに行ってみた。

女将がやっていれば、伊知地家の歴史について、話が聞けるかも知れないと思ったのだが、バーにいたのは、中年の男のバーテンダーだった。

仕方がないので、ビールを飲むことにしたが、バーの奥に古めかしい写真が額に入っているのを見つけた。

「古い写真だねえ」

と、十津川が、いうと、バーテンダーは、客がいなくて退屈していたのか、

「なんでも上海のクラブの写真らしいですよ。昭和十五、六年の」

と、教えてくれた。

「戦争中の魔都上海といわれた頃だね」

「ええ。社長の祖父に当たる方が戦争中、満州や上海で活躍なさっていたようですから」

「その写真の横にあるのは、何なの？　古めかしい腕章に見えるんだが」

「ああ、それも、社長の祖父の宝物らしいですよ。私には、何処がお宝なのか、わかりませんが」

「ちょっと見せてくれ」

と、十津川が、いった。

バーテンダーが、ためらっているので、十津川が警察手帳を見せると、あわてて額を外して、見せてくれた。

古びた腕章である。

「特務という字がありますね」

と、亀井がいった。

「関東軍の特務員ということかな」

十津川は、敗戦直前、日本陸軍の爆撃機で、内モンゴルから、大量のアヘンが、日本の内地に運ばれたという話を思い出していた。

当時、軍医だった駒井院長の父が同じ爆撃機に乗っていたが、同機には、関東軍の特務員が同行していたとも聞いた。その特務の腕章なのではないのか。

「伊知地社長は、よく祖父の自慢もしているんじゃないの？」

と、十津川が、笑いながらきくと、バーテンダーも笑って、

「ここの女将さんと飲みながらよく話していますよ。ただ女将さんの方は、話の内容がわからなくて困っている時もありますが」

「伊知地社長は、来る日は、決まっているの？」

「毎週水曜日に見えますよ」

「水曜日といえば、明日だな」

「刑事さんが見えたことを、伝えておきましょうか？」

バーテンダーが、きく。

十津川は、苦笑して、

「私たちのことは、黙っていてくれ。伊知地さんが、ここに来にくくなると、申しわけないからね」

十津川は、「特務」の腕章の写真を撮ってから腰を上げた。

4

翌日、伊知地社長を、春日館のバーで、つかまえた。

女将と飲んでいたのだが、十津川と亀井がつかまえると、

「あとで部屋に来てくれ」

と、いって女将を帰すと、十津川たちに向かっては、

「例の殺人事件のことでしょう? 知ってることは話しますが、私は関係ありませんよ」

と、いう。別にあわてた様子はなかった。

「おじいさんが自慢みたいですね」

と、十津川がいうと伊知地は、バーテンダーに向かっても、

「今夜は、もう帰って下さい」

と、いって帰すと、自分がカウンターの中に入って、自慢のカクテルを作りな

がら、

「祖父の時代は、冒険に満ちていましたからねえ。うらやましくて仕方がないんです。今の時代、何かやろうとすると、すぐ、他人とぶつかりますからねえ」

「しかし、おかげで、日本人は、戦争をせず、人も死んでいませんよ」

「それも退屈で、やり切れないという若者も増えたそうですよ」

「具体的に、おじいさんが、何をやったか、わかっているんですか？」

「満州で、暴れていたことは、聞いています。その頃は、一旗あげようと、若者が満州に出かけていったそうです」

「日本中が不景気で『大学は出たけれど』という映画が作られたり、東北の大飢《き》饉《きん》の時は、『娘売ります』という新聞広告が出たりしましたからね。若者たちは、満州に新天地を求めたんでしょうね。関東軍も、若者が満州にやってくることを希望していたと思います」

　十津川も、相手に合わせるように、いった。

「満州には、あらゆるものがあったと、祖父はいっていたそうです。チャンスもあったが、危険もあったと。ただ、関東軍の後ろ盾もあったから、日本人は、有

利だったといいます。同じように、朝鮮人も、満州人も、中国人も、いたそうで
すから」

「日本人も、朝鮮人も、同じように、チャンスを求めて満州に集っていたのは、
私も聞いています。日本人と朝鮮人が、一緒になってやったのが、アヘンなんで
す。私は大戦中、日本がアヘンの生産と密売で大儲けをしていたなんてことは全
く知りませんでした」

「————」

伊知地は一瞬、黙ってしまった。十津川には、予定した反応だった。

「仕事を失くした朝鮮人が、満州に押しかけて行き、一番簡単に儲かるアヘンに
手を出したんです。ケシの栽培です。そこに、日本人が、やって来て、共同して
アヘンの生産をやることになるわけです。当時は日本人も朝鮮人も同じ日本人で
すから、関東軍の武力を背景に、アヘンを生産し、それを中国人に売らせていた
ようです。とにかく満州でも、中国でも、モンゴルでも、一番、金になるのは、
アヘンでしたからね。日本の軍部も、商人も、とにかく、アヘンに手を出してい
て、『アヘンによる大帝国』を作ろうとしていたようです。アヘンによる中国、

東南アジア、モンゴルの支配です。伊知地さんのおじいさんも、アヘンで、儲けていたんじゃありませんか？」

「アヘンは、当時から禁止されていて、日本もアヘン中毒者の治療に力をつくしていたんじゃありませんか」

と、伊知地がいった。がそれも、十津川の予期していた言葉だった。祖父は、アヘンなんかに手を出していませんよという代わりに、一般的な治療という言葉になっているのは、十中八九、アヘンに関係していたからではないのか。

「もちろん、そうですよ。戦争をしていたし、長い戦争で、日本は戦費不足に苦しんでいましたからね。その戦費を手に入れるために、止むなく、アヘンに手を出したという苦しさはあったと思います。それに、アヘン中毒者も、治療しながらですから」

十津川が、救いの手を差し伸べると、伊知地は、あっさり乗ってきた。

「アヘンは、唯一の戦費の調達方法だったと、祖父もいっていました」

と、話を変えてきた。

「おじいさんは、民間人ではなくて、軍人で、特別任務を与えられていたんじゃありませんか？　例えば、戦争中アヘンは軍隊が扱っていてはまずいので、文民の興亜院が扱っていました。後の大東亜省です。従って、軍人がアヘンを扱う時は、興亜院の嘱託という形になると聞いたんですが、そういう難しい仕事をされていたんじゃありませんか」

バーに、特務の腕章が、誇らしげに飾ってあったので、十津川は、今の反応も、だいたい想像がついていた。

「よく、ご存知ですね」

と、伊知地が、いった。

そこで、十津川は、核心をつく質問をした。

「おじいさんは、いつ、日本に帰還されたんですか。一つの使命を帯びて、終戦直前に、日本に帰っていたんじゃありませんか？　大きな使命を持って」

「そうなんですよ。どんな使命かは、申し上げられませんが、祖父は、終戦直前、日本に帰って来ていました」

「多分そうだと思いました」

と、いってから、深追いはせず、別の質問に進めた。

「伊知地さんのコンビニは、薬局になっていますよね。本店が、長野駅近くにあり、あと五店が、長野県内にある」

「そうです」

「そうなると、駒井病院の院長さんなんかとも、親しいんじゃありませんか。長野市長が会長をやられている会員制のグループに、伊知地さんも入っていらっしゃると、聞きました」

「うちも、一応名前の通った会社ですので、県民、市民の皆様にお礼したいと思って、入会しております」

「湯田中駅の駅長さんも、同じ会に入っていらっしゃいますね」

「あの駅に、小さな出張所を出させてもらっています」

「湯田中で殺人事件が起きましたよね……」

「いやあ、あれには、びっくりしました」

「あの日、伊知地さんは、湯田中に行かれましたか？」

「いや、行っていません。あとで事件のことを聞いて、驚いていたわけですから」

「おかしいですね」

「え？」

「あの日は水曜日ですよ。毎週水曜日、湯田中で降りて、渋温泉へ来られるんじゃないんですか」

「ああ、それはですね、忘れていました。水曜日だから――」

と、伊知地は、明らかにあわてていた。

「失礼、間違えました。水曜日じゃありませんでした」

十津川が笑った。が、伊知地の顔に、笑いはなかった。

見事に引っかけられたことの屈辱感で蒼《あお》ざめた顔になっていた。

今更、あの日、湯田中駅へは行っていませんとはいえないので、口を、モゴモゴさせているのだ。

こんな時、十津川は、容赦はしない。

「あの日、湯田中駅で、駒井院長や、三浦さんと、お会いになったんじゃありませんか。昨日、駒井院長とお会いしたら、そう話していましたが」

と、じっと、伊知地の顔を見て、きく。

「ああ、偶然お会いしました。偶然です」

「どちらで、ですか？」

「どちら？」

「湯田中駅は、旧駅舎を今も別館として使っていますよね。駒井院長は、あの日、別館の方で、あなたに会ったといったんですが、その通りですか？」

「ああ、そうでした。そうです」

「すると、すぐ、湯田中駅で降りて、春日館へ行かれたんじゃなかったんですね。別館で一休みされていた？」

「そうです。別館に美味いコーヒーを飲ませる店がありましてね。時々、飲みに立ち寄るんです」

「それでわかりました。駒井院長が、あの日、あなたに湯田中駅で会ったというのは、その店だったんですねえ。一緒に美味いコーヒーを飲んだと、いってますから」

「だと思いますよ。たまに一緒になると、一緒にコーヒーを飲みますから。あの先生も、コーヒー党だから」

「三浦さんとも、一緒にコーヒーを飲むことがあるんじゃありませんか」

「どうしてです？」

「駒井院長の話では、あの日、三浦さんとも一緒に、湯田中でコーヒーを飲んだといってるんですがねえ」

と、十津川はいった。

もちろん、駒井院長に話を聞いたわけではない。彼に質問すれば多分否定するだろう。

さすがに、伊知地も、この質問には反発して、

「駒井先生とは、あの日、コーヒーを飲みましたが、三浦先生とは湯田中駅で会ってなんかいませんよ。何かの間違いじゃありませんか」

と、いった。

これも、十津川の予想した反応だった。

十津川の言葉に引っかかって、失敗したと思ったとたん、これから先は、何もかも否定しようと決めたに違いないのだ。

それだけ、狼狽《ろうばい》しているということであり、否定のいくつかは嘘なのだと、十

津川は見ていた。

それを計算しながら、十津川は、わざと、途中で、伊知地を解放することにした。

「いろいろと話し合えてよかった。伊知地さんが、殺人事件と、無関係とわかって、ほっとしました。これからも、事件の解決に協力して下さい。今のところ、信用できるのは、伊知地さんだけなので」

十津川の言葉は、いわば伊知地という男に対するエサだった。

伊知地は、十津川が考えた通りの反応を示した。

「警察は、誰が怪しいと思っているんですか？」

「それは、ちょっと申し上げられませんよ」

と、十津川は首を振ってから、

「そうだ。伊知地さんは、今のところ唯一、信頼できる人だから、申し上げましょう」

と、もっともらしく、手帳を広げた。

「駒井病院長、三浦元町議会議長、入江医師、今のところ、この三人です。皆さん、長野の有力者ですから私がいったことは、内緒にして頂きたい」

と、いった。

もちろん、十津川はこの三人に、伊知地を加えて考えているのだが、彼は別だと、何度もくり返した。

「この三人について、何か気がついたことがあったら、時間は問いません。すぐ、私に電話して下さい」

十津川は、わざわざ、自分のスマホの番号まで教えて、伊知地と別れた。

5

伊知地は、警察の信頼すべき、協力者になった。

十津川と、亀井は、時々、伊知地に「警察情報」を伝えた。

警察は、いぜんとして容疑者を、駒井院長、三浦、入江医師の三人にしぼっているが、この三人が、佐藤誠と、木本啓一郎を殺した動機がわからない。何かわかったら教えて下さい。もし、あなたの証言で、この事件が解決したら、報償金が出ますから、と、おだてたりもした。

伊知地からは、問題の三人について、彼しか知らない秘密情報が、十津川にもたらされた。が、もちろん、事件に関係のない情報ばかりだった。

例えば、町議会議長だった頃の三浦は、女性秘書へのセクハラ問題で、マスコミに追いかけられたことがあるとか、入江医師は、今でこそ中堅の病院の院長だが、若い時は脱税容疑で逮捕されたことがあるとか。

三人目の駒井院長は、名門K大の卒業だが、父親が入学時に、三百万円の裏金を使った裏口入学の噂があったと、伊知地は教えてくれた。

これが、伊知地のいう三人の容疑者の秘密バクロだった。

どれも、今回の殺人事件とは関係のない話だったし、念のために調べてみると、噂の段階で事件になっていなかった。

それでも、十津川は、伊知地に対して、「大いに参考になりました。上手くいけば、三人の中の誰かを追い詰められるかも知れません」と、礼を、いった。

十津川は、もちろん、伊知地本人を追い詰めているつもりだった。

十津川は、今回の殺人事件の犯人は、伊知地、三浦、駒井、入江の四人だと思っている。しかしそれを証明する証拠はない。

だが、敗戦直前、モンゴルから、大量のアヘンが秘密裏に持ち込まれたと思っている。

日本陸軍の爆撃機によってである。

その時、爆撃機には、二人の男が乗っていたのだ。

軍医だった駒井院長の父。

陸軍（関東軍）の特務だった伊知地の祖父。

この二人である。

駒井軍医の任務は、当時、日本内地でアヘンの生産に当たっていた千人といわれる朝鮮人の後始末だった。その中には、アヘン中毒者もいるに違いない。敗戦になれば、朝鮮は独立するだろうから、その朝鮮人を無事に独立した朝鮮に帰国させることが、駒井軍医の任務だったに違いない。

問題は、特務の伊知地の祖父と、アヘンである。

戦争には遠からず日本は敗《ま》けるだろう。

その再建をどうするのか。

その頃、日本国が持っていた力は、アヘンしかなかった。アヘンは、金《きん》と同じ力を持っている。

そこでモンゴルにあったアヘンを、秘かに、日本内地に運び込んで隠匿する。

その中から、朝鮮人の中毒者の治療に、いくらかは使うだろうが、一番の目的は、戦後の日本の復興だった筈である。

ただ敗戦は、あまりにも急にやってきた。

多分、軍の上層部が描いたのは、本土決戦があって、そのあと終戦を迎えるシナリオだったと思う。アヘンは、そのために、長野の何処か、ひょっとすると松代大本営の地下に隠されることになっていたのかも知れない。

ところが、本土決戦もなく、戦争は、突然、終わってしまった。

アヘンを日本本土に送った支那派遣軍の上層部は突然の敗戦に混乱し、十トンのアヘンどころではなくなってしまったのではないだろうか。

アヘンの始末は、陸軍特務の伊知地の祖父と、軍医の駒井の父に突然委《まか》されることになったのではないか。

それでも、駒井軍医は、命令を守って、湯田中の奥に、アヘンの中毒者と、アヘンの生産に当たっていて終戦を迎えた朝鮮人労働者のための一時的な宿舎を作り、彼等の帰国までの世話をすることになった。

問題は、アヘンの方である。

突然、使い道のなくなったアヘンである。当時、アヘンに、どのくらいの価値があったのだろうか。

金と同じと考えるとアヘンは、かなりの価値があった筈である。

特務の伊知地ひとりでは手にあまり、軍医の駒井、入江医師の祖父、そして、当時町議だった三浦の父たちが、その使い道を決めるために集まったに違いない。

本来は、国のものであり、もっといえば、モンゴル人のものである。

それを、四人で、私的に使ったとすれば、これは明らかに、犯罪である。

「問題は、そのことと、殺人が、どう結びつくかですね」

と、亀井が、いう。

殺された二人、佐藤誠と、木本啓一郎は、アヘンとは、関係なかったと思う。

佐藤誠は、長野の郷土史家で、松代大本営と朝鮮人労働者の研究をしていた。

木本啓一郎は、その師に当たる歴史家である。だが、途中から関係したのだ。

だから殺された。

ある日、佐藤は、松代近くの森の中で、地中に埋まっていた白骨二体を発見する。

多分、最初は、松代大本営工事で働いていた朝鮮人労働者だと、思ったに違いない。

そういう白骨が、前にも発見されることが、あったからである。松代大本営の工事では、労働者を集めるのに苦労していて、身元不明の朝鮮人も多く働いていた。事故死した朝鮮人労働者の中には、いまだに身元不明で、遺体を家族に渡せないケースもあるのだ。

佐藤は、そうした朝鮮人労働者の二人の白骨と考えたのだろう。

だから、二十年前に、松代大本営と朝鮮人について、調べた恩師の木本啓一郎を呼んだ。

だが、今回の白骨は、今までのものと違っていることに気がついた。気がついてしまった。

それは、白骨と一緒に見つかった固形物である。

佐藤は最初、松代大本営で使われたレンガと考えた。

だが更に詳しく調べると、戦争中に作られたアヘンとわかった。中国で、戦争中「菊」と呼ばれたアヘンの固まり、商品である。

この時点で、佐藤が、アヘンの話を、知っていたかどうかは、わからない。

これも十津川の想像だが、佐藤は、アヘンの噂が事実だと気づいた。

その噂の出所が、伊知地、駒井、三浦、そして、入江の四人だったことを、佐藤は思い出した。お伽話《とぎばなし》が突然実話になったのだ。

この四人は、現在、長野市では、いわゆる資産家だった。その上、多分、この四人の資産形成が、はっきりしない。終戦直後に、揃って資産家になっていた。

佐藤は、郷土史家である。一般の市民より終戦直後の長野の事情については、知っていた筈である。終戦直後のことを調べると、伊知地、駒井、三浦、入江の四人が、理由はわからないが資産を形成したことを、佐藤は知った。

不思議な四つの家の先祖の資産形成と、朝鮮人の二体の白骨と、アヘンのお伽話を結びつけた。

十津川が、更に調べていくと佐藤誠が、一時期、長野市役所の財務部で働いていたことを知った。

終戦直後の、市の予算を調べていけば、四家の所得税が急激に増えていることはわかったのだろう。

そこで、佐藤の頭に犯罪者的な考えが浮かんだのではないのか。

この四人を脅迫する野心である。

佐藤は、伊知地、駒井、三浦、入江の四人を、湯田中駅に呼び出したのではないか。

少なくとも、あの日、伊知地は、湯田中駅に行ったことを認め、駒井がいたことも、認めている。

伊知地には、湯田中駅に行く理由があった。

湯田中温泉郷の渋温泉の旅館の一軒の女将が、伊知地の彼女だったからだ。

だが、他の連中は、違う。長野電鉄に乗るにしても、途中の小布施から乗ればいいのだ。

どうしても、あの日、佐藤に呼び出されたとしか考えようがない。

多分、アヘンのお伽話をネタにして、四人をゆすったのだ。

そして、証拠は、佐藤が発見した朝鮮人の白骨と、数個のアヘンの固まりだったのではないのか。

そして、佐藤は、湯田中駅のトイレで、殺された。

十津川も、彼の部下も、そう考えていた。が、繰り返すが、証拠はない。

それを考えて、十津川は、二日間、沈黙を守った。

長野警察署に設けられた合同捜査本部は、殺人事件の捜査に、進展はないと発表した。

中央新聞の田島記者はいぜんとして入院したままで、容態に変化はなく、治療は続けるとしか病院側の発表はなかった。

三日目、二日間の沈黙のあと、十津川は、満を持して、伊知地に罠《わな》を仕掛けることにした。

十津川は、二日間、わざと伊知地にも、他の三人にも、電話をかけず、向こうから電話があっても「捜査中」としか答えなかった。

二日間、じらしたのである。

わざと深夜、伊知地に電話をかけた。

「あなただけに、お話ししておきたい」

と、十津川は、伊知地にいった。

「いよいよ、捜査も大詰めです」

「しかし、先日、捜査本部に行ったら、知り合いの刑事さんが、捜査は行き詰まってしまって、どうしようもないと、嘆いていましたが」

「それも、嘘じゃありません」

「何か奇蹟が生まれたみたいですが」

「そう考えてもいいと思います」

「それが、どんなものか、教えて下さい。私たち長野市民は、一刻も早く、事件が解決されて、ほっとしたいのですよ」

「実は、真の解決までに、多少時間がかかるので、その間、秘密が守られる必要があるのです」

「どうすればいいのですか？」

「われわれは、事件の直接的解決と同時に、田島記者が、記憶を取り戻してくれることにも、賭《か》けているのです。田島記者は、間違いなく、犯人に会っているからです」

「田島記者が、記憶を取り戻したのですか?」

「実は、日本で記憶喪失症治療の権威の先生がいて、二年前に引退されています。この先生は認知症の世界的大家でもいらっしゃるのです。われわれは、この先生に、田島記者を診て貰おうとずっとお願いしていたのですが、クセのある方で、一度引退した以上、二度と患者を診る気はないといわれて、会っても下さらなかったんです」

「そういう人がよくいますね。それで診て頂くのは止めたんですか?」

「中央新聞の社長も、うちの警視総監も、諦《あきら》めかけましたが、私は粘りました。そこで、私は、丸二日間、先生の家に泊まり込んでお願いしました」

「それで、二日間――?」

「何とか、先生が、長野に来てくれて、田島記者を診てくれました」

「それで?」

緊張した伊知地の言葉がどんどん短くなってくる。

「先生は、こうおっしゃってくれました。三日間東京のE病院に入院させてくれ、そこで、私が、その間、治療に当たれば、必ず、記憶を取り戻せると、おっしゃってくれました。E病院というのは、先生が、働いていた専門病院です」

「それで、いつ？」

「一刻も早くと考え、明日早朝、田島記者を寝台車で、秘密裡に、東京のE病院に運ぶことに決めました」

「パトカーの警備が大変ですね？」

と、伊知地がいう。

「バカを言わんで下さい！」

と、十津川は、大声をあげた。

「そんなことをしたら、田島記者が途中で襲われるじゃありませんか。爆弾でも投げつけられたら、本当に神経がやられかねませんよ。だから目立たない白のワンボックスカーの後部座席を潰して寝台を入れ、私と、亀井刑事の二人だけの護送で東京へ直行します」

「私は、何をしたら？」

「例の三人は、長野の有力者ですから、この計画に気づくかも知れません。ぜひ、その危険は、伊知地さんの力でおさえて下さい。お願いする」

と、十津川は、頭を下げた。

これで、罠は、仕掛けられたのか？

第七章　アヘンと切り札

1

夜は、まだ明け切っていない。

十津川は、今日一日が、勝負だと覚悟していた。

スマホを取り出し、改めて、いくつかの項目をチェックしていく。

「東京までのルートを変更したことは、秘密にしてあるね？」

十津川が、亀井に声をかける。

「A以外の人間には、知られてない筈《はず》です」

「それは、万全を期してくれ。万一、知られたら全てが無になって、事件の解決が長引くからね。Aには必ず知らせ、A以外には、絶対に知られてはならない」

「大丈夫です」

これで、第一項目のチェックはすんだ。

「車椅子の用意は？」

「田島記者の入院先に用意しました。最新式の車椅子で、一般の車椅子は最高時速六キロしか出ませんが、この車椅子は、二十キロまで出ます」

「Bは用意したか？」

「すでに、田島記者の個室病床に用意されています」

「東京には、連絡取れているな？」

「折原《おりはら》先生は、こちらと同じ時刻に東京を出発されて長野に向かわれます」

「問題は、C計画だが、予定通りに進行するのか？」

「これも、午前八時五一分に向かって、すでに進行していると先ほど連絡がありました」

「よし」

「その際、三上刑事部長から警部への伝言を頼まれました。これはぜひ、伝えてくれと」

「どうせ、おこごとだろう」

「金が、かかりすぎる。これで、犯人が逮捕されなければ、私は、地方の警察に飛ばされると」

「大丈夫だよ。うまくいく」

「もう一つ、今回の計画には、長野県警の協力も期待できません」

「わかっているよ」

「県警は、今回の事件は、戦争中の松代大本営工事と、朝鮮人労働者問題だと、信じています」

「それでいい。事件が解決してから、詫《わ》びはする」

と、十津川は、いった。

時計に目をやる。

午前八時。

「出発しよう」

と、十津川が、いった。

十津川たちは、県警が用意してくれた個人の家を借り切って、動いている。そこが、仮の警視庁である。

その家から、白のレンタカーのワンボックスカーで出発した。

途中、田島の入院している病院に寄る。

すでに田島に扮した日下刑事が、車椅子に座って待っていた。

コロナさわぎで、変装は楽になった。

大きなマスクをし、帽子をかぶり、サングラスをすると、誰もが個性を失う。

「検査は受けたか？」

と、十津川が、きいた。

「結果は、陰性です」

「よし。万一に備えて、これを持っていろ」

十津川は、警視庁が用意した拳銃を、日下に渡した。

十津川と亀井は、車椅子の日下をレンタカーに乗せて、出発。病院側からは、昨夜からの当直医ひとりが、見送った。

午前八時一二分、長野駅着。レンタカーを捨て北陸新幹線のホームに、車椅子の日下と一緒に移動する。

天候晴。雨の気配はないが、それが、いいことか悪いことかわからない。

十津川のスマホに連絡が入る。

「伊知地です」

と、男がいう。

「八時一五分。北陸新幹線。はくたか554号の車中です。あと、十三分で上《じょう》越妙高《えつみょうこう》です」

「これは私だけの秘密の行動です。誰にも話してないでしょうね？」

「大丈夫です。前の計画の話も、その計画が変更されて、北陸新幹線を使うことも、誰にも話していません。だから、私も、わざわざ、このはくたか554号には、始発の金沢から乗ったんです。途中の長野からでは、誰に見られるかわかりませんから」

「われわれも、車を使って、高速でと考えたんですが、途中の渋滞の心配もあるし、何処から狙《ねら》われるかわからないので、急遽《きゅうきょ》、新幹線を利用することにしました。その点、伊知地さんには、申しわけないと思っています。われわれは東京から来た部外者で、長野の誰が敵なのかわからんのです。長野県民の伊知地さんに、東京まで同行して貰《もら》って気になる人間が乗ってきたら教えて頂きたいのです」

「今も、十津川さんは、犯人は、長野の人間と思っておられるんですか?」

「他に考えようがありません。被害者の一人は長野の郷土史家です。殺人の動機も、彼が長野で発見した白骨ですから。それで、地元の有名人の伊知地さんの協力をお願いしているわけです」

「今、十二両編成のはくたかの最後尾の一二号車にいます。例のグランクラスのぜいたく車両です。びっくりしてるんですよ。私一人しか乗っていない。警視庁が十八の座席全部、買い占めたんですね」

「万一に備えてです。そのため、上司に、大変な出費だと叱られました」

「私の方は、おかげで美人のアテンダントのサービスを、ひとり占めしています」

「彼女は金沢の松村《まつむら》ユカリさんです。身元も調べてあるので安心です」

「では、長野で」

といって伊知地は、電話を切った。

十津川は、改めて、時刻表を見た。

金沢	発	7.24
新高岡	〃	7.38
富山	着	7.47
	発	7.48
黒部宇奈月	〃	8.01
糸魚川	〃	8.14
上越妙高	〃	8.28
飯山	〃	8.40
長野	着	8.51
	発	9.00
高崎	〃	9.47
大宮	〃	10.11
上野	〃	10.30
東京	着	10.36

もう一度、十津川は、はくたか５５４号の「グランクラス」と呼ばれる車両の図を見る。

最近、ＪＲ東日本の新幹線に、一両ずつ連結される贅沢《ぜいたく》車両である。

グリーン車より格上で、座席も、三列十八席しかない。

その車両専属のアテンダントが乗務し、軽食、飲み物のサービスが受けられる。

その一両を、始発の金沢から終点の東京まで、借り切ったのである。

グランクラス（禁煙車）（12号車）　　金沢方面→

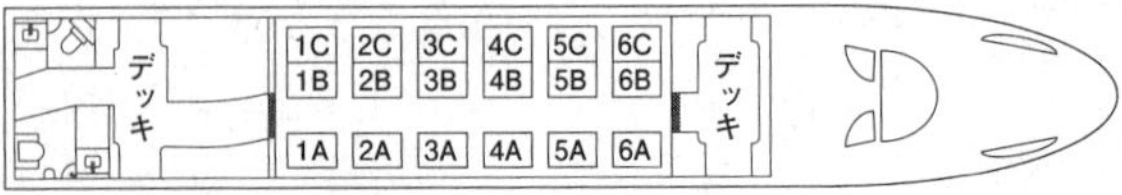

警視庁としては大変な出費だが、十津川は、そのグランクラスが戦場になると考えていた。今日で全てを終わらせるつもりだった。

午前八時五一分。定刻に「はくたか５５４号」が到着。

十津川と亀井が、車椅子の日下と一緒に、乗り込む。

グランクラスの車内には、伊知地と、アテンダントの二人しかいなかった。

十津川と亀井は、中ほどの座席に、日下を座らせた。

伊知地にも、田島記者の代わりに、日下刑事を乗せたことは話してない。問題は向こうが信じるかだった。

「東京まで一時間半あまりですから、眠っていて下さい」

と、十津川は、日下にいった。

日下が、黙って肯《うなず》く。

「田島記者は、疲れているみたいですね」

と、伊知地が、声をかけてくる。

「そうですね。記憶が戻らないことで、精神的な疲労が溜まっているみたいです」

「調べてみたら、折原先生というのは、実在するんですね」

伊知地が、抜け目のない顔でいう。

「すでに引退された名医ですが、今回、特別に診て下さることになりました。ただ、出張は駄目、東京でなら診るということで、田島記者を連れて行くことになりました」

十津川と、亀井は、その近くの席に、腰を下した。

アテンダントが、軽食と飲み物を、運んでくる。

パックに入ったサンドイッチである。それに、十津川は、コーヒーを頼んだ。

「そのサンドイッチ、バカになりませんよ」

と、傍から、伊知地がいう。

はくたか554号が動き出した。たちまち、二百キロを超すスピードになる。

十津川は、亀井に、

「隣りの車両を見てくる」

と断って、席を立った。

次の高崎は、九時四七分着だから一時間近い時間がある。

このグランクラスの出入口は、一ヶ所である。

ドアが開くと、トイレと大きめの所持品置場になっている。

更に進むと、隣りの一一号グリーン車になる。

十津川は、念のためにグリーン車に入ってみた。

八十パーセントぐらいの乗車率である。マスクをしている客もいれば、外している客もいる。

ゆっくり車両内を一往復してみる。

今回の事件で知り合った顔はなかった。といっても、あと十両あるのだ。そこに、犯人が乗っていることも考えられる。

それに東京まであと、一時間以上あるのだ。途中の駅も、高崎、大宮、上野とある。

十津川は、全車両を調べても仕方がないと思い、グランクラスに戻った。

十津川の推測が正しければ、犯人たちは、すでに、この「はくたか554号」

の切符を買って、東京までの途中の駅で乗り込んで来る筈だった。

「今のところ、隣りの一一号グリーン車には犯人は乗っていない」

と、十津川は、亀井にいった。

また、アテンダントに向かっては、

「もう、東京まで用はありませんから、別の車両で休んでいて下さい」

と、いった。

日下の近くの座席に腰を下し、アテンダントの置いていったコーヒーを、口に運んだ。

そのあと、亀井と、窓のカーテンを閉めていった。

「どうして閉めるんですか？」

と、伊知地が、きく。

「ホームに犯人がいて、中に田島記者がいると見て、狙撃《そげき》してくるかも知れませんから」

と、十津川が答える。

「しかし新幹線の窓は、防弾ガラスなんじゃありませんか」

「そういわれていますが、石で、割れたこともありますから」

「そうですね、私も、手伝いましょう」

グランクラスの車両の窓は、全てカーテンを閉められた。

もちろん、明りはついているが、それでも、暗い感じになった。

重苦しい感じでもある。

十津川は、また、時計を見た。

午前九時三二分。

あと十五分で、次の高崎に着く。

十津川は、車両の外に出ると、スマホから関係者にメールを発信した。

「警戒。次の高崎で開始の可能性あり」

席に戻ると、伊知地が、緊張した表情になっている。

彼も、今の十津川の発信したメールを、受信したのだろう。

「受信してくれたみたいですね」

と、十津川は、伊知地に声をかけた。

「しましたが、この東京行は、誰も知らない筈だから、警戒する必要はないんじゃありませんか」

と、伊知地が首をかしげる。

「だから、発信したんです」

と、十津川が、いう。

「意味がわかりませんが」

「すぐ、わかりますよ」

十津川が、微笑する。だんだん探り合いになってくる。

「それは、すぐ、襲撃があるということですか？」

「秘密が保たれていれば、何も起きませんから安心して下さい。それとも、何か心配でもあるんですか？」

「いや、十津川さんが一緒なので安心しています」

と、伊知地は、いった。

「次の高崎まで、あと、十分二十秒か」

十津川が、呟《つぶや》く。

「十津川さんにぜひ聞きたいんですが」

「何です？」

「十津川さんは終戦の頃、アヘン問題が、本当にあったと思いますか？」

「私より伊知地さんの方が、その辺のところに詳しいんじゃありませんか。伊知地さんの家はずっとクスリを扱っているんだから」

「クスリが違いますよ」

「終戦直前、日本陸軍が、爆撃機で、大量のアヘンを、中国から日本に運んだ。それも、長野に運んだという話は、どう思います？」

「それで困っているんですよ。確かに、祖父は、戦争中、中国で働いていたのは知っていますが、私は、戦争を知らない世代ですから、祖父とは完全に断絶しているんです。祖父の顔は知らないし、中国で何をしていたかも知らないのです」

「しかし、歴史的に見ると、中国、モンゴル、そして東南アジアで、日本の関東軍や、軍に依頼された民間企業がアヘンの生産、密売をやっていたことは間違いないんです。いい方を変えれば、アヘンの生産、販売を一手に引き受けてイギリスに代わって、アヘン帝国を作っていた。この歴史からわれわれ日本人は、逃げるわけにはいかないんですよ」

「その責任を取れといわれても、私の知らない時代ですから」

「しかし、日本人であることからは逃げられませんよ。世界から見れば、私も伊知地さんも、日本人以外の何者でもないし、大戦中の日本のアヘン政策の犠牲になったアジアの人々から見れば、その被害を訴える相手は、現在のわれわれ日本人しかいないわけですからね」

「何処まで遡《さかのぼ》って責任を持たなければならないんですか？　際限《きり》がないでしょう」

伊知地が文句をいう。少しずつ本音が出てくる感じだった。

十津川は、今朝の朝刊の記事を思い出して、伊知地に示した。

日本が関係した記事ではなかった。

植民地として支配していたアフリカの国との間に、ようやくドイツの現政府が当時の植民地での虐殺を認めて、謝罪し、賠償金を支払うことになったという記事である。

ヒトラーのナチスがユダヤ民族の絶滅、いわゆる民族浄化を図ったことは有名だが、その、更に以前の出来事である。

そのことを、ようやく、現ドイツ政府が認めたのである。

「今のドイツの人々にとって、祖父の時代どころか、曾祖父の時代の事件ですよ。それでも、責任はあるということです」

と、十津川はいった。

「しかし私は、何も知らんのですよ」

「知らなければ、勉強したらいい」

十津川がいったとき、列車が高崎に着いた。

客が、どっと乗り降りする。

十津川が身構える。

列車が再び動き出した時、隣りのグリーン車の方から、どっと乗客がこちらの車両になだれを打って入ってきた。

全員、男で、大きなマスクをしてサングラス、それに帽子という恰好なので、顔も、はっきりしない。

十人、二十人と、グランクラスに、乗客があふれる。

十津川は、わざと、抵抗せずに、連中を見守った。

あふれる人々、その奥の十津川たちの視界の外で、三人の男が、田島記者に扮した日下刑事を取り巻いた。

誰も無言である。

男の一人が押し殺した声を出し他の男が、日下の膝かけを剝《は》ぎ取った。

「悪いな」

次の瞬間、悲鳴をあげたのは男の方だった。

膝かけの下で、日下が拳銃を構えていたからだ。

十津川が初めて動いた。

拳銃を、いきなり、一発射って、大声をあげた。

「これで、全て終わりだ、いいか、今から名前を呼ばれた者だけ、このグランクラスに残り、他の者は退散しろ。さもないと公務執行妨害で全員逮捕する。まず伊知地社長、あなただ。それから、

駒井病院院長

三浦元町議会議長

入江医師

この三人も、この中にいる筈だ。君たちに逮捕状が出ているから、このグランクラスに残れ。

他の人間は、さっさと、他の車両に出て行け」

だが、すぐには金縛りにあったように動かない。十津川がいきなり拳銃を射ったことで、すくんでしまったのだ。

十津川は、マイクを使ってグランクラスに押し入ってきた彼等に次の指示を下した。

「このグランクラスは、出入口のドアが開閉する度に監視カメラが作動するから、君たちはすでにカメラに撮影されている。今いった四人以外は、大人しく隣りの一一号車に移り、次の大宮駅で降りろ。ホームには、警視庁と地元の警察官が待機しているから大人しくその指示に従うこと。勝手に逃亡すれば、逮捕される。すぐ動け！」

十津川の指示で、グランクラスの部屋から、侵入者が、隣りのグリーン車に消えていった。

残ったのは、十津川が名前をあげた四人と、十津川たちだけだった。

「不当逮捕だ」

伊知地が叫ぶ。

十津川は、笑った。

「まだ逮捕していないよ」

「じゃあ、どうする気だ」

「まず、話し合いたい。納得して貰《もら》った上で逮捕したいからですよ」

十津川は、四人に対する逮捕状があることを示してから、

「これは、木本啓一郎、佐藤誠に対する殺人容疑の逮捕状だ。抵抗すれば、このまま逮捕するが、私としては納得した上で逮捕したい」

「なぜ、そんな面倒なことをする？」

「これは、アヘン問題の歴史的判決でもあるから、納得した上での逮捕にしたいのだ」

「私は無実だ。木本啓一郎と、佐藤誠、二人の死には関係ない。第一、私は警察に欺されて、この列車に乗ったのだ」

「君は、今回の事件の主犯だよ。だから、君を通して、他の三人をおびき寄せた

んだ」

「証拠を見せろ」

「だから、これから話し合って、現実的犯行と同時に、歴史的犯行として逮捕したいのだ」

「私たちと無関係の歴史だ」

「無関係でないことを、君たちに納得させて、逮捕したいのだ」

列車が、大宮駅に到着した。

ホームには、警視庁と、埼玉県警の刑事たちが待ち構えていて、共犯者たちを容赦なく逮捕していく。

すぐ、大宮駅を出発。

「東京駅まであと、二十五分。その時間で、君たちを納得させたいと思っていますが、もし、納得させられなければ、このグランクラス一両を切り離して、何時間でも、説得するつもりだ」

と、十津川は、いった。

「どうして、そんな面倒なことをする」

と、伊知地がきく。そこが警察の弱味と気付いたのか。

「私の知らない時代について告発されても、とても、納得できないな」

三浦も、声をあげた。

「それなら、日本人は、世界の孤児になるだけだ。ひとりだけ勝手に歴史をねじ曲げるとしてだよ」

と、十津川は、声を張りあげた。

「アジアの人々は、日本に対して、歴史認識を求めている。例えば、シンガポールの首相は、日本に対して優しく、日本が好きだと日頃いっている。しかし、日本政府が、憲法を改正し、軍隊、軍事力を広げると発表したとたん、中国ではなく、もっとも友好的だと思われたシンガポール首相が、反対を表明したんだ。何故か、わかるか」

と、十津川が、四人を見た。

四人は、黙ってしまった。

シンガポール首相の反対の理由を、十津川が聞いても、返事はない。考えたこともないのだ。

　昭和十七年日本軍は、当時、イギリス領だったシンガポールを占領した。その時、日本陸軍の参謀だった辻政信《つじまさのぶ》は、シンガポールに住む中国系の若者たちを呼び出した。額が日焼けしているというだけで、ゲリラとして日本軍に抵抗したに違いないとみなし、日本側発表で六千人、シンガポール側発表で六万人を、処刑したのである。裁判にもかけずにである。

　このことは、シンガポールの人たちは、知っているが、日本人は殆《ほとん》ど知らない。知ろうとしない。これを、世界の人々は、日本人との歴史認識の差というのだ。

「アヘンについては、更に、歴史認識の差がある」

　と、十津川は、四人に向かっていった。

「日本人は、日本内地で、大量にアヘンを生産していたことを知らなかった。私もだ。だが、千ヘクタールの土地で、ケシを栽培しアヘンを生産し、それを中国、東南アジアに運んで売っていた。これが日本にもアヘン長者を生んでいたことを知らない」

「知らないんじゃなくて、アヘンは私たちとは、関係がないんだ」

　と、駒井病院院長が、言い変えた。

「そうだ。関係なければ、知らなくてもいいじゃないか」

と、三浦。

入江医師も肯く。

「いや知らなければ、いけないいんだ」

と、十津川が、いった。

一〇時三〇分、上野。

一〇時三六分、終点東京。

「時間がかかるが、仕方がない」

と、十津川は、覚悟を決めた。

一二号車のグランクラスを切り離す。

こんな時、新幹線は一両でも動かせるから便利である。

特に、グランクラスの先頭車両は運転席付きである。

トイレもついている。

十津川は、この一両だけ特別に切り離して、動かして貰った。

次に時刻表の隙間《すきま》を縫う形で、この車両だけを、北陸新幹線の長野に向けて戻して貰うことにした。

何といっても、今回の容疑者四人は、長野の人間だからである。それに事件は長野で起きている。

もう一つ、田島記者のことがある。

伊知地には、田島記者を、治療のために東京の病院に連れて行くと欺した。実際には、田島記者の治療は、折原医師に、長野の病院に来て貰って進めていたのである。

その治療の行方も、十津川は、心配だった。

だから長野駅近くの病院からの報告を聞きながら、伊知地たち四人の説得に当たりたかったのだ。

2

長野駅の待避線の先に停車しているグランクラスの車両の周囲はすでに暗くなっている。

四人に対して、ＪＲ東日本に頼んで、特別に、食事と飲み物を出して貰った。

彼等が食事をしている間、十津川は離れた場所から、長野病院の折原医師に電話した。

「どんな具合ですか？」

「ゆっくり、確実に、が必要だよ。急いで病気を重くしてしまったら、大変だからね」

「自信はあると、いわれましたね」

「ああ。あるよ。だが、急ぐのは禁物だ。失敗は許されないからね」

「今夜の午前〇時までに田島記者が、記憶を取り戻すという約束は出来ませんか？」

と、十津川が、いった。

「おい、おい」

と、折原医師が、いった。

「こういう精神的な病気では、時間を切って急がせるのが、一番危険だといった筈だよ」

「それは、よくわかっているんですが――」

「何か切羽《せっぱ》つまった事柄が出来たのか？」

「今、容疑者四人を集めて、説得中ですが、アヘンを、彼等自身が扱ったわけじゃありませんから説得が難しいのです。その点、田島記者の記憶が戻れば、それが直接証拠になるので、有無をいわせず逮捕できます」

「よくわからないが、その四人が、直接アヘンを扱ったのではないことは、理解できるよ」

「理解して頂けますか」

「日本人の歴史認識だろう。日本人の場合は、戦争に敗けた瞬間、自ら、全ての意識を引っくり返してしまったんだ。一番の問題は歴史で、たいていの国家は薄汚れた歴史でも、辛《つら》い歴史でも、引き継いできた。それまでの歴史を、自ら消すなんてことは、たいていの国家はしなかった。そんなことをすれば国家自体が消えかねない。だからそんな国家国民は、何処にもいなかったが、日本は、その初めての国家になったんだ。共通語を英語にしようと考えたくらいだからね。アヘンといわれたって何処の国の話としか思わない」

「それで困っているんです。引き継いだ歴史だから責任を取らなければいけないのだと、何とか納得させようとしているんですが難しいんです」

「そんな難しいことを要求しなくたって君は見事に罠《わな》にかけたんだろう。連中は、恐れ入りましたといわないのかね？」

「見事に罠にかかりましたが、それが決め手にはならんのです。直接証拠が欲しいんです」

「今夜の十二時までか」

「連中を説得するのに疲れてしまいます」

「殺人容疑で逮捕できないのかね？」

「連中と話し合っていて、無理とわかりました。全て状況証拠で、例えば、伊知地の祖父が、当時特務の陸軍中佐で、アヘンを、日本に秘かに運んでいても、命令者がわからないので、お伽話《ときばなし》の段階です。だから、歴史認識を、持たせようとしているんですが」

と、十津川は、いう。

「無理か」

「先生も、今、日本人の奇妙な歴史認識について、いわれたじゃありませんか」

「あと四時間か」

「何とか、田島記者の記憶を呼び戻して下さい」

と、十津川は、いった。

電話を切ると、グランクラスに戻った。

「アヘンの歴史認識について、話をまた始めるぞ」

と、十津川は、四人に向かっていった。

「今回の事件の中心にいる伊知地社長の話からだ。君の祖父が特別任務で、中国や、内モンゴルにいたことは、納得したかね。名前が載っているんだ。写真もある」

十津川は、例の伊知地の祖父が使っていた腕章の写真や、関東軍の特殊任務についていた者の名簿を示した。

「それは認めますが、終戦直前、日本陸軍の爆撃機に、大量のアヘンを積んで、それと一緒に、日本に来ていたというのは、何の証拠もありませんよ」

と、伊知地は笑った。少し余裕を持ったらしい。

「先日、防衛省の資料を見せて貰いに行ったんですが、復員局の名簿に、ちゃんと祖父の名前が出ていて、昭和二十年十月一日の帰国になっていましたよ。直前に爆撃機で帰国というのは、お伽話ですよ。そんな記録は全くありません」

「昭和二十年から、十年間、湯田中の療養施設で、あなた方の祖父や父たちが、朝鮮人労働者のアヘン中毒の治療に当たっていたという資料もある。それを見ても、あなた方の祖父たちがアヘンに関係していたことは、はっきりしているんだ」

「その資料は、見せて貰いましたよ。立派なことじゃありませんか。朝鮮人は、中国に近いだけ、日本とは違って、昔からアヘンを愛飲していて、中毒者が多かったわけでしょう。終戦後、彼等を治療して帰国させたのだから賞讃されるべきでしょう」

「しかし、治療に使うアヘンの量は、極く少なくてすむんだ。大量に使ったら、新しい中毒者を生んでしまうからね。従ってアヘンを治療に使うことなんか考えられないんだよ。としたら、そのアヘンは、ほとんど、密売されたことになる。当時、アヘンは、金《きん》と同じ価値があったから、何十万円、いや何千万、或いは、何億円にもなった筈だ。その決算報告書は、出ていない」

「祖父たちが、使ったという証拠は、あるんですか？」

と、駒井病院長が反撥《はんぱつ》する。

「決算書があったとしても、焼却されてしまった筈だ。私が、君たちにいいたいのは、日本の国内だけでも、アヘンが金に替えられるということは、中国や東南アジアで、日本の軍部や秘密組織が、どのくらい大量のアヘンを生産し、密売し、その資金で戦争をやっていたかということなんだよ。もちろん、そのため何百万人、何千万人もの中毒者が、生まれたに違いないということだよ」

「しかし、私なんかは子供の時から、アヘンは禁止だと教えられてきたし、大人になってからでもです。アヘンで儲けたのは、イギリス人でしょう。アヘン戦争の映画見ましたよ」

「イギリスに代わって、日本がアヘンを生産して、売り始めたんだよ。戦争が始まると中国市場にトルコあたりからのアヘンが入って来なくなった。そこで日本が、中国や東南アジアで、アヘンを生産し、それを中国の秘密結社を使って売りさばいた。それを、日本人は得意になって、アヘン帝国といっていたんだ。伊知地社長の祖父は、その中心にいたし、他の三人の祖父たちは日本に運ばれた十トンのアヘンに食いついてそれを使って儲けて、商売や病院を大きくしていったんだ。そのことは、知っていたんじゃないか。知らない筈はないんだ。更に当時のことを、佐藤誠が白骨を見つけて気付いた。今までの松代大本営工事で死んだ白骨は何も持っていなかったが、新しく佐藤が発見した白骨は、アヘンの商品、固形の『菊』を持っていたからだ。アヘンに食いついた君たちの祖父や、その話を聞いていた君たちは、『菊』のことを知っていたんだ」

「――――」

「そのことを知られたら、コンビニや、病院や、元町議会議長の地位が危くなる。それが怖くて、佐藤誠を殺し、彼が尊敬していた歴史家の木本啓一郎の口まで封じた」

「証拠だ。証拠があれば見せてくれ。そうしたら無実とわかる。私たちはアヘンとも、無縁なんだから」

「伊知地を欺して、田島記者の治療のことを、秘密めかして喋ったら、君たちは、見事に引っ掛かって、田島記者の口封じに、このグランクラスに乗り込んで来たじゃないか」

「田島記者のことが、心配だから、グランクラスに乗って来たんだ。その証拠に凶器は誰一人持ってなかったよ」

「車椅子の病人なら寄ってたかって、首を締めれば簡単に窒息死させられる。凶器なんか、いらないんだ」

「証拠だ」

「証拠を示せ」

「おれたちは、アヘンなんか知らない」

「証拠だ」

の合唱になってくる。

「黙って聞け」

と、十津川は怒鳴った。

「今回の事件を担当して、私も、アヘンと日本の関係を初めて知った。日中戦争から太平洋戦争にかけて、日本は大アヘン帝国と自慢し、アヘンを大量に生産、販売し、いかに中国、東南アジアの人々を苦しめたか。それなのに日本人は知らないし、知ろうとしない。私は日本人として恥ずかしい。今回の事件が解決したら、当然、世界の人たちはアヘンについて論じるだろう。その時、われわれ日本人も、アヘンについて、反省していることを世界に発表したいのだ。だから、君たちには、アヘンについての本当の反省をして欲しいのだ。さもないと、本件を解決しても、恥ずかしくて、発表できない」

「今度は、泣きごとか」

「泣かれてもアヘンなんか知らん。聞いたこともないし、手にしたこともない」

「十二時になっても何の証拠も示せないなら、帰らせて貰うよ」

だんだん四人の方が強く出てくるようになった。

「証拠を出せばいいんだな」

と、十津川が、いい返した。

「ああ、出して下さいよ。警部さんは、十二時までといった。あと一時間ですよ。十二時になったら、ここに田島記者を連れて来て、今度の事件について、証言させるんじゃないんですか。それなら、さっさと、ここに田島記者を呼んで下さいよ。われわれも、元気な田島記者に会いたいですからね」

と、伊知地が、いう。

駒井院長も、

「田島記者が元気になった姿を見て、医者としていろいろ聞きたいですからねえ」

と、からかい気味にいう。口元が笑っている。

十津川は、ふと、

（おかしいな）

と思った。

田島記者の現在の病状について十津川は、誰にも話していないのだ。

十二時までに記憶を取り戻すのは、難しいと折原医師が、いっているのだが、

そのことを、十津川は、誰にも話していない。

それなのに、四人は、田島記者の今の病状を知っているかのように強気に出てくる。

（おかしい）

と思い長野病院にスパイがいるのではないかという疑惑を感じた。

十津川は、部屋の外に亀井を呼んだ。

「私が長野病院の折原医師に電話している間、四人の様子に何か変わった様子はなかったか？」

と、きいた。

「伊知地が、何処かにスマホをかけてましたよ」

と、亀井が、いう。

「そのあとは？」

「ニヤッと笑ってましたね」

「それだ」

と、十津川は、舌打ちした。向こうの病院に、スパイがいたのだ。

だから連中は、十二時までに、田島記者の証言は難しいことを知って、高飛車に出ているのだ。他に考えようがない。

（参ったな）

今、長野病院でスパイ探しをしても間に合わない。

それに、今夜、逃げられたら、次の逮捕は難しいだろう。

「強引に逮捕してしまいましょう。逮捕状があるんだし、逮捕してしまえば最低四十八時間、拘束できます」

と、亀井が、いう。

「駄目だよ。すでに、十二時間以上、このグランクラスに連中を拘束してしまっている」

と、十津川は、いった。

「しかし、今日釈放したら、間違いなく、逃亡しますよ。そうなると再逮捕は、難しいですよ」

「わかってる」

と、十津川は、不機嫌な顔になっていた。

十津川は、どうすべきかを考えてみた。

その結果、十津川は、長野病院に行き、折原医師に会うことにした。

ひとりで考えても仕方がないのだ。

病院に着くとすぐ、折原医師に会った。

一時引退を表明しただけに、七十歳過ぎの老人である。ただ、記憶喪失の治療などには医師の経験が物をいうと、十津川は聞いていた。

「刑事さんが来ても、快復が早くなるわけじゃないよ」

折原医師は、そんなことをいう。

「時間がないんです」

「私の責任じゃない」

と、折原医師は、いった。

「何とかなりませんか？」

「スパイは見つかったよ、従って少しは状況は良くなっている」

「十二時までに、記憶を取り戻して貰いたいんですよ」

「そっちの都合で、病人が治るわけじゃない」

「今回連中を逮捕できないと、逃がしてしまう恐れがあるんです」

「そういわれてもねえ」

「何とかなりませんか」

「ちょっと、待ってくれ」

と、折原が、手で、十津川の言葉をさえぎった。

「何か」

「少し考えさせてくれないか」

「時間がありません」

「とにかく少し黙ってくれ」

と、折原は、いった。

そのまま、二分、三分と時間が、経っていく。

十津川は、腕時計に眼をやった。

「賭《か》けてみるか」

と、折原医師がいった。

十津川は、わけがわからず、

「賭けるって、何をですか」

「容疑者は、集まっているんだろう」

「四人全員が、集まっています」

「記憶喪失というのは、突然、思わぬきっかけで治ることがある」

と、折原医師が、いう。

「そういう話は聞いたことがあります」

「患者を刺戟《しげき》する事件や、人間に会うと突然、記憶を取り戻すことがある」

「――――」

「しかし、逆に、刺戟を受けて、症状が悪化することもある」

「確率は、どうなんですか」

「数字は関係ない」

「とにかく、奇蹟を信じて、田島記者を連れて行きたい。先生も来て下さい」

十津川は追い詰められた気分で喋《しゃべ》りスマホを取り出すと、亀井にかけた。

「これから、田島記者を連れて戻る」

「記憶を取り戻したんですか」

「もちろんだよ。それから、今回の事件の参考品を揃えておいてくれ。『菊』と呼ばれたアヘンの固まりだ。ニセモノでもいい」

と、十津川は、いった。

田島記者は、車椅子が必要だった。

とても、記憶が戻ったようには見えない。

あとは奇蹟を待つより仕方がない。

折原医師が付き添って、長野駅の待避線に停めた車両に向かった。

(連中に、見破られなければいいが)

と、十津川は、祈った。

マスクと、サングラスの田島が乗った車椅子を十津川が押して、グランクラスの車内に入って行った。

「君たちの犯罪を証明してくれる中央新聞の田島記者だ」

と、十津川が、四人に向かって紹介した。

さすがに、四人の顔に緊張が走る。

(果たして記憶がよみがえっているのかどうか)

四人とも、それを知ろうとじっと、車椅子の田島を見据えている。

「私のことを覚えていますか、あなたに取材を受けた伊知地ですよ」

「私は駒井病院の駒井です。治療中は、どんな具合だったんですか？　私も医者なので、ぜひ、教えて貰えませんか」

「田島さん、私の町に突然やって来て、あの時、何を話し合いましたかねえ。大事な話をした筈なんですが覚えていますか」

　三浦がじっと、田島をのぞき込む。

　田島は、黙ったままだ。

　一言も発しない。

　十津川は車椅子の後ろに立って、気が気ではなかった。

　最後に、入江外科医が、口を開く。

「私は、今回の事件と直接関係ないんですが、それなのに、あなたは私に会いに来た。あれは何のためでしたかねえ」

　これも、田島の病状を窺《うかが》っているのだ。

（まずいな）

　と、十津川は、思った。

　田島記者が、四人が声をかけてくるのに対して、何の反応も示さないからだ。

　拳を振るうとか、何かあれば相手はいろいろと考えるのに、何の反応も示さなければ、連中は、病状が、まだ、少しもよくなっていないと見破ってしまうだろう。

四人が、物いわぬ田島記者を、からかい始めた。

3

最初は、伊知地だった。

「初めて、田島さんに会った時、ふざけて、今でも、アヘンは儲かりますかねときいたら、あなたもふざけて、そりゃあ儲かるさ、アメリカが一番高く買うんじゃないかといわれましたね。覚えていますか」

多分、そんな話はしてないに違いない。田島をからかい、病状を見ているのだ。

十津川は、背後から、田島の背中を叩いてやりたくなったが、今は何も出来ない。

連中は、次第に大胆になっていった。

手を伸ばして、田島の身体に触るようになっていった。

「毎日、どんな治療を受けているんですか」

「辛いでしょうね。思い出せそうで、浮かんで来ない。今は、そうなんでしょう」

「われわれに、何か手助けできることがあったら、お手伝いしますよ。われわれも、田島さんに早く病気を治してもらって、あなたの質問を受けたいですからねえ」

（だんだん、まずくなる）

と、十津川が、思ったとき、横から亀井が、例の「菊」のニセモノを、十津川に手渡した。

十津川が、それを車椅子の田島記者に渡す。

伊知地が更に、田島をからかおうとした時、田島が突然車椅子から立ち上がった。

「伊知地さん」

声も出た。

「これは、例のアヘンですよ。菊ですよ。私は、あなたが、子供の時、これを手に持って、遊んでいる写真を見つけたんですよ。多分、あなたの祖父が、手に入れたものを、死後、中国か東南アジアに売り込んで、巨万の金を手に入れて、その資金が、コンビニを持つ資金になったんじゃありませんか」

はっきりした口調だ。

自然に、伊知地たちが、身を引く。

逆に、田島が、手に持った「菊」を、四人に向かって、突き出した。

「皆さんの祖父たちは、これを売って、それぞれ仕事の基礎を作ったんじゃありませんか。何もない時に、金《きん》と同じ価値のあるアヘンを手に入れたんだからねえ。調べれば、わかるんですよ」

「――――」

四人は、逃げ腰だ。

十津川は、用心しろと、亀井や日下に眼くばせした。

田島は一度、喋り始めると、止まらなくなった。

「この『菊』を持って、皆さんの反応を調べに行った。全員が祖父や父の代からアヘンで稼いでいた。今回それが暴露されかけたので、二人を殺したことは明らかですよね。調べれば、わかることですよ」

「うるさい！」

と、伊知地が、怒鳴った。

他の三人が、黙らせようと田島に向かって、つかみかかる。

とっさに、十津川は拳銃を宙に向かって射った。

「君たち四人を、殺人容疑で逮捕する。田島記者を傷つけたら、傷害容疑が加わるぞ」

と、四人を叱りつけた。そのあと初めて笑顔になった。

田島記者には、大学の同窓の気安さで、

「もういいよ。十分だ」

「私はもう一度、長野病院に連れ戻したい」

と、折原医師がいった。

「病状の回復としては珍しい例なのでゆっくり調べたい」

「それは構いませんが、田島記者をいじって、元に戻さないで下さいよ」

☆西村京太郎全著作リスト（2022.12.31現在）

山前譲　編

1　四つの終止符

ポケット文春（文藝春秋新社）／1964・3・20
春陽文庫（春陽堂書店）／1970・8・25
サンポウ・ノベルス（産報）／1973・6・25
講談社文庫（講談社）／1981・10・15
西村京太郎長編推理選集第一巻（講談社）／1987・2・20

2　天使の傷痕

講談社／1965・8・15
春陽文庫／1971・6・25
ロマン・ブックス（講談社）／1975・5・4
講談社文庫／1976・5・15
西村京太郎長編推理選集第一巻／1987・2・20
江戸川乱歩賞全集⑥（講談社文庫）／1999・3・15
講談社文庫【新装版】／2015・2・13

3　D機関情報

講談社／1966・6・25
春陽文庫／1971・7・20
講談社文庫／1978・12・15
西村京太郎長編推理選集第三巻／1987・11・20
講談社文庫【新装版】／2015・6・12

4　太陽と砂

講談社／1967・8・20
春陽文庫／1971・8・5
講談社文庫／1986・1・15
西村京太郎長編推理選集第七巻／1988・1・20
講談社ノベルス（講談社）／2002・10・5

5　おお21世紀

サン・ポケット・ブックス（春陽堂書店）／1969・11・25
角川文庫（角川書店　改題『21世紀のブルース』）／

1986・４・25

6　**南神威島**

私家版／1970・５・20

講談社文庫／1992・９・15

〈収録作品〉「南神威島」「幻想の夏」「手を拍く猿」「カードの城」「刑事」

7　**ある朝海に**

カッパ・ノベルス（光文社）／1971・３・20

講談社文庫／1980・９・15

西村京太郎長編推理選集第二巻／1987・12・20

光文社文庫（光文社）／1998・２・20

8　**名探偵なんか怖くない**

講談社／1971・５・20

ロマン・ブックス／1973・３・20

講談社文庫／1977・８・15

西村京太郎長編推理選集第四巻／1987・５・20

講談社文庫【新装版】／2006・７・14

9　**脱出**

カッパ・ノベルス／1971・８・20

KOSAIDO·BLUE·BOOKS（廣済堂出版）／1977・2・15

講談社文庫／1981・２・15

西村京太郎長編推理選集第二巻／1987・12・20

10　**悪への招待**

講談社／1971・８・24

講談社文庫／1983・３・15

徳間文庫（徳間書店）〈上下〉／1997・３・15

徳間文庫【新装版】／2003・７・15

11　**汚染海域**

毎日新聞社／1971・９・28

KOSAIDO·BLUE·BOOKS／1977・３・30

徳間文庫／1982・６・15

廣済堂文庫（廣済堂出版）／1995・12・１

トクマ・ノベルズ（徳間書店）／1997・３・31

徳間文庫【新装版】／2007・５・15

12　殺しの双曲線

ホリデー・フィクション（実業之日本社）／1971・11・15

ジョイ・ノベルス（実業之日本社）／1977・9・25
講談社文庫／1979・5・15
西村京太郎長編推理選集第五巻／1987・10・20
ジョイ・ノベルス【新装版】／2004・5・25
講談社文庫【新装版】／2012・8・10

13　マンション殺人

青樹社／1971・12・10

徳間文庫／1983・10・15
トクマ・ノベルズ／1995・11・30
徳間文庫【新装版】／2005・5・15
光文社文庫／2016・11・20

14　殺意の設計

こだまブック（弘済出版社）／1972・4・10

KOSAIDO·BLUE·BOOKS／1976・8・31
文華新書（日本文華社）／1978・5・1
角川文庫／1988・4・25
廣済堂文庫／1994・12・1

15　ハイビスカス殺人事件

サンケイノベルス（サンケイ新聞社出版局）／1972・4・28

講談社文庫／1984・7・15
徳間文庫／1993・4・15
トクマ・ノベルズ／1998・4・30

16　名探偵が多すぎる

講談社／1972・5・22

講談社文庫／1980・5・15

17　伊豆七島殺人事件

カッパ・ノベルス／1972・8・10

光文社文庫／1985・2・20

18　鬼女面殺人事件

マイニチ・ミステリーブックス（毎日新聞社）／1973・3・15

文華新書／1977・9・5

徳間文庫／1981・1・15
西村京太郎長編推理選集第六巻／1987・8・20
飛天文庫（飛天出版）／1995・6・5
トクマ・ノベルズ／1996・7・31
青樹社文庫（青樹社）／2001・8・20
廣済堂文庫／2004・1・1
徳間文庫【新装版】／2011・3・15

19　殺人者はオーロラを見た

サンケイノベルス／1973・5・30
徳間文庫／1982・10・15
講談社文庫／1993・10・15
トクマ・ノベルズ／1997・6・30
徳間文庫【新装版】／2006・9・15

20　赤い帆船

カッパ・ノベルス／1973・8・15
角川文庫／1982・9・10
光文社文庫／1998・6・20
光文社文庫【新装版】／2013・3・20

21　名探偵も楽じゃない

講談社／1973・12・8
ロマン・ブックス／1975・11・4
講談社文庫／1982・9・15

22　日本ダービー殺人事件

サンポウ・ノベルス／1974・5・25
KOSAIDO・BLUE・BOOKS／1977・8・29
徳間文庫／1981・5・15
集英社文庫（集英社）／1993・4・25
トクマ・ノベルズ／1996・3・31

23　おれたちはブルースしか歌わない

講談社／1975・3・24
ロマン・ブックス／1975・10・4
講談社文庫／1982・5・15
講談社ノベルス／2002・12・5

24　消えたタンカー
カッパ・ノベルス／1975・4・30
光文社文庫／1985・5・20
西村京太郎長編推理選集第八巻／1987・4・20
講談社文庫／1999・2・15
光文社文庫【新装版】／2018・8・20
25　幻奇島
毎日新聞社／1975・5・15
徳間文庫／1982・2・15
西村京太郎長編推理選集第六巻／1987・8・20
トクマ・ノベルズ／1995・7・31
双葉文庫（双葉社）／1997・4・10
徳間文庫【新装版】／2004・7・15
26　聖夜に死を
トクマ・ノベルズ／1975・12・10
徳間文庫／1982・4・15
トクマ・ノベルズ／1996・12・31
徳間文庫【新装版】／2003・12・15
光文社文庫／2015・12・20
27　消えた巨人軍
トクマ・ノベルズ／1976・4・10
徳間文庫／1980・10・31
徳間文庫【新装版】／2000・5・15
中公文庫（中央公論新社）／2014・7・25
28　消えた乗組員
カッパ・ノベルス／1976・5・20
光文社文庫／1985・11・20
西村京太郎長編推理選集第八巻／1987・4・20
講談社文庫／1998・5・15
光文社文庫【新装版】／2017・12・20
29　殺しのバンカーショット
文華新書／1976・8・20
文華新書／1985・4・15
角川文庫／1987・5・25

集英社文庫／1992・4・25
十津川警部日本縦断長篇ベスト選集33／2014・2・28

30　名探偵に乾杯
講談社／1976・9・8
講談社文庫／1983・8・15
西村京太郎長編推理選集第四巻／1987・5・20
講談社文庫【新装版】／2013・8・9

31　血ぞめの試走車
文華新書／1977・2・5
集英社文庫／1981・9・25
文華新書／1985・11・25
徳間文庫〈上下〉／1994・4・15
KoYoNOVELS（向陽舎）／2000・12・10
徳間文庫【新装版】／2003・2・15

32　華麗なる誘拐
トクマ・ノベルズ／1977・3・5
徳間文庫／1982・8・15
西村京太郎長編推理選集第九巻／1987・9・20
講談社文庫／1995・3・15
徳間文庫【新装版】／2000・7・15
トクマ・ノベルズ【新装版】／2004・3・31
河出文庫／2020・7・20

33　七人の証人
ジョイ・ノベルス／1977・5・25
ジョイ・ノベルス【新装版】／1983・11・25
講談社文庫／1983・12・15
西村京太郎長編推理選集第五巻／1987・10・20
ジョイ・ノベルス【新装版】／2004・9・25
講談社文庫【新装版】／2021・6・15

34　発信人は死者
カッパ・ノベルス／1977・11・25
光文社文庫／1986・3・20
西村京太郎長編推理選集第三巻／1987・11・20

徳間文庫／2015・4・15

35　ゼロ計画を阻止せよ

トクマ・ノベルズ／1977・12・30
徳間文庫／1983・6・15
徳間文庫【新装版】／2000・8・15

36　カードの城

新評社／1978・2・20
〈収録作品〉「南神威島」「幻想の夏」「手を拍く猿」「カードの城」「刑事」「行先のない切符」

37　炎の墓標

講談社／1978・2・24
講談社文庫／1984・8・15
西村京太郎長編推理選集第七巻／1988・1・20

38　ダービーを狙え

双葉新書（双葉社）／1978・4・10
集英社文庫（改題『現金強奪計画』）／1981・12・25
角川文庫（改題『現金強奪計画』）／1992・2・25
双葉文庫（改題『現金強奪計画』）／1997・4・10

39　盗まれた都市

トクマ・ノベルズ／1978・4・10
徳間文庫／1982・12・15
徳間文庫【新装版】／2001・2・15
中公文庫／2015・3・25

40　寝台特急殺人事件

カッパ・ノベルス／1978・10・30
光文社文庫／1984・10・20
西村京太郎長編推理選集第十巻／1987・1・20
カッパ・ノベルス【新装版】／2003・4・20
光文社文庫【新装版】／2009・9・20

41　イヴが死んだ夜

集英社／1978・11・25
集英社文庫／1982・6・25
嶋中文庫（嶋中書店）／2005・6・20
角川文庫／2008・5・25

42　**真夜中の構図**

集英社／1979・7・25

集英社文庫／1983・1・25

角川文庫／2010・5・25

43　**一千万人誘拐計画**

立風書房／1979・8・10

角川文庫／1983・3・10

立風ノベルス（立風書房）／1990・9・30

〈収録作品〉「受験地獄」「第二の標的」「一千万人誘拐計画」「白い殉教者」「天国に近い死体」

44　**夜間飛行殺人事件**

カッパ・ノベルス／1979・8・10

光文社文庫／1984・12・20

西村京太郎長編推理選集第十巻／1987・1・20

光文社文庫【新装版】／2009・11・20

45　**11の迷路**

講談社／1979・8・16

〈収録作品〉「密告」「二一・〇〇時に殺せ」「美談崩れ」「オートレック号の秘密」「アカベ・伝説の島」「変身願望」「回春連盟」「隣人愛」「アンドロメダから来た男」「チャリティゲーム」「殺しへの招待」

46　**黄金番組殺人事件**

トクマ・ノベルズ／1979・9・10

徳間文庫／1983・2・15

徳間文庫【新装版】／2002・11・15

47　**黙示録殺人事件**

新潮社／1980・1・20

新潮文庫（新潮社）／1983・1・15

西村京太郎長編推理選集第九巻／1987・9・20

48　**けものたちの祝宴**

トクマ・ノベルズ／1980・5・30

徳間文庫／1984・4・15

徳間文庫【新装版】／2004・2・15

集英社文庫／2019・4・25

49　終着駅殺人事件

カッパ・ノベルス／1980・7・20

光文社文庫／1984・11・20

西村京太郎長編推理選集第十一巻／1986・11・20

日本推理作家協会賞受賞作全集40（双葉文庫）／1997・11・15

光文社文庫【新装版】／2009・10・20

50　夜行列車殺人事件

カッパ・ノベルス／1981・4・25

光文社文庫／1985・3・20

光文社文庫【新装版】／2009・12・20

51　消えたドライバー

KOSAIDO・BLUE・BOOKS／1981・6・10

角川文庫／1983・5・25

廣済堂文庫／1990・4・25

〈収録作品〉「消えたドライバー」「死を呼ぶトランク」「九時三十分の殺人」

52　日本殺人ルート

KOSAIDO・BLUE・BOOKS／1981・9・10

角川文庫／1984・5・25

廣済堂文庫／1986・7・10

トクマ・ノベルズ／1997・12・31

〈収録作品〉「花冷えの殺意」「石垣殺人行」「秘めたる殺人」「死へのワン・ショット」「超高層ホテル爆破計画」「危険なダイヤル」「死者の告発」「手を拍く猿」

53　原子力船むつ消失事件

カドカワノベルズ（角川書店）／1981・11・1

角川文庫／1984・9・10

54　北帰行殺人事件

カッパ・ノベルス／1981・12・20

光文社文庫／1985・8・15

西村京太郎長編推理選集第十一巻／1986・11・20

光文社文庫【新装版】／2010・1・20

55　恐怖の金曜日

カドカワノベルズ／1982・1・25

角川文庫／1985・2・25

56　死者に捧げる殺人

FUTABA NOVELS（双葉社）／1982・2・10

双葉ポケット文庫（双葉社）／1983・7・1

集英社文庫／1997・7・25

〈収録作品〉「海辺の悲劇」「三億円の悪夢」「知らない町で」「危険な伴侶」「超速球150キロの殺人」「白いスキャンダル」「戦慄のライフル」「白い罠」「死者に捧げる殺人」

57　蜜月列車殺人事件

カッパ・ノベルス／1982・4・25

光文社文庫／1985・12・20

〈収録作品〉「再婚旅行殺人事件」「あずさ3号殺人事件」「ゆうづる5号殺人事件」「新婚旅行殺人事件」

58　特急さくら殺人事件

講談社ノベルス／1982・5・20

講談社文庫／1984・11・15

西村京太郎長編推理選集第十二巻／1987・3・20

光文社文庫／1999・2・20

十津川警部日本縦断長篇ベスト選集25／2013・5・31

59　ミステリー列車が消えた

新潮社／1982・7・15

新潮文庫／1985・1・25

西村京太郎長編推理選集第十三巻／1986・12・20

60　イレブン殺人事件

ジョイ・ノベルス／1982・7・25

角川文庫／1986・2・25

〈収録作品〉「ホテルの鍵は死への鍵」「歌を忘れたカナリヤは」「ピンクカード」「仮面の欲望」「優しい悪魔たち」「受験地獄」（角川文庫は再版より「裸のアリバイ」）「危険なサイドビジネス」「水の上の殺人」「危険な道づ

れ」「モーツァルトの罠」「死体の値段」

61　消えたエース

カドカワノベルズ／1982・8・25

角川文庫／1985・5・25

62　無明剣、走る

角川書店／1982・8・31

角川文庫／1984・8・10

祥伝社文庫（祥伝社）／2005・10・30

63　日本一周「旅号」殺人事件

カッパ・ノベルス／1982・9・10

光文社文庫／1986・4・20

光文社文庫【新装版】／2010・2・20

64　寝台特急「紀伊」殺人行

カドカワノベルズ／1982・11・25

角川文庫／1985・9・10

廣済堂文庫／1987・11・10

中公文庫／1997・9・18

十津川警部日本縦断長篇ベスト選集08（徳間書店）／2011・6・30

65　四国連絡特急殺人事件

講談社ノベルス／1983・1・8

講談社文庫／1985・4・15

西村京太郎長編推理選集第十二巻／1987・3・20

光文社文庫／1999・5・20

66　東北新幹線殺人事件

カッパ・ノベルス／1983・1・25

光文社文庫／1986・8・20

光文社文庫【新装版】／2010・3・20

67　寝台特急あかつき殺人事件

講談社ノベルス／1983・6・5

講談社文庫／1986・8・15

光文社文庫／2001・12・20

十津川警部日本縦断長篇ベスト選集27／2013・7・31

68　**下り特急「富士」殺人事件**
カッパ・ノベルス／1983・6・10
光文社文庫／1987・1・20
徳間文庫／2000・2・15
十津川警部日本縦断長篇ベスト選集13／2011・11・30

69　**死者はまだ眠れない**
FUTABA NOVELS／1983・6・10
双葉文庫／1985・1・25
徳間文庫／1996・11・15
徳間文庫【新装版】／2009・8・15

70　**雷鳥九号殺人事件**
カッパ・ノベルス／1983・7・15
光文社文庫／1987・4・20
講談社文庫／2001・2・15
〈収録作品〉「『雷鳥九号』殺人事件」「幻の特急を見た」「急行『だいせん』殺人事件」「殺人は食堂車で」「夜行列車『日本海』の謎」

71　**行先のない切符**
FUTABA NOVELS／1983・9・10
双葉文庫／1986・6・25
徳間文庫／1999・4・15
〈収録作品〉「夜の殺人者」「カードの城」「刑事」「行先のない切符」「手を拍く猿」「幻想の夏」「南神威島」「鳩」

72　**神話列車殺人事件**
ジョイ・ノベルス／1983・10・25
光文社文庫／1987・12・20
徳間文庫／2000・10・15
ジョイ・ノベルス【新装版】／2005・5・25
徳間文庫【新装版】／2012・11・15

73　**夜の探偵**
集英社／1983・10・25
集英社文庫／1985・3・25

集英社文庫【新装版】／2011・4・25

74　**札幌着23時25分**

カドカワノベルズ／1983・11・25

角川文庫／1985・9・25

中公文庫／1998・9・18

75　**超特急「つばめ号」殺人事件**

カッパ・ノベルス／1983・12・1

光文社文庫／1987・8・20

講談社文庫／1999・8・15

十津川警部日本縦断長篇ベスト選集35／2014・4・30

76　**日本シリーズ殺人事件**

講談社ノベルス／1984・3・5

講談社文庫／1986・10・15

77　**高原鉄道殺人事件**

カッパ・ノベルス／1984・4・5

光文社文庫／1988・2・20

祥伝社文庫／2001・5・20

〈収録作品〉「高原鉄道殺人事件」「おおぞら3号殺人事件」「振り子電車殺人事件」「内房線で出会った女」「殺意の『函館本線』」

78　**L特急踊り子号殺人事件**

講談社ノベルス／1984・5・1

講談社文庫／1987・1・15

光文社文庫／2001・3・20

〈収録作品〉「L特急踊り子号殺人事件」「特急しらさぎ殺人事件」「振り子電車殺人事件」

79　**寝台特急「北陸」殺人事件**

講談社ノベルス／1984・7・5

西村京太郎長編推理選集第十三巻／1986・12・20

講談社文庫／1987・4・15

光文社文庫／2003・8・20

80　**北能登殺人事件**

カッパ・ノベルス／1984・7・20

光文社文庫／1988・4・20
講談社文庫／2000・8・15
十津川警部日本縦断長篇ベスト選集07／2011・5・31

81 都電荒川線殺人事件

読売新聞社／1984・8・7
光文社文庫／1988・6・20
〈収録作品〉「都電荒川線殺人事件」「十和田南への旅」「四国情死行」「宮崎へのラブレター」「湯煙りの中の殺意」「祇園の女」「サロベツ原野で死んだ女」「白樺心中行」

82 展望車殺人事件

新潮社／1984・8・10
新潮文庫／1987・1・25
祥伝社文庫／2014・2・20
〈収録作品〉「友よ、松江で」「特急『富士』殺人事件」「展望車殺人事件」「死を運ぶ特急『谷川5号』」「復讐のスイッチ・バック」

83 オホーツク殺人ルート

講談社ノベルス／1984・9・5
講談社文庫／1987・7・15
西村京太郎長編推理選集第十五巻／1987・7・20
徳間文庫／1997・11・15
十津川警部日本縦断長篇ベスト選集02／2011・1・31

84 京都感情旅行殺人事件

光文社文庫／1984・9・10
光文社文庫【新装版】／2010・4・20

85 東京駅殺人事件

カッパ・ノベルス／1984・9・30
西村京太郎長編推理選集第十四巻／1987・6・20
光文社文庫／1988・8・20
光文社文庫【新装版】／2010・6・20
講談社文庫／2019・2・15

86　**特急「白鳥」十四時間**
カドカワノベルズ／1984・11・25
角川文庫／1985・11・10
中公文庫／2000・6・25

87　**特急北アルプス殺人事件**
ジョイ・ノベルス／1985・1・30
角川文庫／1988・4・25
中公文庫／2001・7・25
ジョイ・ノベルス【新装版】／2005・9・25

88　**寝台特急「日本海」殺人事件**
カッパ・ノベルス／1985・2・25
光文社文庫／1988・12・20
講談社文庫／2004・6・15

89　**変身願望**
講談社文庫／1985・3・15
〈収録作品〉「変身願望」「回春連盟」「隣人愛」「オートレック号の秘密」「アカベ・伝説の島」「アンドロメダから来た男」「チャリティゲーム」「殺しへの招待」「アリバイ」

90　**寝台急行「銀河」殺人事件**
文藝春秋／1985・3・20
文春文庫（文藝春秋）／1987・9・10
文春文庫【新装版】／2017・6・10

91　**行楽特急殺人事件**
講談社ノベルス／1985・5・1
講談社文庫／1988・3・15
〈収録作品〉「ATC作動せず（L特急『わかしお』殺人事件）」「急行べにばな殺人事件」「午後九時の目撃者」「行楽特急殺人事件」

92　**上野駅殺人事件**
カッパ・ノベルス／1985・6・20
西村京太郎長編推理選集第十四巻／1987・6・20
光文社文庫／1989・4・20
光文社文庫【新装版】／2010・7・20

講談社文庫／2017・2・15

93　**午後の脅迫者**

講談社文庫／1985・7・15

講談社ノベルス／2002・11・5

講談社文庫【新装版】／2022・3・15

〈収録作品〉「午後の脅迫者」「密告」「二一・○○時に殺せ」「美談崩れ」「柴田巡査の奇妙なアルバイト」「私は職業婦人」「オーストラリアの蟬」「成功報酬百万円」「マルチ商法」

94　**南伊豆高原殺人事件**

トクマ・ノベルズ／1985・8・31

徳間文庫／1987・10・15

講談社文庫／1998・3・15

徳間文庫【新装版】／2008・6・15

95　**狙われた寝台特急「さくら」**

ノン・ノベル（祥伝社）／1985・9・5

ノン・ポシェット（祥伝社）／1989・7・20

徳間文庫／2000・6・15

祥伝社文庫／2016・2・20

96　**第二の標的**

光文社文庫／1985・9・15

〈収録作品〉「第二の標的」「謎の組写真」「アクシデンタル・ジャイブ」「神話の殺人」「危険なダイヤル」

97　**夜ごと死の匂いが**

廣済堂文庫／1985・10・15

角川文庫／1987・4・10

〈収録作品〉「夜ごと死の匂いが」「危険な賞金」「危険な判決」「危険な遺産」「危険なスポットライト」「狙われた男」「私を殺さないで」

98　**臨時特急「京都号」殺人事件**

ノン・ノベル／1985・11・20

ノン・ポシェット／1990・2・20

十津川警部日本縦断長篇ベスト選集47／2015・6・30

徳間文庫／2017・3・15

99 急行奥只見殺人事件

ジョイ・ノベルス／1985・11・25
角川文庫／1989・4・25
ジョイ・ノベルス【新装版】／2006・5・25
祥伝社文庫／2018・1・20

100 トンネルに消えた…

KOSAIDO·BLUE·BOOKS／1985・12・15
廣済堂文庫／1987・2・10
角川文庫／1988・9・25
〈収録作品〉「トンネルに消えた…」「殺しの慰謝料」「見事な被害者」「タレントの城」「落し穴」「死の代役」「ヌード協定」「闇の中の祭典」

101 富士山麓殺人事件

カッパ・ノベルス／1985・12・20
光文社文庫（改題『仮装の時代』）／1989・6・20
徳間文庫（改題『仮装の時代』）／2019・12・15

102 怖ろしい夜

角川文庫／1986・1・25
廣済堂文庫／1987・7・10
〈収録作品〉「夜の追跡者」「怠惰な夜」「夜の罠」「夜の牙」「夜の脅迫者」「夜の狙撃」

103 寝台急行「天の川」殺人事件

文藝春秋／1986・1・30
文春文庫／1988・6・10
文春文庫【新装版】／2018・6・10

104 殺しのインターチェンジ

廣済堂文庫／1986・2・10
角川文庫／1987・10・25
〈収録作品〉「雪は死の粧い」「殺しのインターチェンジ」「脅迫者」「三十億円の期待」「アリバイ」「見舞の人」「海の牙」「死霊の島」

105 最果てのブルートレイン

カッパ・ノベルス／1986・3・25

光文社文庫／1989・8・20
〈収録作品〉「最果てのブルートレイン」「余部橋梁310メートルの死」「愛と死の飯田線」

106 南紀殺人ルート

講談社ノベルス／1986・4・15
西村京太郎長編推理選集第十五巻／1987・7・20
講談社文庫／1988・7・15
徳間文庫／1999・2・15

107 寝台特急八分停車

カドカワノベルズ／1986・4・25
角川文庫／1987・5・30
徳間文庫／2012・1・15

108 特急「あずさ」殺人事件

カッパ・ノベルス／1986・5・30
光文社文庫／1989・10・20
講談社文庫／2004・11・15
十津川警部日本縦断長篇ベスト選集32／2014・1・31

109 EF63形機関車の証言

ジョイ・ノベルス／1986・6・25
角川文庫／1989・6・10
双葉文庫／2013・7・14
〈収録作品〉「EF63形機関車の証言」「見知らぬ時刻表」「スキー列車殺人事件」「江ノ電の中の目撃者」「運河の見える駅で」「西の終着駅の殺人」

110 夜の終り

角川文庫／1986・6・25
双葉文庫／2015・1・18
〈収録作品〉「人探しゲーム」「夜の終り」「海の沈黙」

111 座席急行「津軽」殺人事件

文藝春秋／1986・7・20
文春文庫／1989・6・10
文春文庫【新装版】／2019・8・10

112 山陰路殺人事件

カッパ・ノベルス／1986・7・25

光文社文庫／1989・12・20

講談社文庫／2001・9・15

113 寝台特急「はやぶさ」の女

サンケイ・ノベルス（サンケイ出版）／1986・8・10

角川文庫／1988・10・25

中公文庫／2003・3・25

114 マウンドの死

光文社文庫／1986・9・20

〈収録作品〉「裸の牙」「マウンドの死」「血に飢えた獣」「二十三年目の夏」「バイヤー殺人事件」「わが心のサンクチュアリ」

115 函館駅殺人事件

カッパ・ノベルス／1986・9・25

光文社文庫／1990・2・20

光文社文庫【新装版】／2010・9・20

講談社文庫／2018・6・14

116 特急「おき3号」殺人事件

講談社ノベルス／1986・10・5

講談社文庫／1989・6・15

光文社文庫／2003・2・20

〈収録作品〉「関門三六〇〇メートル」「裏切りの中央本線」「臨時特急を追え」「最北端の犯罪」「特急『おき3号』殺人事件」

117 大垣行345M列車の殺意

新潮社／1986・11・10

カッパ・ノベルス／1988・10・30

新潮文庫／1989・7・25

〈収録作品〉「十津川警部の孤独な捜査」「青に染まった死体」「君は機関車を見たか」「大垣行345M列車の殺意」

118 急行もがみ殺人事件

ジョイ・ノベルス／1987・1・25

角川文庫／1990・4・25

ジョイ・ノベルス【新装版】／2007・5・25
双葉文庫／2009・9・13

119 日本海からの殺意の風
カッパ・ノベルス／1987・1・30
光文社文庫／1990・4・20
講談社文庫／2002・9・15
〈収録作品〉「日本海からの殺意の風」「殺人へのミニ・トリップ」「潮風にのせた死の便り」

120 阿蘇殺人ルート
講談社ノベルス／1987・2・5
講談社文庫／1989・7・15
徳間文庫／1999・6・15
十津川警部日本縦断長篇ベスト選集09／2011・7・31

121 みちのく殺意の旅
文藝春秋／1987・3・1
文春文庫／1989・10・10
光文社文庫／2005・11・20
十津川警部日本縦断長篇ベスト選集19／2012・6・30

122 日本海殺人ルート
講談社ノベルス／1987・4・5
講談社文庫／1990・2・15
徳間文庫／2002・4・15
十津川警部日本縦断長篇ベスト選集21／2012・8・31

123 東京地下鉄殺人事件
読売新聞社／1987・5・13
光文社文庫／1992・2・20
徳間文庫／2004・1・15
十津川警部日本縦断長篇ベスト選集01／2011・1・31

124 環状線に消えた女
C★NOVELS（中央公論社）／1987・5・20

中公文庫／1989・7・10
集英社文庫／1997・12・20
〈収録作品〉「環状線に消えた女」「LAより哀をこめて」「愛は死の影の中で」「愛と死の甘き香り」

125 目撃者を消せ
角川文庫／1987・5・25
廣済堂文庫／1988・2・10
〈収録作品〉「目撃者を消せ」「死を運ぶ車」「歪んだ顔」「影の接点」「八番目の死」「ある証言」「暗い部屋から」

126 西鹿児島駅殺人事件
カッパ・ノベルス／1987・5・30
光文社文庫／1990・6・20
光文社文庫【新装版】／2010・10・20
講談社文庫／2020・2・14

127 ひかり62号の殺意
新潮社／1987・6・10
カッパ・ノベルス／1989・2・28
新潮文庫／1990・1・25
徳間文庫／2011・2・15

128 伊勢・志摩に消えた女
集英社／1987・7・25
集英社文庫／1990・4・25
中公文庫／1998・2・18
十津川警部日本縦断長篇ベスト選集06／2011・3・31

129 特急「おおぞら」殺人事件
カッパ・ノベルス／1987・7・30
光文社文庫／1990・8・20
講談社文庫／2005・3・15

130 ミニ急行「ノサップ」殺人事件
文藝春秋／1987・7・30
文春文庫／1990・3・10
徳間文庫／2010・6・15

131 八ヶ岳高原殺人事件
トクマ・ノベルズ／1987・8・31
徳間文庫／1989・8・15
講談社文庫／1999・1・15
徳間文庫【新装版】／2005・7・15
132 ナイター殺人事件
光文社文庫／1987・9・20
〈収録作品〉「ナイター殺人事件」「スプリング・ボード」「優しい支配者たち」「我ら地獄を見たり」「素晴らしき天」
133 寝台特急六分間の殺意
講談社ノベルス／1987・10・5
講談社文庫／1990・7・15
〈収録作品〉「列車プラス・ワンの殺人」「死への週末列車」「マスカットの証言」「小さな駅の大きな事件」「寝台特急六分間の殺意」
134 特急「北斗1号」殺人事件
カッパ・ノベルス／1987・10・25
光文社文庫／1990・12・20
講談社文庫／2007・9・14
135 殺人列車への招待
カドカワノベルズ／1987・11・25
角川文庫／1989・12・10
集英社文庫／2009・4・25
136 極楽行最終列車
文藝春秋／1987・11・30
文春文庫／1991・1・10
〈収録作品〉「死への旅『奥羽本線』」「18時24分東京発の女」「お座敷列車殺人事件」「極楽行最終列車」
137 L特急たざわ殺人事件
ジョイ・ノベルス／1988・1・25
角川文庫／1990・7・10
ジョイ・ノベルス【新装版】／2008・6・25
双葉文庫／2011・9・18

138 祝日に殺人の列車が走る
カドカワノベルズ／1988・3・25
角川文庫／1990・11・25
集英社文庫／2010・4・25
139 山手線五・八キロの証言
カッパ・ノベルス／1988・3・30
光文社文庫／1991・2・20
〈収録作品〉「山手線五・八キロの証言」「裏磐梯殺人ルート」「鎮魂の表示板が走った」
140 釧路・網走殺人ルート
講談社ノベルス／1988・4・5
講談社文庫／1991・2・15
徳間文庫／2003・1・15
141 寝台特急「ゆうづる」の女
FUSO・MYSTERY500（扶桑社）／1988・4・25
文春文庫／1990・8・10
光文社文庫／2006・11・15
文春文庫【新装版】／2020・8・10
142 L特急やくも殺人事件
ジョイ・ノベルス／1988・6・30
角川文庫／1991・10・25
ジョイ・ノベルス【新装版】／2009・6・25
双葉文庫／2014・7・12
〈収録作品〉「L特急やくも殺人事件」「イベント列車を狙え」「挽歌をのせて」「青函連絡船から消えた」
143 札幌駅殺人事件
カッパ・ノベルス／1988・6・30
光文社文庫／1991・4・20
光文社文庫【新装版】／2010・12・20
講談社文庫／2020・6・11
144 アルプス誘拐ルート
講談社ノベルス／1988・7・5
講談社文庫／1991・7・15
徳間文庫／2011・4・15

145 会津高原殺人事件

トクマ・ノベルズ／1988・8・31
徳間文庫／1990・10・15
講談社文庫／1999・5・15
徳間文庫【新装版】／2006・7・15
十津川警部日本縦断長篇ベスト選集23／2012・11・30

146 寝台特急「北斗星」殺人事件

カッパ・ノベルス／1988・8・31
光文社文庫／1991・8・20
講談社文庫／2005・5・15

147 殺人はサヨナラ列車で

光文社文庫／1988・9・20
講談社文庫／2002・7・15
〈収録作品〉「殺人はサヨナラ列車で」「薔薇の殺人」「秘密を売る男」「第六病棟の殺人」「狙撃者の部屋」

148 特急「あさしお3号」殺人事件

新潮社／1988・9・20
カッパ・ノベルス／1990・10・25
新潮文庫／1991・7・25
〈収録作品〉「特急『あさしお３号』殺人事件」「夜が殺意を運ぶ」「オートレック号の秘密」（新潮文庫版には収録せず）「首相暗殺計画」

149 特急「にちりん」の殺意

講談社ノベルス／1988・10・5
講談社文庫／1991・9・15
光文社文庫／2004・2・20
〈収録作品〉「殺意を運ぶ列車」「ヨコカル11.2キロの殺意」「神話の国の殺人」「特急『にちりん』の殺意」

150 十津川警部の挑戦

ジョイ・ノベルス〈上下〉／1988・10・20
角川文庫〈上下〉／1991・4・25
ジョイ・ノベルス〈上下〉【新装版】／2009・9・25
祥伝社文庫〈上下〉／2011・10・20

151 伊豆の海に消えた女
ミューノベルズ（毎日新聞社）／1988・12・20
光文社文庫／1991・12・20
祥伝社文庫／2000・9・20
152 寝台特急「あさかぜ1号」殺人事件
カッパ・ノベルス／1988・12・20
光文社文庫／1992・4・20
徳間文庫／2003・10・15
十津川警部日本縦断長篇ベスト選集36／2014・5・31
153 十和田南へ殺意の旅
KOSAIDO·BLUE·BOOKS／1989・1・30
廣済堂文庫／1993・12・1
徳間文庫／1996・5・15
廣済堂文庫【新装版】／2009・6・11
十津川警部日本縦断長篇ベスト選集03／2011・2・28
154 特急「富士」に乗っていた女
カドカワノベルズ／1989・2・25
角川文庫／1991・7・10
祥伝社文庫／2013・2・20
155 青函特急殺人ルート
講談社ノベルス／1989・4・5
講談社文庫／1992・3・15
光文社文庫／2004・8・20
156 死への招待状
角川文庫／1989・4・10
角川文庫【新装版】／2017・5・25
〈収録作品〉「危険な男」「危険なヌード」「死への招待状」「血の挑戦」「ベトナムから来た兵士」「罠」
157 L特急しまんと殺人事件
ジョイ・ノベルス／1989・4・20
角川文庫／1992・6・25
双葉文庫／2008・9・14

ジョイ・ノベルス【新装版】／2010・6・25
十津川警部日本縦断長篇ベスト選集43／2015・1・31

158「C62ニセコ」殺人事件

カッパ・ノベルス／1989・4・30
光文社文庫／1992・8・20
〈収録作品〉「『C62ニセコ』殺人事件」「特急『ゆうづる3号』の証言」「とき403号で殺された男」

159 十津川警部の決断

カッパ・ノベルス／1989・6・25
光文社文庫／1992・12・20
文春文庫／2010・6・10

160 十津川警部の対決

講談社／1989・6・28
講談社ノベルス／1991・7・5
講談社文庫／1992・7・15
徳間文庫／2003・4・15

161 山陽・東海道殺人ルート

講談社ノベルス／1989・7・5
講談社文庫／1992・5・15
光文社文庫／2005・2・20

162 志賀高原殺人事件

トクマ・ノベルズ／1989・8・31
徳間文庫／1991・10・15
講談社文庫／2000・1・15
徳間文庫【新装版】／2005・12・15
十津川警部日本縦断長篇ベスト選集12／2011・10・31

163 最終ひかり号の女

講談社ノベルス／1989・10・5
講談社文庫／1992・12・15
〈収録作品〉「スーパー特急『かがやき』の殺意」「石勝高原の愛と殺意」「愛と殺意の中央本線」「最終ひかり号の女」

164 特急「白山」六時間〇二分
カドカワノベルズ／1989・11・25
角川文庫／1992・2・25
中公文庫／2004・4・25
165 特急ゆふいんの森殺人事件
ジョイ・ノベルス／1990・1・30
文春文庫／1993・1・25
光文社文庫／2007・11・20
文春文庫【新装版】／2021・6・10
166 悪女の舞踏会
角川文庫／1990・2・25
〈収録作品〉「悪女の舞踏会」「女に気をつけろ」「女が消えた」「女とダイヤモンド」「拾った女」「女と逃げろ」
167 宗谷本線殺人事件
カッパ・ノベルス／1990・2・28
光文社文庫／1993・4・20
講談社文庫／2007・2・15
168「のと恋路号」殺意の旅
C★NOVELS／1990・3・25
中公文庫／1992・11・10
角川文庫／1998・9・25
169 富士・箱根殺人ルート
講談社ノベルス／1990・4・5
講談社文庫／1993・3・15
光文社文庫／2006・2・20
170 十津川警部の怒り
カッパ・ノベルス／1990・5・30
光文社文庫／1993・8・20
講談社文庫／2006・4・15
〈収録作品〉「十津川警部の怒り」「快速列車『ムーンライト』の罠」「禁じられた『北斗星5号』」
171 特急ひだ3号殺人事件
ジョイ・ノベルス／1990・7・10
角川文庫／1994・9・25

中公文庫／2007・８・25
ジョイ・ノベルス【新装版】／2010・９・25
〈収録作品〉「特急ひだ３号殺人事件」「特急あいづ殺人事件」「信濃の死」「殺意を運ぶあじさい電車」

172 飛騨高山に消えた女
ノン・ノベル／1990・７・20
ノン・ポシェット／1994・２・25
光文社文庫／2000・10・20

173 パリ発殺人列車
カッパ・ノベルス／1990・７・25
光文社文庫／1993・12・20
文春文庫／2005・４・10

174 スーパー雷鳥殺人事件
トクマ・ノベルズ／1990・８・31
徳間文庫／1992・10・15
祥伝社文庫／2000・３・20
十津川警部日本縦断長篇ベスト選集20／2012・７・31

175 十津川警部の困惑
講談社ノベルス／1990・10・５
講談社文庫／1993・７・15
〈収録作品〉「海を渡る殺意―特急しおかぜ殺人事件」「死を呼ぶ身延線」「死が乗り入れて来る」「十津川警部の困惑」

176 特急「有明」殺人事件
カドカワノベルズ／1990・11・25
角川文庫／1992・９・25
祥伝社文庫／2006・２・20

177 十津川警部の逆襲
カッパ・ノベルス／1990・12・20
光文社文庫／1994・４・20
〈収録作品〉「阿波鳴門殺人事件」「死体は潮風に吹かれて」「ある刑事の旅」

178 夜の脅迫者
角川文庫／1991・3・25
祥伝社文庫／2015・3・20
〈収録作品〉「危険な若者」「ある男の肖像」「脅迫者」「電話の男」「優しい死神」「めでたい奴」
179 津軽・陸中殺人ルート
講談社ノベルス／1991・4・5
講談社文庫／1994・5・15
光文社文庫／2006・8・20
十津川警部日本縦断長篇ベスト選集24／2013・4・30
180 オリエント急行を追え
カドカワノベルズ／1991・4・25
角川文庫／1993・9・25
祥伝社文庫／2011・2・15
181 木曾街道殺意の旅
C★NOVELS／1991・5・25
中公文庫／1994・9・18
角川文庫／1999・2・25
182 愛と憎しみの高山本線
文藝春秋／1991・7・20
文春文庫／1993・8・10
双葉文庫／2003・3・11
〈収録作品〉「愛と裏切りの石北本線」「愛と孤独の宗谷本線」「愛と憎しみの高山本線」「愛と絶望の奥羽本線」
183 長崎駅殺人事件
カッパ・ノベルス／1991・7・31
光文社文庫／1994・8・20
光文社文庫【新装版】／2011・1・20
講談社文庫／2019・6・13
184 美女高原殺人事件
トクマ・ノベルズ／1991・8・31
徳間文庫／1993・11・15
講談社文庫／2000・5・15

徳間文庫【新装版】／2008・7・15

185 パリ・東京殺人ルート

C★NOVELS／1991・9・25

中公文庫／1995・2・18

集英社文庫／1998・8・25

186 十津川警部C11を追う

講談社ノベルス／1991・10・5

講談社文庫／1994・7・15

〈収録作品〉「二階座席の女」「十津川警部C11を追う」「北の廃駅で死んだ女」「死への近道列車」

187 十津川警部・怒りの追跡

ジョイ・ノベルス〈上下〉／1991・11・15

文春文庫〈上下〉／1995・1・10

188 尾道に消えた女

ノン・ノベル／1991・11・30

ノン・ポシェット／1995・3・1

光文社文庫／2002・3・20

189 紀勢本線殺人事件

カッパ・ノベルス／1991・11・30

光文社文庫／1994・10・20

文春文庫／2007・4・10

文春文庫【新装版】／2022・6・10

190 豪華特急トワイライト殺人事件

新潮社／1992・1・20

新潮社／1993・12・5

新潮文庫／1995・2・1

191 越後・会津殺人ルート

講談社ノベルス／1992・2・5

講談社文庫／1994・10・15

光文社文庫／2007・8・20

192 完全殺人

角川文庫／1992・5・25

祥伝社文庫／2015・4・20

〈収録作品〉「奇妙なラブ・レター」「幻の魚」「完全殺

人」「殺しのゲーム」「アリバイ引受けます」「私は狙われている」「死者の告発」「焦点距離」

193 謎と殺意の田沢湖線

文藝春秋／1992・6・20

文春文庫／1994・6・10

新潮文庫／2005・8・1

〈収録作品〉「謎と殺意の田沢湖線」「謎と憎悪の陸羽東線」「謎と幻想の根室本線」「謎と絶望の東北本線」

194 夏は、愛と殺人の季節

カドカワノベルズ／1992・6・25

角川文庫／1995・8・25

双葉文庫／2012・7・15

195 五能線誘拐ルート

講談社ノベルス／1992・7・5

講談社文庫／1995・7・15

196 特急「あさま」が運ぶ殺意

カッパ・ノベルス／1992・7・30

光文社文庫／1995・8・20

〈収録作品〉「特急『あさま』が運ぶ殺意」「北への列車は殺意を乗せて」「SLに愛された死体」「北への危険な旅」

197 恋の十和田、死の猪苗代

C★NOVELS／1992・9・25

中公文庫／1995・5・18

角川文庫／2001・2・25

198 スーパーとかち殺人事件

トクマ・ノベルズ／1992・9・30

徳間文庫／1994・11・15

光文社文庫／2000・2・20

199 幻想と死の信越本線

集英社／1992・11・25

集英社文庫／1994・11・25

中公文庫／1999・8・18

集英社文庫【新装版】／2012・4・25

〈収録作品〉「阿蘇で死んだ刑事」「北の果ての殺意」「南紀　夏の終わりの殺人」「幻想と死の信越本線」

200 会津若松からの死の便り

トクマ・ノベルズ／1992・11・30
　徳間文庫／1995・6・15
　双葉文庫（改題『身代り殺人事件』）／1997・4・10
〈収録作品〉「会津若松からの死の便り」「日曜日には走らない」「下呂温泉で死んだ女」「身代り殺人事件」「残酷な季節」

201 恨みの陸中リアス線

講談社ノベルス／1992・12・5
　講談社文庫／1996・4・15
〈収録作品〉「恨みの陸中リアス線」「新幹線個室の客」「急行アルプス殺人事件」「一日遅れのバースディ」

202 シベリア鉄道殺人事件

朝日新聞社／1993・1・1
　カッパ・ノベルス／1995・2・28
　講談社文庫／1996・1・15
　朝日文芸文庫（朝日新聞社）／1996・12・1
　光文社文庫／2007・2・20

203 山形新幹線「つばさ」殺人事件

カッパ・ノベルス／1993・1・30
　光文社文庫／1995・12・20
　講談社文庫／2013・6・14

204 危険な殺人者

角川文庫／1993・3・25
〈収録作品〉「病める心」「いかさま」「危険な遊び」「鍵穴の中の殺人」「目撃者」「でっちあげ」「硝子の遺書」

205 恋と裏切りの山陰本線

文藝春秋／1993・3・30
　文春文庫／1995・4・10
〈収録作品〉「恋と復讐の徳島線」「恋と殺意ののと鉄道」「恋と裏切りの山陰本線」「恋と幻想の上越線」

206 鳥取・出雲殺人ルート
講談社ノベルス／1993・4・5
講談社文庫／1996・7・15
光文社文庫／2008・2・20
207 怒りの北陸本線
ジョイ・ノベルス／1993・5・25
徳間文庫／1998・6・15
光文社文庫／2004・11・20
十津川警部日本縦断長篇ベスト選集14／2012・1・31
208 九州新特急「つばめ」殺人事件
カッパ・ノベルス／1993・5・30
光文社文庫／1996・7・20
講談社文庫／2009・2・15
209 別府・国東殺意の旅
新潮社／1993・6・20
新潮文庫／1995・7・1
十津川警部日本縦断長篇ベスト選集34／2014・3・31
徳間文庫／2016・1・15
210 越後湯沢殺人事件
C★NOVELS／1993・8・25
中公文庫／1995・8・18
角川文庫／2000・5・25
十津川警部日本縦断長篇ベスト選集26／2013・6・30
中公文庫【新装版】／2021・8・25
211 伊豆・河津七滝に消えた女
カッパ・ノベルス／1993・10・25
光文社文庫／1996・9・20
〈収録作品〉「河津七滝に消えた女」「鬼怒川心中事件」「伊豆下田で消えた友へ」
212 尾道・倉敷殺人ルート
講談社ノベルス／1993・11・5

講談社文庫／1996・12・15
光文社文庫／2008・8・20
十津川警部日本縦断長篇ベスト選集38／2014・7・31

213 恨みの三保羽衣伝説

文藝春秋／1993・12・20
文春文庫／1996・1・10
〈収録作品〉「恨みの箱根仙石原」「恨みの箱根芦ノ湖」「恨みの浜松防風林」「恨みの三保羽衣伝説」

214 十津川警部、沈黙の壁に挑む

カッパ・ノベルス／1994・1・25
光文社文庫／1996・12・20
文春文庫／2009・7・10

215 特急ワイドビューひだ殺人事件

トクマ・ノベルズ／1994・1・31
徳間文庫／1995・11・15
光文社文庫／2002・5・20
十津川警部日本縦断長篇ベスト選集10／2011・8・31

216 諏訪・安曇野殺人ルート

講談社ノベルス／1994・2・5
講談社文庫／1997・2・15
光文社文庫／2009・8・20

217 北緯四三度からの死の予告

カドカワノベルズ／1994・3・25
角川文庫／1996・9・25
徳間文庫／2012・3・15

218 哀しみの北廃止線

講談社ノベルス／1994・4・5
講談社文庫／1997・5・15
〈収録作品〉「小諸からの甘い殺意」「哀しみの北廃止線」「北の空に殺意が走る」「蔵王霧の中の殺人」

219 雲仙・長崎殺意の旅

ジョイ・ノベルス／1994・4・25

角川文庫／1997・5・25
中公文庫／2008・4・25
十津川警部日本縦断長篇ベスト選集31／2013・11・30

220 奥能登に吹く殺意の風
カッパ・ノベルス／1994・4・25
光文社文庫／1997・5・20
講談社文庫／2007・6・15

221 松島・蔵王殺人事件
トクマ・ノベルズ／1994・5・31
徳間文庫／1997・7・15
講談社文庫／2003・2・15
十津川警部日本縦断長篇ベスト選集17／2012・3・31

222 萩・津和野に消えた女
ノン・ノベル／1994・7・20
ノン・ポシェット／1997・2・20
双葉文庫／2002・8・20
十津川警部日本縦断長篇ベスト選集42／2014・11・30

223 ワイドビュー南紀殺人事件
C★NOVELS／1994・7・25
中公文庫／1996・8・18
角川文庫／2002・5・25

224 祖谷・淡路殺意の旅
新潮社／1994・7・30
新潮文庫／1995・12・1
中公文庫／2017・2・25

225 十津川警部の標的
カッパ・ノベルス／1994・9・25
光文社文庫／1997・9・20
〈収録作品〉「十津川警部の標的」「十津川警部いたちを追う」「十津川、民謡を唄う」

226 謀殺の四国ルート
ジョイ・ノベルス／1994・11・25
角川文庫／1998・5・25
祥伝社文庫／2013・7・30
〈収録作品〉「謀殺の四国ルート」「予告されていた殺人」「城崎にて、死」「十津川警部の休暇」

227 伊豆海岸殺人ルート
講談社ノベルス／1994・12・5
講談社文庫／1997・10・15
光文社文庫／2010・8・20

228 特急「しなの21号」殺人事件
トクマ・ノベルズ／1995・2・28
徳間文庫／1998・10・15
光文社文庫／2005・8・20

229 愛と悲しみの墓標
読売新聞社／1995・3・16
文春文庫／1997・4・10
光文社文庫／2011・3・20

230 雨の中に死ぬ
角川文庫／1995・3・25
〈収録作品〉「雨の中に死ぬ」「老人の牙」「死んで下さい」「浮気の果て」「殺意の季節」「誘拐の季節」

231 倉敷から来た女
講談社ノベルス／1995・4・5
講談社文庫／1998・1・15
〈収録作品〉「倉敷から来た女」「初夏の海に死ぬ」「殺しの風が南へ向う」「事件の裏側」

232 特急しおかぜ殺人事件
カドカワノベルズ／1995・4・25
角川文庫／1997・10・25
中公文庫／2005・2・25
十津川警部日本縦断長篇ベスト選集11／2011・9・30

233 恐怖の海　東尋坊
文藝春秋／1995・6・20
文春文庫／1997・12・10
〈収録作品〉「恐怖の海　東尋坊」「恐怖の湖　富士西湖」「恐怖の清流　昇仙峡」「恐怖の橋　つなぎ大橋」
234 十津川警部の抵抗
カッパ・ノベルス／1995・6・25
光文社文庫／1998・9・20
文春文庫／2008・7・10
235 殺人者は北へ向かう
ノン・ノベル／1995・7・20
祥伝社文庫／1999・7・20
双葉文庫／2003・12・9
236 丹後　殺人迷路
新潮社／1995・9・15
新潮文庫／1997・1・1
237 仙台駅殺人事件
カッパ・ノベルス／1995・9・25
光文社文庫／1999・12・20
光文社文庫【新装版】／2011・2・20
講談社文庫／2021・2・16
238 陸中海岸殺意の旅
ジョイ・ノベルス／1995・9・25
角川文庫／1999・4・25
中公文庫／2009・8・25
239 東京・山形殺人ルート
講談社ノベルス／1995・11・5
講談社文庫／1998・6・15
光文社文庫／2011・9・20
240 十津川警部　雪と戦う
C★NOVELS／1995・11・25
中公文庫／1998・12・18
角川文庫／2004・2・25
C★NOVELS【新装版】／2020・12・25

241 浅草偏奇館の殺人
文藝春秋／1996・3・1
文藝春秋／1998・2・10
文春文庫／2000・1・10
242 九州特急「ソニックにちりん」殺人事件
カッパ・ノベルス／1996・6・25
光文社文庫／1999・9・20
講談社文庫／2009・6・15
243 十津川警部「友への挽歌」
文藝春秋／1996・7・1
文春文庫／1998・12・10
光文社文庫／2009・2・20
244 南紀白浜殺人事件
トクマ・ノベルズ／1996・9・30
徳間文庫／1999・10・15
ハルキ文庫（角川春樹事務所）／2007・2・18
245 猿が啼くとき人が死ぬ
新潮社／1996・10・15
新潮文庫／1998・6・1
文春文庫／2006・4・10
双葉文庫／2022・9・11
246 日本のエーゲ海、日本の死
カドカワノベルズ／1996・12・25
角川文庫／2000・11・25
祥伝社文庫／2010・3・20
247 青に染まる死体　勝浦温泉
文藝春秋／1997・1・15
文春文庫／1999・8・10
〈収録作品〉「愛と死　草津温泉」「友の消えた熱海温泉」「青に染まる死体　勝浦温泉」「偽りの季節　伊豆長岡温泉」
248 高山本線殺人事件
カッパ・ノベルス／1997・2・5
光文社文庫／2000・8・20

講談社文庫／2010・2・13

249 秘めたる殺人

双葉社／1997・4・10

FUTABA NOVELS／1998・9・25

双葉文庫／2000・6・20

〈収録作品〉「雪は死の粧い」「九時三十分の殺人」「私を殺さないで」「死へのワンショット」「秘めたる殺人」

250 北陸の海に消えた女

講談社ノベルス／1997・6・5

講談社文庫／1999・10・15

〈収録作品〉「目撃者たち」「No. 200の女」「箱根を越えた死」「北陸の海に消えた女」

251 野猿殺人事件

文藝春秋／1997・7・10

文春文庫／2000・6・10

〈収録作品〉「白鳥殺人事件」「野猿殺人事件」「野良猫殺人事件」「愛犬殺人事件」

252 在原業平殺人事件

C★NOVELS／1997・7・25

中公文庫／1999・10・18

角川文庫／2003・1・25

中公文庫【新装版】／2022・7・25

※山村美紗との共著

253 海辺の悲劇

双葉社／1997・7・25

FUTABA NOVELS／1998・11・25

双葉文庫／2001・5・20

〈収録作品〉「夜の終り」「私刑」「死を呼ぶトランク」「海辺の悲劇」「アリバイ」

254 出雲　神々への愛と恐れ

トクマ・ノベルズ／1997・9・30

徳間文庫／2000・4・15

ハルキ文庫／2007・5・18

十津川警部日本縦断長篇ベスト選集15／2012・2・

29
徳間文庫【新装版】／2014・9・15
255 十津川警部　千曲川に犯人を追う
講談社ノベルス／1997・10・5
講談社文庫／2000・7・15
光文社文庫／2011・11・20
256 伊豆誘拐行
カッパ・ノベルス／1997・11・25
光文社文庫／2000・12・20
講談社文庫／2010・10・15
257 南伊豆殺人事件
ジョイ・ノベルス／1997・11・25
徳間文庫／2001・1・15
講談社文庫／2014・2・14
258 海を渡った愛と殺意
ジョイ・ノベルス／1998・1・20
祥伝社文庫／2000・7・20
〈収録作品〉「越前殺意の岬」「EF63型機関車の証言」「海を渡った愛と殺意」
259 夜が待っている
角川文庫／1998・1・25
〈収録作品〉「女をさがせ」「夜が待っている」「赤いハトが死んだ」「愛の詩集」「死の予告」「夜の秘密」
260 秋田新幹線「こまち」殺人事件
カッパ・ノベルス／1998・2・25
光文社文庫／2001・5・20
講談社文庫／2011・6・15
261「雪国」殺人事件
C★NOVELS／1998・2・25
中公文庫／2000・11・25
小学館文庫（小学館）／2003・12・1
C★NOVELS【新装版】／2021・2・25
262 神戸　愛と殺意の街
新潮社／1998・3・20

新潮文庫／2000・2・1
中公文庫／2018・2・25

263 失踪計画

角川文庫／1998・3・25
〈収録作品〉「失踪計画」「くたばれ草加次郎」「裏切りの果て」「うらなり出世譚」「夜にうごめく」「第六太平丸の殺人」「死刑囚」

264 十津川警部　白浜へ飛ぶ

講談社ノベルス／1998・4・5
講談社文庫／2001・4・15
〈収録作品〉「処刑の日」「絵の中の殺人」「十津川警部の苦悩」「十津川警部　白浜へ飛ぶ」

265 伊豆下賀茂で死んだ女

ノン・ノベル／1998・7・20
祥伝社文庫／2001・9・10
角川文庫／2005・1・25

266 十津川警部の試練

カッパ・ノベルス／1998・7・30
光文社文庫／2001・9・20
〈収録作品〉「午後の悪魔」「北の女が死んだ」「警官嫌い」「若い刑事への鎮魂歌」

267 十津川警部　海の挽歌

ハルキ・ノベルス（角川春樹事務所）／1998・8・8
ハルキ文庫／1999・7・18
徳間文庫／2006・10・15
十津川警部日本縦断長篇ベスト選集05／2011・3・31

268 冬休みの誘拐、夏休みの殺人

C★NOVELS／1998・8・25
中公文庫／2001・2・25
小学館文庫／2004・4・1
〈収録作品〉「その石を消せ！」「まぼろしの遺産」「白い時間を追え」

269 闇を引き継ぐ者

カドカワ・エンタテインメント（角川書店）／1998・8・25

角川文庫／2001・9・25

祥伝社文庫／2010・7・25

270 十津川警部北陸を走る

トクマ・ノベルズ／1998・8・31

徳間文庫／2001・10・15

ハルキ文庫／2007・9・18

271 上越新幹線殺人事件

講談社ノベルス／1998・10・5

講談社文庫／2001・7・15

光文社文庫／2012・3・20

272 JR周遊殺人事件

KoYoNOVELS／1998・11・20

徳間文庫／2001・4・15

ワンツーポケットノベルス（ワンツーマガジン社）／2003・9・20

双葉文庫／2015・7・19

〈収録作品〉「北の果ての殺意」「北への列車は殺意を乗せて」「イベント列車を狙え」「日曜日には走らない」「恋と復讐の徳島線」「神話の国の殺人」

273 城崎にて、殺人

C★NOVELS／1998・11・25

中公文庫／2001・12・20

角川文庫／2005・8・25

十津川警部日本縦断長篇ベスト選集30／2013・10・31

C★NOVELS【新装版】／2022・1・25

274 東京・松島殺人ルート

カッパ・ノベルス／1998・11・25

光文社文庫／2002・8・20

講談社文庫／2011・2・15

275 桜の下殺人事件
FUTABA NOVELS／1998・12・20
双葉文庫／2000・10・12
祥伝社文庫／2002・9・10
十津川警部日本縦断長篇ベスト選集45／2015・4・30

276 十津川警部の事件簿
トクマ・ノベルズ／1998・12・31
徳間文庫／2001・6・15
〈収録作品〉「甘い殺意」「危険な賞金」「白いスキャンダル」「戦慄のライフル」「白い罠」「死者に捧げる殺人」

277 知多半島殺人事件
ジョイ・ノベルス／1999・1・25
文春文庫／2002・2・10
光文社文庫／2012・12・20

278 石狩川殺人事件
文藝春秋／1999・2・10
文春文庫／2001・6・10
双葉文庫／2021・9・12
〈収録作品〉「最上川殺人事件」「日高川殺人事件」「長良川殺人事件」「石狩川殺人事件」

279 京都　恋と裏切りの嵯峨野
新潮社／1999・3・20
新潮文庫／2001・4・1
中公文庫／2015・7・25

280 北への殺人ルート
講談社ノベルス／1999・4・5
講談社文庫（改題『十津川警部みちのくで苦悩する』）／2002・3・15
〈収録作品〉「十津川警部みちのくで苦悩する」「北への殺人ルート」「甦る過去」「冬の殺人」

281 西伊豆　美しき殺意
読売新聞社／1999・4・18
中公文庫／2001・8・25

徳間文庫／2005・1・15
十津川警部日本縦断長篇ベスト選集16／2012・3・31

282 河津・天城連続殺人事件

C★NOVELS（中央公論新社）／1999・4・25
中公文庫／2002・6・25
集英社文庫／2005・4・25
〈収録作品〉「河津・天城連続殺人事件」「黒部トロッコ列車の死」「週末の殺意」「一千万円のアリバイ」

283 十津川刑事の肖像

トクマ・ノベルズ／1999・4・30
徳間文庫／2002・1・15
双葉文庫／2016・3・13
〈収録作品〉「危険な判決」「回春連盟」「第二の標的」「一千万人誘拐計画」「人探しゲーム」

284 十津川警部　赤と青の幻想

文藝春秋／1999・6・30
文春文庫／2001・11・10
光文社文庫／2012・8・20

285 十津川警部　十年目の真実

ノン・ノベル／1999・7・20
祥伝社文庫／2002・2・20
双葉文庫／2009・5・17

286 十津川警部　風の挽歌

ハルキ・ノベルス／1999・8・28
ハルキ文庫／2000・7・18
徳間文庫／2007・1・15
十津川警部日本縦断長篇ベスト選集22／2012・10・31

287 十津川警部の死闘

カッパ・ノベルス／1999・9・25
光文社文庫／2002・12・20
〈収録作品〉「心中プラス1」「処刑のメッセージ」「加賀温泉郷の殺人遊戯」「特別室の秘密」

288 夜行列車の女

トクマ・ノベルズ／1999・9・30

徳間文庫／2002・6・25

中公文庫／2008・8・25

十津川警部日本縦断長篇ベスト選集39／2014・8・31

289 東京―旭川殺人ルート

ジョイ・ノベルス／1999・10・25

集英社文庫／2002・4・25

中公文庫／2006・8・25

〈収録作品〉「北の空　悲しみの唄」「東京―旭川殺人ルート」「雪の石塀小路に死ぬ」

290 南九州殺人迷路

C★NOVELS／1999・10・25

中公文庫／2002・12・25

角川文庫／2006・1・25

中公文庫【新装版】／2021・5・25

291 私を殺しに来た男

角川文庫／1999・10・25

祥伝社文庫／2018・3・20

〈収録作品〉「事件の裏で」「私を殺しに来た男」「見張られた部屋」「死者が時計を鳴らす」「扉の向うの死体」「サヨナラ死球」「トレードは死」「審判員工藤氏の復讐」「愛」「小説マリー・セレスト号の悲劇」

292 紀伊半島殺人事件

FUTABA NOVELS／1999・12・10

双葉文庫／2001・10・16

祥伝社文庫／2003・9・10

293 伊勢志摩殺意の旅

ジョイ・ノベルス／2000・1・25

双葉文庫／2002・5・20

角川文庫／2006・7・25

294 京都駅殺人事件

カッパ・ノベルス／2000・2・29

光文社文庫／2003・5・20
光文社文庫【新装版】／2011・4・20
講談社文庫／2017・6・15

295 箱根　愛と死のラビリンス
新潮社／2000・3・20
新潮文庫／2002・1・1
徳間文庫／2017・1・15

296 下田情死行
文藝春秋／2000・3・30
文春文庫／2002・6・10
〈収録作品〉「殺し屋Aの記録」「タイムカプセル奪取計画」「阿蘇幻死行」「下田情死行」「道後温泉で死んだ女」

297 四国情死行
講談社ノベルス／2000・4・5
講談社文庫／2003・4・15
〈収録作品〉「配達するのは死」「死を運ぶ運転手」「四国情死行」「能登八キロの罠」

298 狙われた男
トクマ・ノベルズ／2000・4・30
徳間文庫／2002・10・15
祥伝社文庫／2016・7・20
〈収録作品〉「狙われた男」「危険な男」「危険なヌード」「危険なダイヤル」「危険なスポットライト」

299 女流作家
朝日新聞社／2000・5・1
朝日文庫（朝日新聞社）／2002・8・1

300 殺意の青函トンネル
ノン・ノベル／2000・7・20
祥伝社文庫／2003・2・20
双葉文庫／2010・9・19

301 十津川警部「裏切り」
カドカワ・エンタテインメント／2000・7・25
角川文庫／2003・10・25
中公文庫／2010・7・25

302 十津川警部　長良川に犯人を追う
カッパ・ノベルス／2000・8・30
光文社文庫／2003・11・20
講談社文庫／2012・6・15
303 寝台特急カシオペアを追え
トクマ・ノベルズ／2000・8・31
徳間文庫／2003・6・15
祥伝社文庫／2009・2・20
304 十津川警部　殺しのトライアングル
ハルキ・ノベルス／2000・10・18
ハルキ文庫／2001・5・18
徳間文庫／2007・4・15
十津川警部日本縦断長篇ベスト選集29／2013・9・30
305 華やかな殺意　西村京太郎自選集①
トクマ・ノベルズ／2000・10・31
徳間文庫／2004・4・15
〈収録作品〉「病める心」「歪んだ朝」「美談崩れ」「優しい脅迫者」「南神威島」
306 十津川警部　愛と死の伝説
講談社ノベルス〈上下〉／2000・11・5
講談社文庫〈上下〉／2003・10・15
光文社文庫〈上下〉／2013・8・20
307 麗しき疑惑　西村京太郎自選集②
トクマ・ノベルズ／2000・11・30
徳間文庫／2004・4・15
〈収録作品〉「白い殉教者」「アンドロメダから来た男」「首相暗殺計画」「新婚旅行殺人事件」
308 能登半島殺人事件
FUTABA NOVELS／2000・12・15
双葉文庫／2002・10・15
祥伝社文庫／2007・2・20
309 由布院心中事件
C★NOVELS／2000・12・15

中公文庫／2003・12・25
徳間文庫／2007・11・15

310 金沢加賀殺意の旅

ジョイ・ノベルス／2001・1・25
角川文庫／2004・4・25
双葉文庫／2014・11・16

311 祭りの果て、郡上八幡

文藝春秋／2001・2・10
文春文庫／2003・9・10
光文社文庫／2015・8・20

312 災厄の「つばさ」121号

新潮社／2001・3・20
新潮文庫／2003・2・1

313 竹久夢二　殺人の記

講談社ノベルス／2001・4・5
講談社文庫／2004・3・15
光文社文庫／2014・8・20

314 空白の時刻表　西村京太郎自選集③鉄道ミステリー編

トクマ・ノベルズ／2001・4・30
徳間文庫／2004・6・15
〈収録作品〉「おおぞら3号殺人事件」「死への旅『奥羽本線』」「ATC作動せず（L特急『わかしお』殺人事件）」「急行『だいせん』殺人事件」「殺意を運ぶ列車」「復讐のスイッチ・バック」

315 歪んだ朝

角川文庫／2001・5・25
〈収録作品〉「歪んだ朝」「黒の記憶」「蘇える過去」「夜の密戯」「優しい脅迫者」

316 愛の伝説・釧路湿原

カッパ・ノベルス／2001・5・30
光文社文庫／2004・5・20
講談社文庫／2013・2・15

317 十津川警部　ある女への挽歌

小学館／2001・8・10

小学館文庫（改題『十津川警部「ある女への挽歌」』）
／2003・8・1
中公文庫（改題『十津川警部「ある女への挽歌」』）
／2006・4・25
〈収録作品〉「ある女への挽歌」「三人目の女」「依頼人は死者」

318 東京発ひかり147号
ノン・ノベル／2001・9・10
祥伝社文庫／2004・2・20
徳間文庫／2008・12・15

319 しまなみ海道追跡ルート
トクマ・ノベルズ／2001・9・30
徳間文庫／2004・10・15
祥伝社文庫／2010・2・20

320 十津川警部　帰郷・会津若松
講談社ノベルス／2001・11・5
講談社文庫／2004・9・15
光文社文庫／2014・12・20

321 十津川警部「射殺」
カドカワ・エンタテインメント／2001・11・25
角川文庫／2004・10・25
中公文庫／2011・8・25

322 愛と復讐の桃源郷
FUTABA NOVELS／2001・12・10
双葉文庫／2003・9・20
角川文庫／2007・5・25

323 焦げた密室
幻冬舎ノベルス（幻冬舎）／2001・12・15
幻冬舎文庫（幻冬舎）／2003・4・15

324 十津川警部「狂気」
C★NOVELS／2001・12・15
中公文庫／2004・12・20
角川文庫／2010・3・25

325 松本美ヶ原殺意の旅
ジョイ・ノベルス／2002・1・25
祥伝社文庫／2005・2・20
徳間文庫／2009・11・15
326 風の殺意・おわら風の盆
文藝春秋／2002・2・15
文春文庫／2004・9・10
光文社文庫／2016・8・20
327 裏切りの特急サンダーバード
新潮社／2002・3・20
新潮文庫／2004・2・1
祥伝社文庫／2015・9・5
328 十津川警部　ロマンの死、銀山温泉
カッパ・ノベルス／2002・5・25
光文社文庫／2005・5・20
文春文庫／2011・6・10
329 十津川警部　影を追う
トクマ・ノベルズ／2002・6・30
徳間文庫／2005・4・15
中公文庫／2013・7・25
330 金沢歴史の殺人
FUTABA NOVELS／2002・7・16
双葉文庫／2004・7・20
祥伝社文庫／2008・2・20
331 十七年の空白
ジョイ・ノベルス／2002・7・25
祥伝社文庫／2004・9・10
〈収録作品〉「十七年の空白」「見知らぬ時刻表」「青函連絡船から消えた」「城崎にて、死」「琵琶湖周遊殺人事件」
332 日本列島殺意の旅　西村京太郎自選集④旅情ミステリー編
トクマ・ノベルズ／2002・8・31
徳間文庫／2004・8・15
〈収録作品〉「恐怖の橋　つなぎ大橋」「十津川警部の休

暇」「LAより哀をこめて」「南紀　夏の終わりの殺人」「越前殺意の岬」

333 十津川警部「初恋」

ノン・ノベル／2002・9・5

祥伝社文庫／2006・9・10

徳間文庫／2017・10・15

334 十津川警部　姫路・千姫殺人事件

講談社ノベルス／2002・10・5

講談社文庫／2005・10・15

光文社文庫／2016・2・20

335 薔薇の殺人

FUTABA NOVELS／2002・11・25

双葉文庫／2004・10・20

〈収録作品〉「薔薇の殺人」「十和田湖の女」「夜の秘密」「危険な肉体」「或る証言」「306号室の女」「25時の情婦」「病める心」

336 十津川警部「標的」

カドカワ・エンタテインメント／2002・12・5

角川文庫／2005・10・25

徳間文庫／2012・5・15

337 愛と殺意の津軽三味線

C★NOVELS／2002・12・20

中公文庫／2005・12・20

角川文庫／2011・4・25

338 天下を狙う

角川文庫／2003・1・25

〈収録作品〉「天下を狙う」「真説宇都宮釣天井」「権謀術策」「維新の若者たち」「徳川王朝の夢」

339 十津川警部「ダブル誘拐」

ジョイ・ノベルス／2003・1・25

集英社文庫／2006・4・25

徳間文庫／2013・4・15

340 祭ジャック・京都祇園祭

文藝春秋／2003・2・15

文春文庫／2005・９・10
光文社文庫／2017・７・15

341 十津川警部の休日

トクマ・ノベルズ／2003・２・28
徳間文庫／2005・６・15
双葉文庫／2015・11・15
〈収録作品〉「友の消えた熱海温泉」「河津七滝に消えた女」「神話の国の殺人」「信濃の死」

342 失踪

文芸ポスト novels（小学館）／2003・３・20
小学館文庫／2005・８・１
中公文庫／2007・４・25

343 松山・道後　十七文字の殺人

新潮社／2003・３・20
新潮文庫／2005・２・１
中公文庫／2022・２・25

344 新・寝台特急殺人事件

カッパ・ノベルス／2003・４・20
光文社文庫／2006・５・20
文春文庫／2013・６・10

345 明日香・幻想の殺人

トクマ・ノベルズ／2003・５・31
徳間文庫／2005・10・15
十津川警部日本縦断長篇ベスト選集18／2012・５・31
集英社文庫／2013・４・25

346 仙台・青葉の殺意

FUTABA NOVELS／2003・６・20
双葉文庫／2005・５・20
角川文庫／2012・１・25

347 熱海・湯河原殺人事件

C★NOVELS／2003・６・25
中公文庫／2006・12・20
十津川警部日本縦断長篇ベスト選集40／2014・９・

30
徳間文庫／2016・8・15

348 三年目の真実

FUTABA NOVELS／2003・8・15
双葉文庫／2005・2・20
〈収録作品〉「三年目の真実」「夜の脅迫者」「変身」「アリバイ引受けます」「海の沈黙」「所得倍増計画」「裏切りの果て」「相銀貸金庫盗難事件」

349 十津川警部「家族」

ノン・ノベル／2003・9・10
祥伝社文庫／2007・9・5
双葉文庫（改題『家族』）／2019・3・17

350 十津川警部捜査行――北の事件簿

ジョイ・ノベルス（有楽出版社）／2003・9・25
双葉文庫（改題『北海道殺人ガイド』）／2004・11・20
角川文庫（改題『北海道殺人ガイド』）／2013・5・25
〈収録作品〉「殺意の『函館本線』」「北の果ての殺意」「哀しみの北廃止線」「愛と裏切りの石北本線」「最果てのブルートレイン」

351 十津川警部「荒城の月」殺人事件

講談社ノベルス／2003・10・5
講談社文庫／2006・11・15
光文社文庫／2017・2・20

352 十津川警部「告発」

角川書店／2003・11・30
角川文庫／2006・10・25
双葉文庫（改題『告発』）／2013・11・17

353 上海特急殺人事件

実業之日本社／2004・1・25
集英社文庫／2007・4・25

354 十津川警部の青春

トクマ・ノベルズ／2004・1・31

徳間文庫／2006・1・15
〈収録作品〉「十津川警部の怒り」「特急『富士』殺人事件」「江ノ電の中の目撃者」「スーパー特急『かがやき』の殺意」

355 鎌倉・流鏑馬神事の殺人
文藝春秋／2004・2・15
文春文庫／2006・9・10
角川文庫／2019・5・25

356 十津川警部の回想
トクマ・ノベルズ／2004・2・29
徳間文庫／2006・4・15
〈収録作品〉「甦る過去」「特急『あさしお3号』殺人事件」「十津川警部の困惑」「新幹線個室の客」

357 出雲神々の殺人
FUTABA NOVELS／2004・3・20
双葉文庫／2006・3・20
角川文庫／2013・3・25

358 東京湾アクアライン十五・一キロの罠
新潮社／2004・3・20
新潮文庫／2006・2・1

359 十津川警部「目撃」
ジョイ・ノベルス（有楽出版社）／2004・4・15
双葉文庫／2006・5・20
角川文庫／2014・1・25

360 東北新幹線「はやて」殺人事件
カッパ・ノベルス／2004・4・25
光文社文庫／2007・5・20
文春文庫／2014・6・10

361 男鹿・角館殺しのスパン
トクマ・ノベルズ／2004・5・31
徳間文庫／2006・6・15
文春文庫／2012・6・10

362 誘拐の季節
FUTABA NOVELS／2004・6・15

双葉文庫／2016・1・17
〈収録作品〉「誘拐の季節」「女が消えた」「拾った女」「女をさがせ」「失踪計画」「血の挑戦」

363 十津川警部捜査行——みちのく事件簿
ジョイ・ノベルス（有楽出版社）／2004・7・25
双葉文庫／2005・7・20
〈収録作品〉「死体は潮風に吹かれて」「北への殺人ルート」「最上川殺人事件」「謎と憎悪の陸羽東線」「裏磐梯殺人ルート」
角川文庫／2016・1・25

364 十津川警部推理行
双葉社／2004・8・5
双葉文庫／2017・1・15
〈収録作品〉「夜の殺人者」「白いスキャンダル」「戦慄のライフル」「白い罠」「死者に捧げる殺人」

365 夜の狙撃
FUTABA NOVELS／2004・8・20
双葉文庫／2013・1・13
〈収録作品〉「夜の狙撃」「くたばれ草加次郎」「目撃者を消せ」「うらなり出世譚」「私は狙われている」「いかさま」「雨の中に死ぬ」「死んで下さい」

366 十津川警部「故郷」
ノン・ノベル／2004・8・30
祥伝社文庫／2008・9・10
徳間文庫／2018・12・15

367 十津川警部「悪夢」通勤快速の罠
講談社ノベルス／2004・10・5
講談社文庫／2008・2・15
光文社文庫／2018・2・20

368 兇悪な街
文芸ポスト novels／2004・10・20
小学館文庫／2006・11・1

369 十津川警部「記憶」
カドカワ・エンタテインメント／2004・11・20

角川文庫／2007・10・25
双葉文庫（改題『記憶』）／2015・9・13
370 十津川警部捜査行——北陸事件簿
ジョイ・ノベルス（有楽出版社）／2004・11・25
双葉文庫／2005・11・20
角川文庫／2015・3・25
〈収録作品〉「とき403号で殺された男」「夜行列車『日本海』の謎」「加賀温泉郷の殺人遊戯」「恋と殺意ののと鉄道」「能登八キロの罠」
371 十津川警部　五稜郭殺人事件
講談社ノベルス／2004・12・5
講談社文庫／2008・6・15
372 十津川警部「オキナワ」
カッパ・ノベルス／2004・12・20
光文社文庫／2008・5・20
文春文庫／2015・6・10
373「スーパー隠岐」殺人特急
ジョイ・ノベルス／2005・1・25
集英社文庫（改題『十津川警部「スーパー隠岐」殺人特急』）／2008・4・25
徳間文庫（改題『十津川警部「スーパー隠岐」殺人特急』）／2015・5・15
374 九州新幹線「つばめ」誘拐事件
トクマ・ノベルズ／2005・1・31
徳間文庫／2007・6・15
十津川警部日本縦断長篇ベスト選集04／2011・2・28
集英社文庫／2014・4・25
375 青森ねぶた殺人事件
文藝春秋／2005・2・10
文春文庫／2007・9・10
角川文庫／2020・5・25
376 十津川警部「生命」
ジョイ・ノベルス〈上下〉（有楽出版社）／2005・3・10

双葉文庫〈上下〉／2007・3・20
中公文庫〈上下〉／2012・8・25

377 高知・龍馬殺人街道
新潮社／2005・3・20
新潮文庫／2007・2・1

378 青い国から来た殺人者
カッパ・ノベルス／2005・3・30
光文社文庫／2008・11・20
講談社文庫（改題『十津川警部　青い国から来た殺人者』）／2014・6・13

379 西村京太郎の麗しき日本、愛しき風景―わが創作と旅を語る
文芸社／2005・4・14

380 神話の里殺人事件
FUTABA NOVELS／2005・4・20
双葉文庫／2008・5・20
角川文庫／2015・1・25

381 十津川警部SLを追う！
トクマ・ノベルズ／2005・5・31
徳間文庫／2007・8・15
〈収録作品〉「展望車殺人事件」「鎮魂の表示板が走った」「SLに愛された死体」「十津川警部C11を追う」

382 京都感情案内
C★NOVELS〈上下〉／2005・6・25
中公文庫〈上下〉／2007・12・20
双葉文庫〈上下〉／2012・11・18
中公文庫〈上下〉【新装版】／2022・5・25

383 十津川警部　哀しみの余部鉄橋
文芸ポストnovels／2005・7・1
小学館文庫／2007・7・11
双葉文庫（改題『哀しみの余部鉄橋』）／2019・1・13
〈収録作品〉「十津川、民謡を唄う」「北の空　悲しみの唄」「北への殺人ルート」「哀しみの余部鉄橋」

384 小樽　北の墓標

毎日新聞社／2005・7・20

徳間文庫／2010・10・15

小学館文庫／2015・6・10

385 十津川警部捜査行――伊豆箱根事件簿

ジョイ・ノベルス（有楽出版社）／2005・7・25

双葉文庫／2006・7・20

実業之日本社文庫／2017・6・15

〈収録作品〉「伊豆下田で消えた友へ」「お座敷列車殺人事件」「箱根を越えた死」「殺意を運ぶあじさい列車」「恨みの箱根仙石原」

386 十津川警部「子守唄殺人事件」

ノン・ノベル／2005・9・10

祥伝社文庫／2009・9・5

双葉文庫（改題『「子守唄殺人事件」』）／2020・1・19

387 脅迫者

FUTABA NOVELS／2005・9・20

双葉文庫／2013・9・15

〈収録作品〉「脅迫者」「赤いハトが死んだ」「死を運ぶ車」「夜が待っている」「女に気をつけろ」「女とダイヤモンド」「女と逃げろ」「浮気の果て」

388 十津川警部　湖北の幻想

講談社ノベルス／2005・10・5

講談社文庫／2008・10・15

角川文庫／2018・1・25

389 十津川警部捜査行――愛と哀しみの信州

ジョイ・ノベルス（有楽出版社）／2005・11・25

双葉文庫／2006・11・20

徳間文庫／2017・7・15

〈収録作品〉「白鳥殺人事件」「小諸からの甘い殺意」「信濃の死」「ヨコカル11.2キロの殺意」「スキー列車殺人事件」

390 湖西線12×4の謎
カドカワ・エンタテインメント／2005・11・30
角川文庫／2008・10・25
十津川警部日本縦断長篇ベスト選集28／2013・8・31
徳間文庫／2014・11・15
391 韓国新幹線を追え
カッパ・ノベルス／2005・12・20
光文社文庫／2009・5・20
講談社文庫／2016・2・13
392 外房線60秒の罠
ジョイ・ノベルス／2006・1・25
徳間文庫／2009・4・15
十津川警部日本縦断長篇ベスト選集37／2014・6・30
集英社文庫／2017・4・25
393 草津逃避行
トクマ・ノベルズ／2006・1・31
徳間文庫／2008・1・15
394 十津川警部、海峡をわたる　春香伝物語
文藝春秋／2006・2・10
文春文庫／2008・12・10
395 三河恋唄
FUTABA NOVELS／2006・2・25
双葉文庫／2009・1・18
角川文庫（改題『十津川警部　三河恋唄』）／2015・5・25
396 十津川警部　特急「雷鳥」蘇る殺意
集英社／2006・3・8
集英社文庫／2007・12・20
徳間文庫／2014・5・15
397 五能線の女
新潮社／2006・3・20
新潮文庫／2008・2・1

中公文庫／2021・２・25

398 十津川警部捜査行――古都に殺意の風が吹く

ジョイ・ノベルス（有楽出版社）／2006・３・25

双葉文庫／2007・５・20

徳間文庫／2018・３・15

〈収録作品〉「冬の殺人」「雪の石塀小路に死ぬ」「琵琶湖周遊殺人事件」「列車プラス・ワンの殺人」「振り子電車殺人事件」

399 十津川村　天誅殺人事件

文芸ポスト novels／2006・５・20

小学館文庫／2008・３・11

双葉社／2016・４・17

400 北への逃亡者

C★NOVELS／2006・５・25

中公文庫／2008・12・20

徳間文庫／2013・１・15

401 十津川警部捜査行――神話と殺意の中国路

ジョイ・ノベルス（有楽出版社）／2006・７・25

双葉文庫／2007・７・20

〈収録作品〉「再婚旅行殺人事件」「十津川警部『いたち』を追う」「潮風にのせた死の便り」「マスカットの証言」「関門三六〇〇メートル」

402 十津川警部　湯けむりの殺意

トクマ・ノベルズ／2006・７・31

徳間文庫／2008・４・15

双葉文庫／2016・７・17

〈収録作品〉「道後温泉で死んだ女」「黒部トロッコ列車の死」「城崎にて、死」「恐怖の清流昇仙峡」「下呂温泉で死んだ女」

403 夜行快速えちご殺人事件

ノン・ノベル／2006・９・10

祥伝社文庫／2010・９・25

徳間文庫／2020・２・15

404 危険な遊び
FUTABA NOVELS／2006・9・20
双葉文庫／2014・1・12
〈収録作品〉「死刑囚」「夜の秘密」「老人の牙」「殺意の季節」「危険な遊び」「硝子の遺書」
405 十津川警部　幻想の信州上田
講談社ノベルス／2006・10・5
講談社文庫／2009・10・15
光文社文庫／2018・11・20
406 十津川警部捜査行――愛と絶望の瀬戸内海流
ジョイ・ノベルス（有楽出版社）／2006・11・25
双葉文庫／2007・11・20
〈収録作品〉「阿波鳴門殺人事件」「海を渡る殺意」「恋と復讐の徳島線」「謀殺の四国ルート」
407 十津川警部「幻覚」
カドカワ・エンタテインメント／2006・11・30
角川文庫／2009・9・25
講談社文庫／2018・2・15
408 華の棺
朝日新聞社／2006・11・30
朝日文庫／2009・4・30
409 北リアス線の天使
カッパ・ノベルス／2006・12・20
光文社文庫／2010・5・20
講談社文庫／2016・6・15
410 若狭・城崎殺人ルート
ジョイ・ノベルス／2007・1・25
実業之日本社文庫／2019・10・15
411 羽越本線　北の追跡者
トクマ・ノベルズ／2007・1・31
徳間文庫／2008・10・15
新潮文庫／2013・10・1
412 遠野伝説殺人事件
文藝春秋／2007・2・15

文春文庫／2009・12・10

413 日光・鬼怒川殺人ルート

FUTABA NOVELS／2007・2・20

双葉文庫（改題『日光鬼怒川殺人ルート』）／2010・1・10

小学館文庫（改題『日光鬼怒川殺人ルート』）／2016・5・12

414 十津川警部　湘南アイデンティティ

文芸ポスト novels／2007・3・1

小学館文庫／2009・5・13

双葉文庫（改題『湘南アイデンティティ』）／2018・1・14

415 十津川警部　幻想の天橋立

集英社／2007・3・10

集英社文庫／2008・12・20

徳間文庫／2016・4・15

416 知床　望郷の殺意

新潮社／2007・3・20

新潮文庫／2009・2・1

417 十津川警部捜査行——阿蘇・やまなみ殺意の車窓

ジョイ・ノベルス（有楽出版社）／2007・3・25

双葉文庫／2008・3・20

実業之日本社文庫（改題『十津川警部捜査行　阿蘇・鹿児島　殺意の車窓』）／2018・4・15

〈収録作品〉「阿蘇で死んだ刑事」「阿蘇幻死行」「小さな駅の大きな事件」「ある刑事の旅」「西の終着駅の殺人」

418 北の秘密

C★NOVELS／2007・4・25

中公文庫（改題『十津川警部　時効なき殺人』）／2009・12・25

新潮文庫（改題『十津川警部　時効なき殺人』）／2016・8・1

419 十津川警部　愛憎の街東京
トクマ・ノベルズ／2007・6・30
徳間文庫／2009・6・15
双葉文庫／2017・3・19
〈収録作品〉「夜が殺意を運ぶ」「警官嫌い」「No.200の女」「殺し屋Aの記録」「週末の殺意」
420 十津川警部捜査行――恋と哀しみの北の大地
ジョイ・ノベルス（有楽出版社）／2007・7・25
双葉文庫／2008・7・20
祥伝社文庫／2018・5・20
〈収録作品〉「石勝高原の愛と殺意」「最北端の犯罪」「愛と孤独の宗谷本線」「謎と幻想の根室本線」「青函連絡船から消えた」
421 十津川警部　二つの「金印」の謎
ノン・ノベル／2007・9・10
祥伝社文庫／2011・9・5
双葉文庫（改題『二つの「金印」の謎』）／2020・11・15
422 歪んだ顔
FUTABA NOVELS／2007・9・20
双葉文庫／2014・9・14
〈収録作品〉「歪んだ顔」「八番目の死」「ある証言」「蘇える過去」「死の予告」「愛の詩集」「電話の男」「マウンドの死」「影の接点」
423 十津川警部　金沢・絢爛たる殺人
講談社ノベルス／2007・10・4
講談社文庫／2010・6・15
光文社文庫／2019・2・20
424 上野駅13番線ホーム
カッパ・ノベルス／2007・10・25
光文社文庫／2010・11・20
文春文庫／2016・6・10
425 十津川警部捜査行――愛と哀しみのみちのく特急
ジョイ・ノベルス（有楽出版社）／2007・11・25

双葉文庫／2008・11・16
小学館文庫／2020・1・12
〈収録作品〉「ゆうづる5号殺人事件」「急行べにばな殺人事件」「特急あいづ殺人事件」「愛と絶望の奥羽本線」「謎と絶望の東北本線」

426 能登・キリコの唄
カドカワ・エンタテインメント／2007・11・30
角川文庫／2010・9・25
文春文庫／2019・11・10

427 門司・下関逃亡海峡
トクマ・ノベルズ／2007・12・31
徳間文庫／2009・10・15
集英社文庫／2015・4・25

428 十津川警部　会津・友の墓標
FUTABA NOVELS／2008・1・20
双葉文庫（改題『会津　友の墓標』）／2011・3・13
集英社文庫（改題『会津　友の墓標』）／2021・4・25

429 十津川警部　鳴門の愛と死
ジョイ・ノベルス／2008・1・25
実業之日本社文庫／2010・11・15
集英社文庫／2021・12・25

430 天草四郎の犯罪
C★NOVELS／2008・2・25
中公文庫／2010・12・20
新潮文庫／2017・9・1

431 奇祭の果て　鍋かむり祭の殺人
文藝春秋／2008・3・1
文春文庫／2010・12・10

432 十津川警部　四国お遍路殺人ゲーム
集英社／2008・3・10
集英社文庫／2009・12・20
十津川警部日本縦断長篇ベスト選集41／2014・10・31

徳間文庫／2017・4・15

433 阿蘇・長崎「ねずみ」を探せ

新潮社／2008・3・20

新潮文庫／2010・2・1

434 びわ湖環状線に死す

カッパ・ノベルス／2008・4・25

光文社文庫／2011・5・20

講談社文庫／2022・7・15

435 湘南情死行　十津川班捜査行

ノン・ノベル／2008・5・20

双葉文庫／2022・1・16

〈収録作品〉「湘南情死行」「恋と復讐の徳島線」「死への週末列車」「愛と孤独の宗谷本線」「青に染った死体」

436 十津川警部捜査行——愛と幻影の谷川特急

ジョイ・ノベルス（有楽出版社）／2008・5・25

双葉文庫／2009・7・19

実業之日本社文庫／2021・4・15

〈収録作品〉「鬼怒川心中事件」「死を運ぶ特急『谷川5号』」「恋と幻想の上越線」「ATC作動せず」「死への近道列車」

437 十津川警部　アキバ戦争

トクマ・ノベルズ／2008・5・31

徳間文庫／2010・4・15

新潮文庫／2015・9・1

438 近鉄特急伊勢志摩ライナーの罠

ノン・ノベル／2008・9・10

祥伝社文庫／2012・2・20

徳間文庫／2021・2・15

439 十津川警部　裏切りの街東京

トクマ・ノベルズ／2008・9・30

徳間文庫／2010・2・15

〈収録作品〉「特別室の秘密」「一日遅れのバースデイ」「野良猫殺人事件」「死体の値段」「死が乗り入れて来る」

440 **十津川警部　トリアージ　生死を分けた石見銀山**

講談社ノベルス／2008・10・6

講談社文庫／2011・10・14

光文社文庫／2019・8・20

441 **十津川警部捜査行——愛と殺意の伊豆踊り子ライン**

ジョイ・ノベルス（有楽出版社）／2008・11・25

双葉文庫／2009・11・15

祥伝社文庫／2019・4・20

〈収録作品〉「午後の悪魔」「二階座席の女」「偽りの季節　伊豆長岡温泉」「会津若松からの死の便り」

442 **殺人者は西に向かう**

カドカワ・エンタテインメント／2008・12・5

角川文庫／2011・9・25

文春文庫／2020・4・10

443 **東京上空500メートルの罠**

FUTABA NOVELS／2008・12・29

双葉文庫／2010・11・20

集英社文庫／2020・4・25

444 **伊勢路殺人事件**

トクマ・ノベルズ／2008・12・31

徳間文庫／2010・12・15

集英社文庫／2018・4・25

445 **宮島・伝説の愛と死**

新潮社／2009・1・20

新潮文庫／2011・2・1

中公文庫／2020・2・25

446 **伊豆急「リゾート21」の証人**

ジョイ・ノベルス／2009・1・25

実業之日本社文庫／2011・2・15

集英社文庫／2022・12・25

447 **妖異川中島**

文藝春秋／2009・2・15

文春文庫／2011・12・10

双葉文庫／2021・3・14

448 吉備古代の呪い

C★NOVELS／2009・2・25

中公文庫（改題『十津川警部「吉備　古代の呪い」』）／2011・12・20

新潮文庫（改題『十津川警部「吉備　古代の呪い」』）／2018・9・1

449 悲運の皇子と若き天才の死

講談社ノベルス／2009・3・5

講談社文庫／2012・2・15

徳間文庫／2022・8・15

450 十津川警部　修善寺わが愛と死

集英社／2009・3・10

集英社文庫／2011・12・20

双葉文庫／2017・11・19

451 南紀オーシャンアロー号の謎

FUTABA NOVELS／2009・4・19

双葉文庫／2011・11・13

小学館文庫（改題『十津川警部　南紀オーシャンアロー号の謎』）／2019・1・9

452 つばさ111号の殺人

カッパ・ノベルス／2009・4・25

光文社文庫／2012・5・20

453 十津川警部捜査行――東海特急殺しのダイヤ

ジョイ・ノベルス（有楽出版社）／2009・5・25

双葉文庫／2010・3・14

実業之日本社文庫／2022・4・15

〈収録作品〉「愛と死の飯田線」「見知らぬ時刻表」「幻の特急を見た」「イベント列車を狙え」「恨みの浜松防風林」

454 十津川警部　欲望の街東京

トクマ・ノベルズ／2009・5・31

徳間文庫／2010・8・15

双葉文庫／2017・9・17

〈収録作品〉「十津川警部の苦悩」「タイムカプセル奪取

計画」「心中プラス１」「予告されていた殺人」

455 中央線に乗っていた男

カドカワ・エンタテインメント／2009・６・30

角川文庫／2014・４・25

〈収録作品〉「中央線に乗っていた男」「遠野の愛と死」「配達するのは死」「恨みの箱根芦ノ湖」「君は機関車を見たか」

456 わが愛　知床に消えた女　十津川班捜査行

ノン・ノベル／2009・７・20

双葉文庫（改題『十津川警部捜査行　わが愛　知床に消えた女』）／2022・４・17

〈収録作品〉「わが愛　知床に消えた女」「愛と殺意の中央本線」「復讐のスイッチ・バック」「愛と死　草津温泉」

457 外国人墓地を見て死ね　十津川警部捜査行

ノン・ノベル／2009・９・10

祥伝社文庫／2012・10・20

双葉文庫／2021・８・８

458 十津川警部　西伊豆変死事件

講談社ノベルス／2009・10・６

講談社文庫／2012・10・16

光文社文庫／2020・９・20

459 十津川警部　南紀・陽光の下の死者

小学館 NOVELS（小学館）／2009・10・21

小学館文庫／2011・12・11

双葉文庫（改題『南紀・陽光の下の死者』）／2020・９・13

460 死のスケジュール　天城峠

カドカワ・エンタテインメント／2009・11・30

角川文庫／2012・９・25

461 鎌倉江ノ電殺人事件

トクマ・ノベルズ／2009・12・31

徳間文庫／2011・６・15

集英社文庫／2016・４・25

462 岐阜羽島駅25時
新潮社／2010・1・20
新潮文庫／2012・2・1
集英社文庫／2016・4・25
463 十津川警部　あの日、東海道で
ジョイ・ノベルス／2010・1・25
実業之日本社文庫／2012・1・15
464 富士急行の女性客
カッパ・ノベルス／2010・1・25
光文社文庫／2013・5・20
465 十津川警部――謎と裏切りの東海道
文藝春秋／2010・2・10
文春文庫／2012・12・10
466 十津川警部　長良川心中
C★NOVELS／2010・2・25
中公文庫／2013・1・25
新潮文庫／2019・9・1
C★NOVELS【新装版】／2021・8・25
467 十津川警部　愛と祈りのJR身延線
集英社／2010・3・10
集英社文庫／2011・12・20
双葉文庫（改題『愛と祈りのJR身延線』）／2018・11・18
468 京都駅0番ホームの危険な乗客たち
角川書店／2010・3・31
カドカワ・エンタテインメント／2011・6・30
角川文庫／2012・12・25
469 十津川警部　銚子電鉄六・四キロの追跡
FUTABA NOVELS／2010・4・18
双葉文庫／2012・3・18
徳間文庫／2018・4・15
470 隣り合わせの殺意
トクマ・ノベルズ／2010・4・30
徳間文庫／2011・9・15

〈収録作品〉「隣りの犯人」「奇妙なラブ・レター」「一千万円のアリバイ」「隣人愛」「雪は死の粧い」「血に飢えた獣」「三億円の悪夢」「夜の追跡者」

471 母の国から来た殺人者

ジョイ・ノベルス（有楽出版社）／2010・5・25
実業之日本社文庫／2011・10・15

472 十津川警部捜査行　宮古行「快速リアス」殺人事件

ノン・ノベル／2010・6・20
双葉文庫／2022・8・7
〈収録作品〉「宮古行『快速リアス』殺人事件」「小さな駅の大きな事件」「殺意の『函館本線』」「殺意を運ぶあじさい電車」

473 一億二千万の殺意

トクマ・ノベルズ／2010・7・31
徳間文庫／2011・10・15
〈収録作品〉「母親」「見舞いの人」「落し穴」「九時三十分の殺人」「二十三年目の夏」「海辺の悲劇」「優しい悪魔たち」「十津川警部の孤独な捜査」

474 生死を分ける転車台　天竜浜名湖鉄道の殺意

ノン・ノベル／2010・9・10
祥伝社文庫／2013・9・5
徳間文庫／2022・2・15

475 幻想の夏

トクマ・ノベルズ／2010・9・30
徳間文庫／2012・6・15
〈収録作品〉「幻想の夏」「カードの城」「スプリング・ボード」「素晴らしき天」「わが心のサンクチュアリ」「刑事」

476 十津川警部　君は、あのSLを見たか

講談社ノベルス／2010・10・6
講談社文庫／2013・10・16
光文社文庫／2020・12・20

477 無縁社会からの脱出　北へ帰る列車

カドカワ・エンタテインメント／2010・11・30

角川文庫／2013・9・25

478 十津川警部　鹿島臨海鉄道殺人ルート

小学館 NOVELS／2010・12・15

小学館文庫／2013・4・10

十津川警部日本縦断長篇ベスト選集44／2015・2・28

徳間文庫／2018・7・15

479 伊良湖岬　プラスワンの犯罪

トクマ・ノベルズ／2010・12・31

徳間文庫／2012・9・15

祥伝社文庫／2016・3・20

480 新神戸　愛と野望の殺人

新潮社／2011・1・20

新潮文庫（改題『姫路・新神戸　愛と野望の殺人』）／2013・2・1

中公文庫（改題『姫路・新神戸　愛と野望の殺人』）／2019・2・25

481 十津川警部　赤と白のメロディ

ジョイ・ノベルス／2011・1・25

実業之日本社文庫／2013・2・15

482 十津川警部　京都から愛をこめて

文藝春秋／2011・2・15

文春文庫／2013・12・10

483 神戸25メートルの絶望

C★NOVELS／2011・2・25

中公文庫／2013・12・20

角川文庫／2021・5・25

484 十津川警部　飯田線・愛と死の旋律

集英社／2011・3・9

集英社文庫／2012・12・20

485 十津川警部捜査行――殺意を運ぶリゾート特急

ジョイ・ノベルス（有楽出版社）／2011・3・20

実業之日本社文庫／2012・10・15

双葉文庫／2016・11・13

〈収録作品〉「蔵王霧の中の殺人」「恐怖の湖富士西湖」

「北への危険な旅」「十津川警部の休暇」「殺しの風が南に向う」

486 京都嵐電殺人事件

カッパ・ノベルス／2011・3・25

光文社文庫／2014・5・20

487 特急街道の殺人

FUTABA NOVELS／2011・4・17

双葉文庫／2012・9・16

祥伝社文庫／2018・7・20

488 十津川警部捜査行　カシオペアスイートの客

ノン・ノベル／2011・6・10

双葉文庫／2022・11・13

〈収録作品〉「カシオペアスイートの客」「禁じられた『北斗星5号』」「最果てのブルートレイン」「北の廃駅で死んだ女」

489 出雲殺意の一畑電車

FUTABA NOVELS／2011・6・19

双葉文庫／2013・3・17

祥伝社文庫（改題『出雲　殺意の一畑電車』）／2019・2・20

490 急行アルプス殺人事件

角川文庫／2011・7・25

〈収録作品〉「あずさ3号殺人事件」「急行アルプス殺人事件」「幻想と死の信越本線」「内房線で出会った女」

491 SL「貴婦人号」の犯罪　十津川警部捜査行

ノン・ノベル／2011・9・10

祥伝社文庫／2014・9・10

492 十津川警部　箱根バイパスの罠

講談社ノベルス／2011・10・5

講談社文庫／2014・10・15

光文社文庫／2021・9・20

493 東京ミステリー

カドカワ・エンタテインメント／2011・11・30

角川文庫／2014・9・25

494 **帰らざる街、小樽よ**
ジョイ・ノベルス（有楽出版社）／2011・12・10
実業之日本社文庫／2013・8・15
495 **篠ノ井線・姥捨駅　スイッチバックで殺せ**
トクマ・ノベルズ／2011・12・31
徳間文庫／2013・7・15
双葉文庫／2019・11・17
496 **寝台特急「サンライズ出雲」の殺意**
新潮社／2012・1・20
新潮文庫／2014・2・1
497 **十津川警部　西武新宿線の死角**
ジョイ・ノベルス／2012・1・25
実業之日本社文庫／2014・2・15
498 **十津川警部　陰謀は時を超えて　リニア新幹線と世界遺産**
文藝春秋／2012・2・10
文春文庫／2014・12・10
499 **赤穂バイパス線の死角**
C★NOVELS／2012・2・25
中公文庫／2014・11・25
新潮文庫（改題『十津川警部　赤穂・忠臣蔵の殺意』／2020・10・1
500 **十津川警部　秩父ＳＬ・三月二十七日の証言**
集英社／2012・3・10
集英社文庫／2013・12・20
十津川警部日本縦断長篇ベスト選集46／2015・5・31
徳間文庫／2017・12・15
501 **特急ワイドビューひだに乗り損ねた男**
カッパ・ノベルス／2012・3・20
光文社文庫／2015・5・20
502 **十津川警部とたどる時刻表の旅**
角川 one テーマ21（角川学芸出版）／2012・4・10
503 **十津川警部捜査行――東海道殺人エクスプレス**
ジョイ・ノベルス（有楽出版社）／2012・4・20

実業之日本社文庫／2014・8・15
双葉文庫／2018・3・18
〈収録作品〉「運河の見える駅で」「死を呼ぶ身延線」「殺人は食堂車で」「長良川殺人事件」「十七年の空白」

504 十津川警部　さらば越前海岸
小学館／2012・4・30
小学館文庫／2014・6・11
双葉文庫／2022・3・13

505 十津川警部　殺しはトロッコ列車で
FUTABA NOVELS／2012・5・20
双葉文庫／2014・3・16
小学館文庫／2020・10・11

506 十津川直子の事件簿
ノン・ノベル／2012・5・20
〈収録作品〉「百円貯金で殺人を」「特急あいづ殺人事件」「愛犬殺人事件」「夜行列車『日本海』の謎」

507 特急「ゆうづる3号」の証言
角川文庫／2012・7・25
〈収録作品〉「特急『ゆうづる3号』の証言」「18時24分東京発の女」「日曜日には走らない」「首相暗殺計画」「寝台特急六分間の殺意」

508 九州新幹線マイナス1
ノン・ノベル／2012・9・10
祥伝社文庫／2015・2・20

509 十津川捜査班の「決断」
祥伝社文庫／2012・9・10
双葉文庫／2018・9・16
〈収録作品〉「宮古行『快速リアス』殺人事件」「湘南情死行」「わが愛　知床に消えた女」「カシオペアスイートの客」

510 十津川警部とたどるローカル線の旅
角川oneテーマ21／2012・9・10

511 萩・津和野・山口殺人ライン　高杉晋作の幻想
トクマ・ノベルズ／2012・9・30

徳間文庫／2014・3・15
祥伝社文庫／2017・1・20
512 十津川警部　猫と死体はタンゴ鉄道に乗って
講談社ノベルス／2012・10・3
講談社文庫／2015・10・15
光文社文庫／2022・2・20
513 Mの秘密　東京・京都五一三・六キロの間
カドカワ・エンタテインメント／2012・11・30
角川文庫／2015・9・25
514 火の国から愛と憎しみをこめて
トクマ・ノベルズ／2012・12・31
徳間文庫／2014・8・15
祥伝社文庫／2019・6・20
515 十津川警部　わが屍に旗を立てよ
ジョイ・ノベルス／2013・1・25
実業之日本社文庫／2015・1・15
516 南紀新宮・徐福伝説の殺人
新潮社／2013・1・25
新潮文庫／2015・3・1
517 消えたなでしこ
文藝春秋／2013・2・15
文春文庫／2015・12・10
518 さらば南紀の海よ
C★NOVELS／2013・2・25
中公文庫／2015・12・20
新潮文庫／2021・8・1
519 十津川警部　小浜線に椿咲く頃、貴女は死んだ
集英社／2013・3・10
集英社文庫／2014・12・25
520 十津川警部とたどる寝台特急の旅
角川oneテーマ21／2013・3・10
521 十津川警部　古都千年の殺人
FUTABA NOVELS／2013・5・19
双葉文庫／2015・3・15

祥伝社文庫（改題『古都千年の殺人』）／2020・6・20

522 十津川警部　怪しい証言

ノン・ノベル／2013・5・20

〈収録作品〉「一期一会の証言」「絵の中の殺人」「処刑のメッセージ」「事件の裏側」

523 私が愛した高山本線

ジョイ・ノベルス（有楽出版社）／2013・6・10

実業之日本社文庫／2015・8・15

524 智頭急行のサムライ

カッパ・ノベルス／2013・6・20

光文社文庫／2016・5・20

525 十津川警部　哀しみの吾妻線

ノン・ノベル／2013・9・10

祥伝社文庫／2016・9・20

526 殺意を乗せて…

徳間文庫／2013・9・15

〈収録作品〉「挽歌をのせて」「愛の詩集」「脅迫者」「アカベ・伝説の島」「誘拐の季節」「危険な道づれ」「立春大吉」「われら若かりしとき」「祖谷渓の娘」「阿波おどりの季節」「若い南の海」

527 十津川警部　長野新幹線の奇妙な犯罪

講談社ノベルス／2013・10・7

講談社文庫／2016・11・14

528 刑事の肖像

徳間文庫／2013・10・15

〈収録作品〉「夜の牙」「密告」「私を殺さないで」「アリバイ」「死を呼ぶトランク」「狙撃者の部屋」「若い愛の終り」

529 十津川警部　犯人は京阪宇治線に乗った

小学館／2013・10・30

小学館文庫／2017・5・14

530 哀切の小海線

KADOKAWA／2013・11・28

角川文庫／2016・9・25

531 天国に近い死体

徳間文庫／2013・12・15

〈収録作品〉「オートレック号の秘密」「謎の組写真」「超速球150キロの殺人」「トンネルに消えた…」「天国に近い死体」「三十億円の期待」「カーフェリーの女」「鳴門への旅」「グリーン車の楽しみ」

532 北軽井沢に消えた女　嬬恋とキャベツと死体

トクマ・ノベルズ／2013・12・31

徳間文庫／2015・10・15

祥伝社文庫／2020・3・20

533 生死の分水嶺・陸羽東線

新潮社／2014・1・20

新潮文庫／2016・3・1

534 十津川警部　東北新幹線「はやぶさ」の客

ジョイ・ノベルス／2014・1・20

実業之日本社文庫／2016・1・15

535 十津川警部　鳴子こけし殺人事件

C★NOVELS／2014・2・25

中公文庫／2016・11・25

新潮文庫／2022・9・1

536 十津川警部　三陸鉄道　北の愛傷歌

集英社／2014・3・10

集英社文庫／2015・12・25

537 十津川警部捜査行――北国の愛、北国の死

ジョイ・ノベルス（有楽出版社）／2014・3・25

実業之日本社文庫／2016・8・15

双葉文庫／2019・9・15

〈収録作品〉「おおぞら3号殺人事件」「新婚旅行殺人事件」「恐怖の橋　つなぎ大橋」「快速列車『ムーンライト』の罠」

538 青森わが愛

KADOKAWA／2014・4・25

角川文庫／2017・1・25

〈収録作品〉「青森わが愛」「北の空に殺意が走る」「余部橋梁310メートルの死」「恋と裏切りの山陰本線」「特急ひだ３号殺人事件」

539 東京―神戸２時間50分　そして誰もいなくなる

文藝春秋／2014・４・30

文春文庫（改題『そして誰もいなくなる』）／2016・12・10

540 十津川と三人の男たち

FUTABA NOVELS／2014・５・18

双葉文庫／2016・９・18

祥伝社文庫／2021・６・20

541 十津川警部　悪女

ノン・ノベル／2014・５・20

〈収録作品〉「だまし合い」「阿蘇幻死行」「白い罠」「鬼怒川心中事件」

542 殺人偏差値70

角川文庫／2014・５・25

〈収録作品〉「受験地獄」「海の沈黙」「神話の殺人」「見事な被害者」「高級官僚を死に追いやった手」「秘密を売る男」「残酷な季節」「友よ、松江で」

543 新・東京駅殺人事件

カッパ・ノベルス／2014・６・20

光文社文庫／2017・４・20

544 殺人へのミニ・トリップ

KADOKAWA／2014・８・30

角川文庫／2017・３・25

〈収録作品〉「信濃の死」「殺人へのミニ・トリップ」「愛と憎しみの高山本線」「特急しらさぎ殺人事件」

545 十津川警部　七十年後の殺人

ノン・ノベル／2014・９・10

祥伝社／2017・９・20

546 沖縄から愛をこめて

講談社ノベルス／2014・10・６

講談社文庫／2017・10・13

547 十津川警部　南風の中で眠れ
小学館／2014・10・19
小学館文庫／2018・4・11
548 十津川警部捜査行——日本縦断殺意の軌跡
ジョイ・ノベルス（有楽出版社）／2014・11・15
実業之日本社文庫／2017・2・15
双葉文庫2021／1・17
〈収録作品〉「北の空　悲しみの唄」「若い刑事への鎮魂歌」「事件の裏で」「日高川殺人事件」「初夏の海に死ぬ」
549 郷里松島への長き旅路
KADOKAWA／2014・11・28
角川文庫／2017・9・25
550 北陸新幹線ダブルの日
トクマ・ノベルズ／2014・12・31
徳間文庫／2016・7・15
祥伝社文庫／2021・3・20
551 暗号名は「金沢」　十津川警部「幻の歴史」に挑む
新潮社／2015・1・20
新潮文庫／2017・3・1
552 十津川警部　八月十四日夜の殺人
ジョイ・ノベルス／2015・1・20
実業之日本社文庫／2017・8・15
553 東京と金沢の間
C★NOVELS／2015・2・25
中公文庫（改題『東京—金沢　69年目の殺人』）／2017・11・25
角川文庫（改題『東京—金沢　69年目の殺人』）／2022・5・25
554 十津川警部　特急「しまかぜ」で行く十五歳の伊勢神宮
集英社／2015・3・10
集英社文庫／2016・12・25
555 消えたトワイライトエクスプレス
トクマ・ノベルズ／2015・3・31
徳間文庫／2016・11・15

祥伝社文庫／2022・6・20

556「ななつ星」極秘作戦

文藝春秋／2015・4・10

文春文庫／2017・12・10

557 十津川警部捜査行――北の欲望　南の殺意

ジョイ・ノベルス（有楽出版社）／2015・5・5

実業之日本社文庫／2018・8・15

〈収録作品〉「北の女が死んだ」「目撃者たち」「ある女への挽歌」「南紀　夏の終わりの殺人」

558 浜名湖　愛と歴史

FUTABA NOVELS／2015・5・17

双葉文庫／2017・7・16

559 十津川警部　裏切りの駅

ノン・ノベル／2015・5・20

〈収録作品〉「姨捨駅の証人」「下呂温泉で死んだ女」「謎と憎悪の陸羽東線」「新幹線個室の客」

560「ななつ星」一〇〇五番目の乗客

カッパ・ノベルス／2015・6・20

光文社文庫／2018・5・20

561 人生は愛と友情と、そして裏切りとでできている

サンポスト／2015・7・30

562 十津川警部　絹の遺産と上信電鉄

ノン・ノベル／2015・9・10

祥伝社文庫／2018・9・20

563 エンドレスナイト殺人事件

トクマ・ノベルズ／2015・9・31

〈収録作品〉「高原鉄道殺人事件」「愛と死の甘き香り」「タレントの城」「夜の脅迫者」「歌を忘れたカナリヤは」「エンドレスナイト殺人事件」

564 内房線の猫たち　異説里見八犬伝

講談社ノベルス／2015・10・7

講談社文庫／2018・10・16

565 十津川警部捜査行――車窓に流れる殺意の風景

ジョイ・ノベルス（有楽出版社）／2015・11・5

実業之日本社文庫／2019・6・15
〈収録作品〉「臨時特急を追え」「東京―旭川殺人ルート」「夜の殺人者」「越前殺意の岬」

566 **房総の列車が停まった日**
KADOKAWA／2015・11・26
角川文庫／2018・9・25

567 **一九四四年の大震災——東海道本線、生死の境**
小学館／2015・12・7
小学館文庫／2019・6・11

568 **無人駅と殺人と戦争**
トクマ・ノベルズ／2015・12・31
徳間文庫／2017・8・15

569 **十津川警部　北陸新幹線殺人事件**
ジョイ・ノベルス／2016・1・15
実業之日本社文庫／2018・6・15

570 **神戸電鉄殺人事件**
新潮社／2016・1・20
新潮文庫／2018・3・1

571 **鳴門の渦潮を見ていた女**
C★NOVELS／2016・2・25
中公文庫／2018・11・25

572 **十津川警部　北陸新幹線「かがやき」の客たち**
集英社／2016・3・10
集英社文庫／2017・12・20

573 **寝台特急に殺意をのせて**
トクマ・ノベルズ／2016・3・31
徳間文庫／2018・10・15
〈収録作品〉「ゆうづる5号殺人事件」「謎と絶望の東北本線」「殺人は食堂車で」「関門三六〇〇メートル」「禁じられた『北斗星5号』」

574 **飛鳥Ⅱの身代金**
文藝春秋／2016・4・10
文春文庫／2018・12・10

575 高山本線の昼と夜
FUTABA　NOVELS／2016・5・15
双葉文庫／2018・7・15
祥伝社文庫／2022・3・20
576 飛鳥Ⅱ　SOS
カッパ・ノベルス／2016・6・20
光文社文庫／2019・5・20
577 十津川警部　日本周遊殺人事件〈世界遺産編〉
トクマ・ノベルズ／2016・7・31
徳間文庫／2019・3・15
〈収録作品〉「死体は潮風に吹かれて」「死を運ぶ特急「谷川5号」」「偽りの季節　伊豆長岡温泉」「死を呼ぶ身延線」「雪の石塀小路に死ぬ」
578 十津川警部　わが愛する犬吠の海
ノン・ノベル／2016・9・30
祥伝社文庫／2019・9・20
579 十津川警部　愛と絶望の台湾新幹線
講談社ノベルス／2016・10・5
講談社文庫／2019・10・16
580 十津川警部　姨捨駅の証人
祥伝社文庫／2016・10・20
双葉文庫（改題『姨捨駅の証人』）／2020・7・17
〈収録作品〉「一期一会の証言」「百円貯金で殺人を」「だまし合い」「姨捨駅の証人」
581 北海道新幹線殺人事件
KADOKAWA／2016・11・30
角川文庫／2019・9・25
582 レールを渡る殺意の風
トクマ・ノベルズ／2016・11・30
徳間文庫／2019・5・15
〈収録作品〉「日本海からの殺意の風」「寝台特急六分間の殺意」「特急『おき3号』殺人事件」「カシオペアスイートの客」

583 空と海と陸を結ぶ境港
トクマ・ノベルズ／2016・12・31
徳間文庫／2018・8・15
584 琴電殺人事件
新潮社／2017・1・20
新潮文庫／2019・3・1
585 二つの首相暗殺計画
ジョイ・ノベルス／2017・1・20
実業之日本社文庫／2020・10・15
586 札沼線の愛と死　新十津川町を行く
ジョイ・ノベルス／2017・2・25
実業之日本社文庫／2020・4・15
587 わが愛する土佐くろしお鉄道
C★NOVELS／2017・2・25
中公文庫／2019・11・25
588 裏切りの中央本線
KADOKAWA／2017・3・2
角川文庫／2020・1・25
〈収録作品〉「裏切りの中央本線」「トレードは死」「幻の魚」「石垣殺人行」「水の上の殺人」「死への旅『奥羽本線』」
589 十津川警部　雪とタンチョウと釧網本線
集英社／2017・3・10
集英社文庫／2018・12・25
590 現美新幹線殺人事件
文藝春秋／2017・4・5
文春文庫／2019・12・10
591 十津川警部　高山本線の秘密
小学館／2017・4・19
小学館文庫／2020・5・13
592 仙石線殺人事件
FUTABA　NOVELS／2017・5・14
双葉文庫／2019・7・14

593 リゾートしらかみの犯罪
カッパ・ノベルス／2017・6・20
光文社文庫／2020・5・20
594 日本遺産からの死の便り
トクマ・ノベルズ／2017・7・31
徳間文庫／2019・9・15
〈収録作品〉「恋と殺意ののと鉄道」「会津若松からの死の便り」「潮風にのせた死の便り」「四国情死行」「十津川警部『いたち』を追う」
595 十五歳の戦争 陸軍幼年学校「最後の生徒」
集英社新書／2017・8・14
596 十津川警部 予土線《ローカル》に殺意が走る
ノン・ノベル／2017・9・20
祥伝社文庫／2020・9・20
597 十津川警部 山手線の恋人
講談社ノベルス／2017・10・4
講談社文庫／2020・10・15
598 青梅線レポートの謎
KADOKAWA／2017・11・29
角川文庫／2020・9・25
599 日本遺産殺人ルート
トクマ・ノベルズ／2017・11・30
徳間文庫／2020・6・15
〈収録作品〉「裏磐梯殺人ルート」「快速列車『ムーンライト』の罠」「倉敷から来た女」「十津川、民謡を唄う」「行楽特急《ロマンスカー》殺人事件」
600 北のロマン 青い森鉄道線
トクマ・ノベルズ／2017・12・31
徳間文庫／2019・8・15
601 十津川警部 出雲伝説と木次線
ジョイ・ノベルス／2018・1・15
実業之日本社文庫／2021・10・15
602 広島電鉄殺人事件
新潮社／2018・1・20

新潮文庫／2020・2・1

603 西から来た死体　錦川鉄道殺人事件

C★NOVELS／2018・2・25

中公文庫／2020・11・25

604 十津川警部　九州観光列車の罠

集英社／2018・3・10

集英社文庫／2019・12・25

605 日本遺産に消えた女

トクマ・ノベルズ／2018・3・31

徳間文庫／2020・10・15

〈収録作品〉「特急『にちりん』の殺意」「青に染まる死体　勝浦温泉」「最上川殺人事件」「阿波鳴門殺人事件」

606 京都感傷旅行

文藝春秋／2018・4・15

文春文庫／2020・12・10

607 ストーブ列車殺人事件

FUTABA NOVELS／2018・5・13

双葉文庫／2020・3・15

608 能登花嫁列車殺人事件

カッパ・ノベルス／2018・6・30

光文社文庫／2021・5・20

609 十津川警部　海の見える駅――愛ある伊予灘線

小学館／2018・7・17

小学館文庫／2021・7・11

610 十津川警部　哀愁のミステリー・トレイン

トクマ・ノベルズ／2018・8・31

徳間文庫／2020・12・15

〈収録作品〉「『雷鳥九号』殺人事件」「大垣行345M列車の殺意」「再婚旅行殺人事件」「恨みの陸中リアス線」

611 十津川警部　長崎　路面電車と坂本龍馬

ノン・ノベル／2018・9・20

祥伝社文庫／2021・9・20

612 十津川警部　両国駅3番ホームの怪談

講談社ノベルス／2018・10・3

講談社文庫／2021・10・15

613 **知覧と指宿枕崎線の間**

KADOKAWA／2018・12・1

角川文庫／2021・9・25

614 **平戸から来た男**

トクマ・ノベルズ／2018・12・31

徳間文庫／2020・8・15

615 **十津川警部　怒りと悲しみのしなの鉄道**

ジョイ・ノベルス／2019・1・15

実業之日本社文庫／2022・10・15

616 **富山地方鉄道殺人事件**

新潮社／2019・1・20

新潮文庫／2021・3・1

617 **えちごトキめき鉄道殺人事件**

C★NOVELS／2019・2・25

中公文庫／2021・11・25

618 **十津川警部　坂本龍馬と十津川郷士中井庄五郎**

集英社／2019・3・10

集英社文庫／2020・12・25

619 **十津川警部　郷愁のミステリー・レイルロード**

トクマ・ノベルズ／2019・3・31

徳間文庫／2021・6・15

〈収録作品〉「愛と死の飯田線」「特急『あさま』が運ぶ殺意」「幻の特急を見た」「お座敷列車殺人事件」

620 **上野─会津　百五十年後の密約**

文藝春秋／2019・4・20

文春文庫／2021・12・10

621 **スーパー北斗殺人事件**

FUTABA NOVELS／2019・5・19

双葉文庫2021／5・16

622 **十津川警部　追憶のミステリー・ルート**

トクマ・ノベルズ／2019・7・31

徳間文庫／2021・11・15

〈収録作品〉「伊豆下田で消えた友へ」「恐怖の海　東尋

坊」「十津川警部　白浜へ飛ぶ」「箱根を越えた死」

623 **阪急電車殺人事件**

ノン・ノベル／2019・10・20

祥伝社文庫／2022・9・20

624 **飯田線・愛と殺人と**

カッパ・ノベルス／2019・10・30

光文社文庫／2022・5・20

625 **十津川警部　仙山線〈秘境駅〉の少女**

小学館／2019・11・20

小学館文庫／2022・6・12

626 **舞鶴の海を愛した男**

トクマ・ノベルズ／2019・12・31

徳間文庫／2021・8・15

627 **西日本鉄道殺人事件**

新潮社／2020・1・20

新潮文庫／2022・3・1

628 **十津川警部　殺意の交錯**

トクマ・ノベルズ／2020・3・31

徳間文庫／2022・4・15

〈収録作品〉「河津・天城連続殺人事件」「北陸の海に消えた女」「L特急やくも殺人事件」「阿蘇で死んだ刑事」

629 **東京オリンピックの幻想**

文藝春秋／2020・4・10

文春文庫／2022・12・10

630 **十津川警部　呉・広島ダブル殺人事件**

FUTABA NOVELS／2020・5・17

双葉文庫／2022・5・15

631 **魔界京都放浪記**

カッパ・ノベルス／2020・6・30

632 **十津川警部　愛憎の行方**

トクマ・ノベルズ／2020・7・31

徳間文庫／2022・11・15

〈収録作品〉「山手線五・八キロの証言」「午後九時の目撃者」「愛と殺意の中央本線」「L特急踊り子号殺人事

件」
633 **私を愛して下さい**
集英社／2020・10・10
集英社文庫／2022・4・30
634 **愛の伊予灘ものがたり　紫電改が飛んだ日**
ジョイ・ノベルス／2020・11・25
635 **近鉄特急殺人事件**
新潮社／2021・1・20
636 **十津川警部　疑惑の旅路**
トクマ・ノベルズ／2021・2・28
〈収録作品〉「『C62ニセコ』殺人事件」「十津川警部の標的」「十津川警部　みちのくで苦悩する」
637 **十津川警部　四国土讃線を旅する女と男**
小学館／2021・3・30
638 **十津川警部、廃線に立つ**
KADOKAWA／2021・3・30
〈収録作品〉「神話の国の殺人」「EF63形機関車の証言」「青函連絡船から消えた」「北の廃駅で死んだ女」
639 **石北本線　殺人の記憶**
文藝春秋／2021・4・15
640 **SL銀河よ飛べ!!**
講談社ノベルス／2021・5・17
641 **十津川警部　裏切りは鉄路の果てに**
トクマ・ノベルズ／2021・7・31
〈収録作品〉「愛と死　草津温泉」「極楽行最終列車」「死への近道《アクセス》列車」「海を渡る殺意　――特急しおかぜ殺人事件――」
642 **伊豆箱根殺人回廊**
ノン・ノベル／2021・9・20
643 **特急「志国土佐　時代《トキ》の夜明けのものがたり」での殺人**
カッパ・ノベルス／2021・10・31
644 **特急リバティ会津111号のアリバイ**
FUTABA NOVELS／2021・11・14

645 長野電鉄殺人事件

トクマ・ノベルズ／2021・12・31

646 土佐くろしお鉄道殺人事件

新潮社／2022・1・20

647 十津川警部　殺意は列車とともに

トクマ・ノベルズ／2022・2・28

〈収録作品〉「二階座席《シート》の女」「見知らぬ時刻表」「とき403号で殺された男」「東京―旭川殺人ルート」

648 十津川警部　哀悼の列車が走る

トクマ・ノベルズ／2022・7・31

〈収録作品〉「殺しの風が南へ向かう」「悲しみの余部鉄橋」「最終ひかり号の女」「北への危険な旅」「石勝高原愛と殺意」

649 SLやまぐち号殺人事件

文藝春秋／2022・8・30

この作品は2021年12月徳間書店より刊行されました。
なお、本作品はフィクションであり実在の個人・団体などとは一切関係がありません。

徳間文庫

長《なが》野《の》電《でん》鉄《てつ》殺《さつ》人《じん》事《じ》件《けん》

2023年3月15日 初刷

著者 西《にし》村《むら》京《きょう》太《た》郎《ろう》

発行者 小宮英行

発行所 株式会社 徳間書店

東京都品川区上大崎三−一−一 〒141−8202
目黒セントラルスクエア

電話 編集〇三(五四〇三)四三四九
販売〇四九(二九三)五五二一

振替 〇〇一四〇−〇−四四三九二

印刷
製本 大日本印刷株式会社

ISBN978-4-19-894843-6 (乱丁、落丁本はお取りかえいたします)